Obra de Gabriel García Márquez
1975

El otoño del patriarca

加西亚·马尔克斯 著
轩乐 译

族长的秋天

新经典文化股份有限公司
www.readinglife.com
出 品

族长的秋天

周末，一些兀鹫钻进了总统府的阳台，啄断了金属窗栅，振翅搅乱了屋内凝滞的时光，礼拜一的黎明时分，城市从几个世纪的昏睡中苏醒，一阵温软的微风拂过，伴着伟大的死尸与腐朽的伟大散发出的气息。直到此时我们才敢进去，并且无须像最勇猛的人期望的那样，强攻残败的石砌加固墙，也不必如另一些人建议的那般，用双驾牛车撞掉正门，因为只需一推，曾在这座府邸的英雄时代抵御过威廉·丹皮尔炮火的装甲大门便会转着合页屈从退让。就仿如进入了另一个时代的域界，因为在瓦砾堆积的废窟中，在权力藏身的空洞中，空气更加稀薄，寂静更加古旧，而事物在颓弱的光线下已模糊难辨。我们走在第一个庭院中，那里的铺地细砖败给了杂草来自地下的压力，我们沿路看到逃跑的卫队散乱扔下的装备、丢弃在柜中的武器，以及一张粗木长桌，桌上摆着那场被恐慌打断的礼拜日午宴的残羹剩饭，我们看到幽暗光影间的一排宽敞平房，那里曾是民政办公室的所在，彩色的蘑菇和苍白的百合生长于尚未处理的公文之间，这些案牍的处理流程通常比最荒芜枯燥的生活都要漫长，我们看到庭院中间的洗礼池，曾有不止五代人在这里通过军事圣礼受洗，我们看到院子尽头总督那被改造成车库的旧马棚，继而看到山茶和蝴蝶之间停放着的噪音年代的四轮马车、瘟疫时期的运输车、彗星年代的彩车、有序进步时代的灵车、第一个和平世纪的梦游加长轿车，它们全部漆成了那面旗帜的色彩，在覆满尘土的蜘蛛网下被保存得完好无损。在下一个院落中，于一排铁栅栏后方，生长着一片蒙着月球尘埃的玫瑰花丛，在它雪白枝叶的阴影下，安睡着这座宅子鼎盛时期的麻风病人，玫瑰在遗忘中猖狂地繁衍，其阵阵花香中几乎没有一丝干净无味的空气，那里混杂着从花园深处飘来的瘟疫的恶臭，混杂着鸡舍的腥臭，混杂着挤奶棚中母牛与卫兵的粪便和尿液发酵后的骚臭：这挤奶棚早先曾是有兵士守护的殖民地大教堂。迈步穿过令人窒息的杂草，我们看到有盆栽石竹、丛生的印加百合与三角梅相伴的拱廊，那里从前是妾侍们的破落屋舍，从生活垃圾的种类和缝纫机的数量上来看，可能曾有上千个女人带着她们成群的七个月的早产儿居住于此，我们看到厨房里如浴战火般的疮痍、阳光下洗衣池里朽烂的衣裳，以及妾侍与士兵混用的厕所暴露在外的阴沟，在院落尽头，我们看到几株巴比伦白柳，很久以前，它们带着自己的泥土、带着它们的浆液与细雨，被巨大的海运温室从小亚细亚载送过来移植在这里,在柳树后方,我们看到了民政大楼,它雄伟而哀伤,仍不断有兀鹫从破了洞的百叶窗钻入它体内。我们并不需要像预想的那样费力撞开大门,因为仿佛仅凭声音的推动它就已自动敞开,我们沿灰岩楼梯爬上主层,那石阶上铺就的歌剧院地毯已被母牛的蹄子踏得碎烂不堪,从第一门厅到私人寝室,我们沿路看到多个已成废墟的大小办公室,母牛木然地穿梭其中,咀嚼着天鹅绒窗帘,啃噬着扶手椅的缎面,我们看到破旧的家具与鲜软的牛粪之间散落的圣徒与军人的恢宏画像,看到一个被母牛吃光了的餐厅、一间被母牛的喧杂玷污了的乐室、几张被母牛毁坏了的多米诺骨牌桌以及绿毡被母牛啃秃了的台球桌,我们看到一架扔在角落的鼓风机,它可以仿造来自指南针上任何方向的海风,慰藉府中的人们对那片已经消失的海洋的怀念,我们看到随处悬挂的鸟笼上依然蒙着上礼拜某个夜晚的布罩,我们透过一扇扇窗户看到了这个城市,它仿佛一头伏地酣睡的巨兽,对刚刚开始的这个历史性的礼拜一毫无概念,我们看到城市的那一边有广阔无垠的平原伸向天际,那里曾是一片汪洋,而如今只能看到一个个被粗糙的月球尘埃覆盖的死火山口。在那个只有极少数特权人士才见识过的禁区内,我们第一次闻到了兀鹫寻食的腐肉味道,觉察到了它延续千年的咳喘和预卜的本能,由它翅膀扇起的弥漫着腐烂气味的风指引,我们在会客厅看到了母牛被蛆虫蛀蚀后拱顶一般的躯体,在数面全身镜中它们雌性动物的后臀反复映现，随后我们推开一道旁门，它通向掩于墙后的一间办公室，在那里我们看到了他，穿着没有军衔标志的粗布制服和绑腿，左脚后跟扣有一根金质马刺，他比所有人、所有陆上的水里的动物都更加年迈，面朝下趴在地上，弯着右臂垫在脸下当作枕头，在孤独暴君的漫长生命中，他用这样的姿势睡过了一个又一个黑夜。当我们把他翻转过来想看看他的脸时才意识到，即便他的面容没被兀鹫啄烂，也无人能将他辨认出来，因为我们之中没有哪一个见过他，尽管他的头像被刻在硬币的两面，被印在邮票上、净化剂的标签上、疝气带和胸前的圣牌上，尽管印着祖国的蛟龙标志、展现他胸裹那面旗帜的肖像的镶框版画无时无处不在，也无人能将他辨认出来，因为我们看到的只是在彗星年代就已被认为是失真之作的复制品，我们的父辈认识的他仅仅源自他们父辈的讲述，正如他们的祖辈曾讲给他们父辈听的那样，我们从小就习惯性地认为他活在那座权力之屋里，因为曾有人在一个节日之夜看到被点亮的彩光球，因为有人说曾在总统专车上看到了那悲伤的双眼、苍白的双唇，看到那隔着帷幔若有所思地向着无人之处缓缓道别的手，还因为在多年之前的一个礼拜日，一个流浪的盲人，一个只收五分钱就会朗诵被遗忘的诗人鲁文·达里奥的诗句的流浪盲人，被带去了他那儿，回来时美滋滋地揣着一枚货真价实的莫洛克塔金币，那是他为他个人奉上的一场诗歌朗诵会的报酬，流浪汉当然没有看到他，但这并非因为他是个盲人,而是因为自黄热病时期以来,没有任何凡人见过他,然而我们知道他在那里,我们知道,是因为世界继续运转,生活继续前行,邮件继续送达,是因为在武器广场上覆满尘土的棕榈树下,在萎靡的街灯下,市政乐团仍旧举办着愚蠢的礼拜六华尔兹音乐会,同时不断有年迈的乐手填补死去乐手的空位。近些年来,府中再也听不到人声嘈杂、鸟雀歌唱,装甲大门也永远合上了,但我们知道民政大楼里仍有人在,因为靠海那侧的窗户晚上会透出导航灯一般的光亮,壮着胆子凑近的人还听到蹄子踩踏的纷乱声响以及围墙里大型动物的喘息,一月的一个下午,我们看到一头母牛在总统府的阳台上欣赏落日,您想象一下,一头母牛在国家的第一阳台上,这是什么世道,什么狗屎国家,因为所有人都知道母牛不会爬楼梯,更何况是石砌阶梯,上面还铺着地毯,于是围绕为什么会有一头母牛跑到阳台上的问题出现了多种猜测,到最后我们已分不清究竟是实实在在地看到了它,还是某天在武器广场上边走边幻想出了一头母牛出现在总统府阳台上的情形,那阳台已有多年没出现过任何东西,也不会有任何东西出现,直到上个礼拜五黎明时分第一批兀鹫到来,它们离开了贫民医院的屋檐,那个它们先前用来打盹的栖身之所,一波一波地从内陆飞来,从昔日是海今日是尘埃之海的地平线飞来,一整日都在权力之屋上方慢慢回旋,直到一只周身洁白、颈羽鲜红的王鹫抛出无声的命令,玻璃的破碎声纷乱起伏,伟大死尸的味道渐渐飘出,而兀鹫从玻璃窗钻进钻出的景象只有在无主之屋中才会出现,因此我们也斗胆进去,在荒凉的圣殿中看到了伟大所残留的废墟,看到了被啄烂的身躯,看到了有着少女般肌肤的光滑的手以及它无名指指骨上戴着的权力之戒,他周身长满了细小苔藓与深海寄生虫,以腋下与腹股沟处最为密集,他患了疝气的睾丸上裹着帆布带,那部位膨肿硕大犹如阉牛肾脏,但却是兀鹫唯一避而不食的地方,即便那时,我们也不敢相信他已经死去,因为那是他第二次被发现死在那间办公室里,孤身一人,穿戴齐整,无异于睡梦中的自然死亡,正如多年前巫婆盆中的预卜之水宣称的那样。人们第一次找到他时,他的秋天才刚刚开始,国家还算兴旺,兴旺到他孤身一人在卧室时仍能感受到死亡的威胁,但他却仿佛知道自己注定永生般管理着国家,那时的总统府更像个市场,若想在里面迈步前行,须从赤脚勤务兵中破开一条路,他们正在走廊上为运送蔬菜和鸡笼的驴子卸下货物,须从带着饥饿难耐的教子的妇女们身上跨过,她们在台阶上蜷身而睡,等待着政府发慈悲的奇迹,还须避开满嘴秽语的妾侍们泼出来的泪汩污水,她们用新鲜的花代替瓶中过了夜的花,她们清洗地面,在阳台上晾晒地毯,并伴着枯枝敲打毯面的节奏唱着虚妄爱情之歌,在这一切的周围,还能听见终身官员因看到母鸡在书房的抽屉中下蛋而发出的大呼小叫和鸟雀纷乱的啁啾,还能看到厕所中妓女和士兵的来来往往以及会客厅里流浪狗的打闹,在那座大门敞开的宫殿里,无人知晓谁是谁而又谁代表谁，在它非同寻常的混乱里，根本无法确定政府究竟在何处。大宅之主不仅参与到这集会般的灾难中，同时也是它的鼓动者和指挥者，就算公鸡还未打鸣，只要他卧室的灯一亮，总统卫队的起床号就会响起，向附近的公爵领区传达新一天到来的通知，后者会将号声传向圣赫洛尼莫基地，基地又会将之传向港口碉堡，而港口碉堡则会连吹六声号角，首先唤醒这座城市，随后唤醒整个国家，这个时候他已经坐在可移动式马桶上用双手捂住耳朵，试图止息那会儿刚开始困扰他的耳鸣，他一面沉思，一面望着那片变化无常的黄水晶般的海洋上来往船只的光亮，在荣光年代的彼时，那片海还存在于他的窗前。自从将这栋大楼占为己有，每一天，他都会在牛棚中细心查看挤奶的过程，并用手量出三辆总统府木轮大车须为各个城区配送的奶量，当他在厨房里就着木薯饼喝下大杯黑咖啡时，心中并不知晓新日程的疾风会将他拖向何方，他总是留心女仆间的闲谈，在府中只有她们使用与他相同的语言，她们严肃的奉承之辞他最为看重，她们的各种心思他最善解读，快到九点时，他会来到自己隐秘院落中的花岗岩浴池，在杏树丛的阴凉下，在泡满药草的热水中不紧不慢地泡澡，直到十一点过后，他才能抑制住清晨的忧虑，才能面对现实中的种种意外。之前，在海军陆战队占领时期，他会将自己锁在办公室内，和登陆部队的司令一同决定国家的前途命运，因为当时不识之无，他用大拇指画押的方式确立了各项法律，签署了各种命令，然而当他们离去，让他再一次独自面对国家和权力时，他没有再用沉睡的法律来荼毒自己的血液，而是凭鲁莽的口谕和无时无处不在的身躯，以严苛如石的沉稳，同时也以他这个年纪不可能拥有的勤奋统治着国家，他被大群的麻风病人、盲人和瘫痪患者包围，他们悲苦呼号，乞求他手中治病的盐，颇有学识的政治家和坚定无畏的谄媚者也将他围绕，共同推举他为地震、日月食、闰年以及上帝所犯的其他错误的修正官，他拖着象腿一般的下肢踏着雪，在府中四处走动，用简单的方式处理着国家大事和家中琐事，正如他用同样简单的方式命令着，给我把这扇门拆掉安在那儿，他们拆了，再给我安回去，他们就再安回去，钟楼的钟在十二点的时候不要敲十二下而要敲两下，这样生命能显得更长一些，于是没有一丝犹豫，没有一刻停顿，他的指令被一一执行，只有致命的午休时段例外，那时他会躲在妾侍们的身影间，突然逮住其中一个，不褪她的衣服，不脱自己的衣衫，也不把门关上，于是整个府中都能听到他作为一个急迫丈夫的没有灵魂的紧促喘息，听到金质马刺充满欲望的叮当声，听到他狗一般的呜咽和女人惊恐的叫喊，她虚度着她的欢爱时光，只想摆脱落在她身上的七个月的早产儿们那肮脏而萎靡的目光，滚开，去院子里玩吧，小孩儿不该看这个，那一刻仿佛有天使划过祖国的天空，于是话音止息了，生命停顿了，在那根食指压上双唇的瞬间，所有人都一动不动，没有呼吸，安静，将军正干得火热，然而就连最熟悉他的人都不敢相信那个神圣时刻带来的停息,因为他仿佛总是分身两处,晚上七点有人看到他在玩多米诺骨牌,而同时也有人看到他在会客室点燃牛粪驱散蚊虫,在最远处的几个窗口的灯还没有熄灭时,在还能听见总统卧室的那三把门环、三道门闩、三个插销上锁的动静时,在还会传来那副疲累身躯轰然倒在石地面上的声音和那衰弱孩童般随着涨潮而渐沉的呼吸声时,没有任何人抱有任何幻想,直到晚风的琴声平息了他耳膜间的蝉鸣,泡沫翻滚的宽广海浪席卷了那曾属于总督与海盗的古老城池的街道,直到海水如同一个可怖的八月的礼拜六那样,从每一扇窗户涌入民政大楼,令龟足长满了镜面,任鲨鱼在会客厅中妄为,直到海面超过了史前海洋的最高高度,海水漫过地面,漫过了时间与空间,只剩他孑然一身趴在他孤寂梦中的月球水面,弯着右臂垫在脸下当作枕头,与他没有军衔标志的粗布制服、他的绑腿、他的金质马刺一同漂浮。第一次死亡前的那些严峻年头里,他之所以能在同一时间出现在不同地方,之所以能在上楼的同时下楼,在海中迷醉的同时在失落的爱欲中残喘,并不是因为像他的谄媚者所说的那样,他拥有与生俱来的特殊本领,也并非如他的批评者所言的那般,只是群众的幻觉,而是因为他幸运地得到了帕特里希奥·阿拉贡内斯狗一般的忠诚和周全的服务,那是他无意中发现的完美替身,当时有人向他报告,将军阁下,有一辆假冒的总统马车在印第安人的村子里到处招摇撞骗,生意很火,他们说看到了丧葬般阴影下的忧郁双眼，看到了那苍白的双唇以及敏感新娘般的手，那只手戴着缎面手套，向跪在街旁的病人撒着一把把盐，而跟在马车后面的两个假冒的骑兵军官向人们收着治病的硬币，将军，您想想，这是多大的冒犯啊，然而他并没有下令制裁冒名者，而是让人将他秘密地带回总统府，为了避免混淆，还在他头上套了龙舌兰叶编织的口袋，于是他看到了自己在这般境况下的样子并为此饱尝屈辱之感，妈的，如果我是这个人呢，他说，因为我好像真的就是他，只不过他的声音中没有威严，那是他永远都模仿不来的，他也不是没有清晰的掌纹，他的生命线在大拇指根部周围恣意延伸，当时他没有立即将他枪毙，并不是因为已经有意把他留作官方替身，而是因为他幻想着自己的命运密码被写在了他的冒名者的手掌上并因此坐立不安。当他彻底相信这个梦的虚无时，帕特里希奥·阿拉贡内斯已经不知不觉地逃过了六次刺杀，并习惯了拖着被木槌砸扁的双脚行走，他患上了耳鸣，在冬日清晨疝气会作痛，他还学会了摘戴金质马刺，仿佛皮带绑绳的相互纠缠只是为了拖延会见的时间，他会一边摆弄一边嘟囔，这些佛兰德斯铁匠造的是他妈的什么扣襻，在这马刺上都不好用，他一改当年在父亲的玻璃窑厂吹瓶子时的饶舌与满嘴戏言，变得阴郁而审慎，他并不在意别人对他说的话，而是专注于探究他们眼中的晦暗，希望参透他们没告诉他的信息，在回答某个问题之前，他一定会先反问对方，您有什么看法，从前贩卖治病奇迹的时候，他是游手好闲的寄生虫，如今却不停奔波，勤奋到近乎自虐的程度，他变得吝啬、贪婪，屈从于突袭式的泄欲，甘愿不要枕头，和衣趴着睡在地上，他摒弃了自己那早熟的狂妄个性，摒弃了遗传来的灵感满溢的吹制瓶子的天赋，他面对着权力最凶猛的风险，比如在不能垒上第二层石块的地方立起奠基石，比如在敌人的地盘上剪彩，比如承受着如此多的被慢火烹煮的梦、如此多的不可能实现的幻想带来的压抑叹息；他在为那么多一闪而过又遥不可及的美人们戴上后冠时，几乎没能碰到她们，但他已经永远地满足了，满足于那个一目了然的命运，那个他正走向的却并不属于他的命运，他这样做并不是因为贪欲或者信仰，而是因为他用官方替身这个终身职位换取了他的人生，每月象征性地付给他五十比索的工资，令他像帝王一样地生活却无须承受身为帝王的不幸，你还想要什么呢。在一个长风呼啸之夜，他们的身份混淆到了无以复加的程度：他撞见帕特里希奥·阿拉贡内斯正面朝大海，在一片茉莉味道的水汽中叹息，于是他带着合理的警觉问他，是不是有人在他的食物中放了乌头，所以他才流离到这儿，中了邪似的魂不守舍，帕特里希奥·阿拉贡内斯回答说没有，将军阁下，情况比这还糟，上个礼拜六他为一位狂欢节女王加冕并与她跳了第一曲华尔兹，从此便再也寻不着离开那段记忆的出口了，因为她是世上最美的女人，是那种我配不上的女人，将军阁下，您要是看到了她，但他叹了口气回应说，妈的，当男人对女人念念不忘的时候，麻烦就来了，他建议强行占有她，他从前就是这样对待众多迷人的后来成为他妾侍的女人的，我找人把她强按在床上，派四个士兵把她的手脚固定住，你就可以用大勺子享用她了，妈的，把她放倒了享用她，他对他说，甚至连那些一开始会愤怒反抗的最矜持的女人随后都会向你哀求，别这样丢下我，将军阁下，就像正散落种子的悲伤蒲桃，但帕特里希奥·阿拉贡内斯不只想要这些而想要更多，他要她们爱他，因为她是那种知道那些歌手来自什么地方①的女人，您一见到她就能看出来，于是像是指出解脱方式一般，他向他指明了几条通往妾侍房间的夜访小径，他授权与他，让他可以像他本人一样使用她们，突然地迅速地不脱衣服地使用她们，帕特里希奥·阿拉贡内斯真挚地沉陷在那摊借来之爱的泥沼中，他相信有了这些爱，自己的渴望就可以被堵塞，然而他的热望是如此强烈，有时甚至令他忘记了借债的条件，他因疏忽而裤链大开，流连于细枝末节而耽误时间，他漫不经心地撞上最卑贱的女人所隐藏的石头②，他向她们倾付着自己的喘息，在黑暗中令她们惊喜淫笑，您真坏，将军阁下，她们会对他说，这么大岁数了还贪心，于是从此之后，他们俩和她们之中再没有谁知道哪个孩子是谁的，也没有谁知道是谁生下的，因为帕特里希奥·阿拉贡内斯的孩子和他的孩子一样，都是七个月的早产儿。帕特里

---

① 出自古巴颂乐歌曲《小山曲》："妈妈，我想知道那些歌手来自什么地方。"
② 哥伦比亚俚语，意指男性使女性达到高潮。

希奥·阿拉贡内斯就这样变成了权力的核心，成了最受爱戴或许也最令人畏惧的人，而他也得以像在统治的最初阶段那样，把更多时间与心思花在武装力量上，这并不是因为武装力量如我们所认为的，是他权力的支撑与保障，恰恰相反，它们是他最可怖的宿敌，因此他让一些官员相信他们被同僚监视着，他调换他们的职位以免有人结党营私，他配给每个营地的十颗子弹中有八颗做了假，向他们发放的火药中混了海滩沙粒，而将优质的军火都储藏于总统府内与他咫尺之遥的仓库中，并把那里的钥匙，连同其他每一扇别人无法进入的房门仅有一把的钥匙，拴在同一个铁环上，他被我终生的兄弟罗德里戈·德阿吉拉尔将军沉默的身影保护着，后者是军校出身的炮兵，担任他的国防部长，同时也是总统卫队司令、国家安全部门负责人，以及寥寥几个被允许在多米诺骨牌局中赢他的普通人之一，因为他曾在总统的四轮车还有几分钟就要经过行刺点的时候试图拆除甘油炸药装置而失去了右臂。在罗德里戈·德阿吉拉尔将军的保驾与帕特里希奥·阿拉贡内斯的协助下他感到无比安全，竟开始疏于自我克制，越来越频繁地抛头露面，甚至敢只带一个随从就乘着没有标识的破车在城中闲逛，透过布帘的缝隙窥赏那座曾被他用法律条文定为全世界最美的由金色砖石砌成的傲慢的大教堂，他遥望着那些古老的灰岩大宅，它们拥有已沉睡时代的门廊和面朝大海的向日葵，他看着总督区透着烛芯味道的石墁路面，看着面色苍白的小姐们在阳台上日光下的石竹花与三角梅之间带着挥散不去的优雅勾织着蕾丝，看着比斯开修女们与当年庆祝彗星第一次经过时一样，下午三点在有着棋盘纹饰的修道院中练习古钢琴，他穿过嘈杂的商业迷宫，经过那里致命的音乐、彩票店的旗帜、卖甘蔗汁的小摊、蜥蜴卵穿成的串儿、土耳其人被晒褪色的廉价玩意儿和那个因不从家长之命而变成南蝎的女人的可怖手绢，他穿过那条没有丈夫的女人们聚居的破落小巷，这些女人会在傍晚时分把衣服晾在刻有纹饰的木质阳台上，裸着身子外出购买蓝色的北美乌鱼和粉色的鲷鱼，还会和卖菜的妇女争吵骂娘，他闻到了风携带的腐烂海鲜的气味，看到了街角白鹈鹕日复一日散发的光芒，望见了海湾高岗上色彩凌乱的黑人棚屋，突然，就在那儿，港口，啊，港口，那里的码头铺着吸水木板，那里海军陆战队的装甲舰比真相更长更阴森，一个黑人码头女工面对慌乱的马车躲闪不及，于是看到了那个正用世上最悲伤的眼神望着港口的迟暮老人并因此感受到死亡的触动，是他，她惊呼，硬汉万岁，她喊道，万岁，男人、女人、从中国人开的小旅馆小酒店跑出来的孩子都这样呼喊着，万岁，绊住马腿拦住马车希望能握到那只权力之手的人也呼喊着，他们的行动精准而又出人意料，他差点没来得及推开随从持枪的手，他厉声呵斥道，别那么胆小，中尉，让他们来爱我吧，那一天以及随后几天人们的狂热爱戴令他极度兴奋，罗德里戈·德阿吉拉尔将军费尽功夫才打消了他那乘坐四轮敞篷彩车巡游好让爱国者们都能看到我的全身的念头，真见鬼，他丝毫都不怀疑港口那次突然的热闹聚会不是民众自发的，也没有怀疑接下来的那几次是自己的安全部门为了毫无风险地取悦他而策划的，他受着他的秋天来临之前洋溢着爱的和风的哄骗，甚至敢在多年之后再次离开这座城市，重新启动漆着那面旗帜色彩的旧火车，沿着他广阔而沉重的王国的屋脊攀缘而上，从兰花的枝叶与亚马逊凤仙花中破开道路，惊扰了长尾猴群、极乐鸟和卧轨而眠的豹子，一直驶至他荒芜故土上冰冷而凄凉的村庄，在那里的车站，乐队演奏着阴郁的旋律等待他的到来，他们为他敲着丧钟，展示一块块牌匾来欢迎坐于圣三一右侧的这位无名显贵，散居在乡村教区的印第安人下了山，向他围聚过来，期望见识一下隐藏于总统车厢内被死亡的阴影笼罩的权力，但那些得以靠近的人透过布满灰尘的玻璃望到的只是惊恐的眼眸、颤抖的双唇、在荣光的边缘挥动致意却无人知其所属的手掌，卫队中的某个成员一直试图让他远离窗口，请您小心，将军，祖国需要您，但他却在半梦半醒间回答，别担心，上校，这些人爱我，在高地荒漠的火车上如此，在木舵航船中也是如此，这艘船绕过史前恐龙的残骸，绕过意外遇见的、美人鱼正要在那里分娩的岛屿，绕过令数座巨大城市消失的灾难性日落，在栀子花甜蜜的芬芳和赤道上某条河流里腐烂的火蝾螈间留下了自动钢琴奏出的华尔兹般的涟漪，一直开到炎热而荒凉的村落，那里的居民都在河岸翘首张望漆着国家色彩的木船，却只能勉强分辨出一只戴着缎面手套、不知其所属的手在总统寝舱的窗口挥动致意，而他则看到岸边以海芋叶代替旗帜挥舞的人群，看到他们跳入水中，带着活貘，带着巨如象脚的山药和装着大鸨的背篓，期盼为总统的杂烩汤送上食材，他在幽暗如教堂的舱室中慨叹，看看他们是怎么过来的，船长，看看他们有多爱我。十二月，当加勒比世界变得晶莹起来，他会乘旧车沿峭壁山路而上，直至悬崖之巅的房子，在那里同这片大陆其他国家的老独裁者以及被废黜的国父玩一下午多米诺骨牌，多年以来，他为他们提供了避难所，如今，他们正在他慈悲的阴影下老去，他们在露台的椅子上幻想着那艘会让他们东山再起的虚幻之舰，他们在他于大海的阳台上为他们建的敬养院中孤独自语、渐成死尸，他接待了他们众人，却仿佛只接待了一人，因为他们都在黎明时出现，都在睡衣之外反穿着华丽的军服，每人都携着一个衣箱，里面装有搜刮民众而得的钱财，还带着一个行李箱，里面装有放勋章的小盒、贴在旧账簿上的剪报以及一本肖像相册，他们在第一次受他接见时，会像呈上身份证明一样向他展示自己的相册，您看，将军，这是担任中尉时的我，这是就职那天照的，这是执政十六年纪念，这里，将军您看，但他在提供给他们政治避难所时，并没有更多地在意他们，也没有查看身份证件，因为一个垮台的总统仅存的身份证明应该是他的死亡证明，他说着，也带着同样的鄙夷去听那不切实际的简短演说，我暂时接受您高规格的款待，这段时间内公正的人民会清算篡权者的，这庄重的永恒公式实在幼稚可笑，因为不久之后他又会听到篡权者这样说，再之后会听到篡了篡权者权的人这样说，仿佛那些孬种并不知道，在这笔男人的交易里，完蛋了就是完蛋了，他会将他们通通留下，请他们在总统府住几个月，强迫他们玩多米诺骨牌，直到将他们口袋中的最后一分钱掏空，随后他扶着我的手臂来到面海的窗口，他令我更因这只朝一个方向前行的恼人生活而心痛不已，他用去那里的希望安慰我，瞧，那里，在那座像搁浅在悬崖顶端的远洋轮船的大房子里，我为您留了一个单人间，有明媚阳光、美味佳肴，有大把时间可以让您与其他深陷不幸的伙伴一同忘记烦恼，还有一个海景露台，他喜欢在十二月的午后坐在那里，倒也不是和那群傻瓜玩多米诺骨牌有多快乐，而是因为他会享受自己不是他们之中一员的小小快感，因为他能一边在泥潭中把幸福搅得哗哗作响，一边在映照出他们落魄身影的警示之镜中端详自己，他独自做着梦，打着鬼主意踮着脚尖跟踪正在黎明的昏暗中打扫民政大楼的温顺的穆拉托女人，他嗅着她们身上散发出的公共宿舍的臭气和药店里的发蜡味道，他窥视着，希望能撞到一个落单的好和她在办公室门后像鸡一样做爱，而她会在黑暗中爆发出淫笑，将军可真坏啊，您可是伟人还这么好色，然而在做爱之后，他会陷入悲伤，会去没人听到的地方唱歌来安慰自己，他会唱，一月的明亮月光，他会唱，看看在你窗下刑场上的我多哀伤，在那些毫无凶兆的十月里，他是如此确信他的人民爱他，甚至会在没有卫队守护的情况下，在他的母亲本蒂希翁·阿尔瓦拉多居住的郊区大宅的庭院中，挂上吊床在罗望子树的阴凉下睡午觉，梦到那些流浪的鱼在卧室彩色的水中游动，他会叹息着说，母亲，祖国是最好的发明，却从不等待那个世上唯一敢因他腋下的烂洋葱味儿而斥责他的人的应答，他会走正门返回总统府，因加勒比一月奇迹般的时节，因在晚年的尽头与世界的和解，因与教皇使节重归于好后那些锦葵色的温和午后而倍感兴奋，那使节来访时并不会一味游说他皈依基督，他们会蘸着热巧克力吃着小饼干，而他则会笑到几乎背过气去地叫嚷着，如果上帝真像您说的那样好，让他把我耳朵里嗡嗡叫的屎壳郎拿走吧，他说着解开襟门上的九颗扣子，向他展示非同寻常的疝气，让他给我这东西放放气吧，他对他说，但使者转而开始进行冗长的禁欲主义教化，企望说服他，一切真理，无论出自何人之口，都来自圣灵，华灯初上时，他把他送到门口，带着一副少见的几乎要笑断气的样子，别白费口舌了，神父，他对他说，不管怎样，我做的就是你们希望我做的，都这样了您怎么还想让我信教呢，见鬼。然而这舒缓平和的气氛很快就在一片遥远荒漠上的斗鸡场中耗尽了，那天，一只凶残的公鸡将对手的头扯了下来，并在嗜血的观众面前，在一场满是用欢快的音乐赞颂暴力的醉汉的家庭舞会上，将它啄食掉，而他是唯一一个察觉到凶兆的，他感觉它清晰而迫在眉睫，于是悄悄命令卫队逮捕了其中一个乐手，那个，正在吹大号的那个，果不其然，他们在他身上搜出了一把双管霰弹枪，在严刑拷打之下他供认本来计划在散场时趁乱向他开枪，当然，再明显不过了，他解释道，因为我正看着所有人，所有人也在看着我，只有那个吹大号的狗娘养的一眼都不敢看我，可怜的家伙，然而他也清楚，那并非他的最后一劫，之后在民政大楼度过的那些夜晚中，虽然安全部门已经向他表示，您不必担心，将军阁下，一切都井然有序，但他仍焦虑不已，自从在斗鸡场尝过那种预感的折磨后，他便紧紧抓住帕特里希奥·阿拉贡内斯，仿佛将他当成了自己，让他吃自己的菜肴，让他与自己用同一个勺子一起喝下他的蜂蜜，万一食物被下了毒，最起码两人会一起死，也算是个安慰，他们会像逃荒者一样在被遗忘的房间里走动，走在地毯上，不让别人听出他们鬼鬼祟祟的暹罗象般的脚步声，他们放步漫游在灯塔从窗口射入的断断续续的光亮中，每隔三十秒，那光线都会穿过沉睡的海上一艘艘夜航船的凄郁离愁，穿过燃烧牛粪升腾的烟射进来，用绿色充盈整个房间，他们会花一个又一个下午去赏雨，会在九月那些萧索的黄昏里像老迈的情侣一般细数飞燕，他们与世界那般疏离，以至于他自己都没有察觉到他奋力而为的分身法正适得其反地滋养着猜忌：他出现的次数越来越少，他进入了休眠，尽管警卫人数多了一倍并且不许任何人出入总统府，还是有人躲过了严格的排查，看到了笼中的喑哑鸟雀，看到了在洗礼池饮水的母牛，看到了玫瑰丛中睡着的麻风病人和瘫痪患者，每一个人都在正午就期盼着黎明，因为如预卜水盆宣称的那样，他已在睡梦中自然死亡，只不过高层对此秘而不宣，并试图在血腥的非法集会上调停迟来的冲突。虽然无视这些风言风语，但他很清楚有些事将要在他的生命中发生，于是他打断缓慢进行的多米诺骨牌局，问罗德里戈·德阿吉拉尔将军，局势怎么样，兄弟，一切都在控制之中，将军阁下，祖国很太平，他从走廊上稀软的牛粪燃起的祭坛之火中，从古老的井水里捕捉着预兆，却找寻不到什么能解释他的焦虑，当热浪消退时，他去郊区宅院拜访母亲本蒂希翁·阿尔瓦拉多，两人在罗望子树下吹着午后的凉风，她坐在老太太摇椅上，虽然虚弱却神志清醒，向鸡群和在庭院地面觅食的孔雀撒着玉米粒，而他，坐在漆成白色的柳木安乐椅上，拿帽子扇着风，用朽迈的饥渴眼神追逐着给他端上彩色水果饮料的壮硕的穆拉托女人，解解渴吧，将军阁下，他心里想着，我的母亲本蒂希翁·阿尔瓦拉多啊，但愿你知道，我已经不行了，我想走得远远的，无论去哪儿，母亲，我要远离这么多的凌辱，然而即便对母亲，他也没有表露出内心的唏嘘，而是趁华灯初上就返回总统府，从旁门进去，经过走廊时听到哨兵的踏步声，他们如往常一样依次向他致敬，将军阁下，一切都井然有序，但他知道那不是真的，他们习惯性地欺骗他，因恐惧而欺瞒他，在那场从斗鸡场的不祥下午开始的毫无定数的危机中，在那场给他的荣光染上苦楚、剥去他由来已久的统治欲望的危机中，没有什么是真实的，直到夜很深了他还趴在地上没有睡着，从向着海敞开的窗口传来遥远的鼓声和哀伤的笛声，那里正在举行一场穷人的婚礼，他们也会这样欢快地庆祝他的死亡吧，他听到了一艘懒散的航船未经船长许可便在夜间两点起锚离开的动静，听到玫瑰清晨绽放时纸张一般的声响，他热得出汗但汗液冰冷，他无意识地发出叹息，他不曾有一刻心绪平静，凭借原始的本能，他预感到了那个他从郊区宅院迫切回府的下午，那天他在街上撞见了大批骚动的民众，窗子开开合合，燕子在十二月清透的天空中惊惧万分，他微微撩开马车窗帘想窥看发生了什么，他自言自语道，就是这样，母亲，就是这样，看着空中五彩缤纷的气球，他有了一种可怕的解脱感，红色的绿色的气球，忧郁的大橙子般的黄色气球，无数流浪的气球在惊恐的燕子间升空，在下午四点水晶般的光芒中飘浮片刻又很快在静默而一致的爆炸中破碎，从城市上空撒下千万张纸页，如同一场宣传单的暴雨，车夫趁势从公共市场的骚乱中溜走了，没有任何人认出最高权力的马车，因为所有人都忙于哄抢气球撒下的纸页，将军阁下，他们在阳台上吼着，在压抑中背诵着，他们呼喊着，去死吧独裁者，甚至连他的哨兵都在走廊中高声朗读着，不分阶级、团结一致，共同反抗几个世纪的专制统治，以爱国之心统一战线反抗军队的跋扈与腐败，他们呼喊着停止杀戮、停止掠夺，在他进入车库门的那一刻，整个国家从千年的沉睡中苏醒了，他听到了可怕的消息，将军阁下，他们用浸了毒的标枪刺中了帕特里希奥·阿拉贡内斯，他的性命危在旦夕。几年前的一个夜晚，他情绪不悦，向帕特里希奥·阿拉贡内斯提议玩猜硬币正反面的游戏，如果是正面，就你死，如果是反面，就我死，但帕特里希奥·阿拉贡内斯对他说这样两人都得死，因为所有钱币的正反面都铸着两人的肖像，于是他又提出在多米诺骨牌桌上决定生死，二十局分胜负，帕特里希奥·阿拉贡内斯接受了提议，我非常荣幸，非常乐意，将军阁下，只要您能授予我战胜您的特权，他接受了，同意，于是他们就这样玩了一局，玩了两局，一直玩到第二十局，赢的都是帕特里希奥·阿拉贡内斯：他从前能获胜只是因为战胜他是被禁止的，他们展开了激烈而漫长的战斗，直到最后一局他都未尝过胜利的滋味，帕特里希奥·阿拉贡内斯用衬衫袖子擦干汗，叹息道，实在抱歉，将军阁下，但我不想死，于是他开始把牌拾起来，一边按顺序码放在一个小木盒里，一边像一位正在讲课的教师那样，说着他也没理由就这样死在多米诺骨牌桌上，他将在应该死的时辰和地点在睡梦中自然死去，就像女巫的水盆在他的时代伊始就已预言的那样，甚至那样都不应该，好好想想吧，本蒂希翁·阿尔瓦拉多把我生下来不是为了让我去理会那些水盆的，而是让我去发号施令的，无论如何，我就是我，而不是你，所以你应该感谢上帝，因为这不过是个游戏，他笑着对他说道，但那时甚至永远，他都无法料到那个可怕的玩笑在他踏入帕特里希奥·阿拉贡内斯房间的那晚变成了现实：他看到他已经生命垂危、无药可救，全然没有战胜剧毒而生还的希望，他站在门口伸出手向他致意，愿上帝拯救你，兄弟，为国而死是莫大的荣耀。在他漫长的弥留过程中，两人独处一室，他一直陪伴在他身旁，一勺一勺地喂他止痛药，帕特里希奥·阿拉贡内斯喝着药水，毫无感激之意，每喝一口都对他说，我只会离开您的狗屁世界一小会儿，将军阁下，因为我的心告诉我，我们不久后就会在地狱深处再碰面的，因为中毒，我会比一条鳎鱼更加扭曲，至于您，手里提着自己的脑袋不知道该把它放到哪儿，说句大不敬的话，将军阁下，现在终于可以告诉您了，我从来就没有像您想象的那样爱过您，而且自从在海盗猖行安的列斯群岛的时代不幸地被卷到您的多米诺骨牌局中，我就终日祈祷您被杀死，哪怕是被体面地杀死，这样您就能为您带给我的孤苦人生付出代价了，您先用木槌把我的脚掌打扁，让它们变得和您那双梦游人的脚一样，再用鞋匠的锥子穿过我的睾丸，好让我患上疝气，之后安排我喝下松节油，让我忘记怎样读写，那过程就好像当初我母亲教我读写时那样费劲，您总是强迫我去出席那些您不敢出席的公众活动，这并不是因为您所谓的国家需要您活着，而是因为在给那些漂亮婊子戴上皇冠时，即使是最坚毅的人，也会夹紧屁股，完全不知道死亡会从何处而来将自己击倒，请恕我不敬，将军阁下，然而他并不在乎帕特里希奥·阿拉贡内斯的无礼却在意他的忘恩负义，我让你在这宫殿里过得像个国王，我给你的没有别人能给，世上再没有谁能像我这样甚至连自己的女人们都借给了你，咱们还是别谈这个了吧，将军阁下，我宁愿被阉了也不想把那些做母亲的推倒在地，好像她们是需要被烙印的小母牛似的，只不过那些没心没肺的可怜荡妇甚至都感觉不到烙铁，她们不会尥蹶子不会挣扎不会像小母牛那样号叫，甚至屁股上都不冒烟闻起来都没有烧焦的肉味，好女人的标准她们都达不到，她们只会把自己死母牛一样的身体摆在那儿让人泄欲，同时还要继续削着土豆皮，对别的女人喊着帮我看着点儿锅，我休息一会儿，别让米煮糊了，说句大不敬的话，只有您才会相信这玩意儿是爱，将军阁下，因为这是您唯一知道的，听到这里他怒斥道，闭嘴，他妈的，闭嘴，不然我要你好看，但帕特里希奥·阿拉贡内斯不带一丝玩笑口吻地继续说道，我为什么要闭嘴呢，您最多不过就是杀了我，而您此刻已经在杀我了，您最好还是趁现在好好看清真相吧，将军阁下，这样您会知道，没有任何人告诉过您他的真实想法，所有人告诉您的都是他们认为您想听到的，他们在您面前卑躬屈膝，背着您就冲您比画手枪，能碰到我这个全世界最怜悯您的人您就感谢上天吧，因为我是唯一一个长得像您的人，唯一一个敢如实告诉您人人都在说的话的人，他们说您谁的总统都不是，说您不是凭借自己的大炮登上的王位，说您能坐上宝座全是因为英国人让您坐，那些外国佬用装甲舰上的两门大炮维持着您的王位，他们叫嚣着我们把你和你的黑人窑子留在这儿，看没了我们你可怎么办，那时我看到您急得团团转，害怕得不知该如何发令，后来您并没有从位子上退下来，甚至从来都不曾退下来，那并不是因为您不想而是因为您不能，您就承认吧，因为您知道，当人们在街上看到您一身死人打扮的时候，他们会像狗一样扑上来，挖走这一块，因为桑塔玛丽亚德尔阿尔塔的屠杀，撕走另一块，为了被扔进港口碉堡的池塘里生生喂了鳄鱼的囚犯，揪走又一块，为了被活活剥了皮的人，那些皮还被寄到他们的家里以示警告，他说着，从无尽的迟来的怨恨中拽出一连串他臭名昭著的统治下的凶残罪行，一直说到他不能再说，一直说到一把掏火耙打下，令他肝肠寸断，他心软了，毫无冒犯之意地几乎是哀号着说了最后几句，我是说真的，将军阁下，趁我就要死了和我一起死吧，没有人比我更有资格这么说，我从来都没有指望自己长得像另一个人，更不用说像一位国家政要，我只不过想当一个落寞的吹瓶子的玻璃工，就像我父亲那样，鼓起勇气试一下吧，将军阁下，没有看上去那么疼，他言之凿凿，语气沉着，甚至没能激怒他开口做出回应，他只是试着扶住椅子上的他，因为他开始抽搐，开始用双手抓扯腹部并流着疼痛与羞辱交织的泪水啜泣，将军阁下，真抱歉，我要拉出来了，但他却觉得他只是在用什么比喻来表达自己怕得要死，然而帕特里希奥·阿拉贡内斯说道，不，我想说的是我在拉屎，在拉屎，将军阁下，于是他终于开始哀求他说你忍忍，帕特里希奥·阿拉贡内斯，你再忍忍，咱们是祖国的将军，即使死，也要死得像个男人，但已经晚了，帕特里希奥·阿拉贡内斯一头栽了下去，于是他扑落到他身上，恐惧地蹬着腿，浸在了粪便与泪水中。在与会客厅相邻的办公室里，他用丝瓜瓤和肥皂搓洗才把他身上死亡的恶臭除掉，他为他穿上自己身上的衣服，为他裹上帆布疝气带，套上绑腿，在左脚鞋后跟戴上金质马刺，他在这样做的同时感到自己正逐渐变成世上最孤独的人，最后他抹去了所有虚假表象，将自己在预卜水盆中亲眼所见的丝毫不差地还原出来，如此一来，次日清晨府中的清洁女工就会发现他趴在地上死了，事实的确如此，她们看到了伪造的他第一次在睡梦中的自然死亡，看到了他身着没有军衔标志的粗布制服，穿着绑腿，戴着金质马刺，弯着手臂垫在脸下当作枕头。与他期盼的相反，那一次消息并没有迅速传开，而是经过了长时间的谨慎考证、秘密调查，各个法定继承者试图用五花八门、彼此矛盾的说法来澄清死亡谣言，以拖延时间，趁机进行肮脏的私下交易，他们把他的母亲本蒂希翁·阿尔瓦拉多带到商贸大街好让众人看到她未带愁容，主啊，他们让我穿上花衣裳把我打扮得像马里蒙达①一样，给我戴上鹦鹉帽让全世界都以为我是幸福的，他们非要我在商店里购物，但我和他们说不，主啊，我说现在不该买东西应该哭，因为甚至连我都相信我儿子死了，他们为我照全身像时还逼着我微笑，那些军人说为

---

① 由人装扮成的长鼻大耳、色彩鲜艳的形象，是巴兰基亚及其狂欢节的象征。

了祖国必须这么做,这个时候他则在密室中困惑地自问世界怎么了,怎么没有什么因他虚假的死亡而改变,怎么太阳会照常升起,并且毫无阻碍地一次又一次升起,为什么这礼拜日的空气,母亲,为什么没了我它仍是一样的热,当不合时宜的炮声在港口碉堡响起,当大教堂教益众人的钟声开始报丧,当骚动的人群得悉世上最大的新闻而从世俗的倦怠中挺直了身躯登上民政大楼,他这样惊恐地问着,他将卧室的门开了条缝,探头望向会客厅,他在那个炽热的房间中看到了自己,看到了比基督教任何一个死去的教皇都死得更加彻底、装饰得更加繁复的自己,他被恐惧和羞耻刺伤了心,因为他那军事巨头的身体周围放满鲜花,因为他的脸上扑了粉,唇上涂了彩,因为他那冷漠的年轻女子般僵硬的双手放在了别满功勋奖章的胸前,因为在死后被尊为宇宙大将军的他穿着绣有十个朝阳的华贵制服,因为那把从未使用过的纸牌国王军刀[①]、那戴有一副金质马刺的漆皮绑腿,以及被束缚在他那躺卧的娇柔身躯里的权力的广大附庸物与武力的阴森荣耀,他妈的,那个人不可能是我,他怒不可遏地自语道,他妈的,这不公平,他一面看着排队围起他尸体的随从一面说道,有那么一刻,他忘记了这出戏的模糊目的,他感到在庄严的权力面前,自己被死亡的无情贬低侮辱了,他看到了没有他的生活,他带着某种怜悯看到

[①] 指扑克牌 K 卡牌上国王所持的军刀。

了失去他威权庇护的人们是怎样的状态，他带着某种深藏的不安看到了只为来弄清那是否真是他本人的人，他看到了一个以联邦战争期间共济会的方式问候他的老人、一个亲吻他戒指的戴孝男子、一个为他献上花束的女学生，以及一个因无法承受他死去的事实而将鱼筐打翻在地的鱼贩，她抱住喷过香水的尸体哭喊道是他，我的上帝啊，她哭泣着，没了他我们可怎么办啊，所以真的是他，人们叫嚷道，是他，烈日下武器广场上憋闷的人群叫嚷道，于是丧钟停了，大教堂和其他所有教堂的钟声一同宣布这是一个欢乐的礼拜三，于是复活节烟火绽放了，荣耀鞭炮炸开了，自由之鼓敲响了，他看到进攻队伍从窗户钻了进来而卫队在他们面前欣喜又沉默，他看到人头汹涌攒动，他们用棍杖驱散了侍从，又将那个悲戚无助的鱼贩推倒在地，他看到有人向尸体施暴，看到那八个人将尸体从无法追忆的遥远状态中，从百子莲与向日葵的虚幻时光里拽出来，在楼梯上拖扯着，他看到一些人破坏了那个富饶与不幸的天堂的脏腑却自以为永久地毁灭了它的内核，他们永久地摧毁了那个权力的巢穴，砸烂了纸纤维石膏雕成的多立安式柱头、天鹅绒窗帘以及顶着石膏棕榈树的巴比伦柱，将鸟笼、总督宝座和三角钢琴抛出了窗外，推倒了存放有无名显贵骨灰的骨灰墙，割裂了绣有幻灭的冈多拉船上熟睡的少女的哥白林挂毯和绘有主教、古代军阀以及恢宏海战的巨幅油画，为了不让后代对军人的丑恶血统留有哪怕最轻微的记忆，他们毁灭了那个世界，他从百叶窗的缝隙望向街道，想看看那些从窗口扔出的灾难落到了何方，只消一眼，他就看到了太多的无耻与忘恩负义，比我有生以来见过的和为之哭泣的还要多啊母亲，他看到他那些幸福洋溢的寡妇从侧门离开了那座宅院，她们从我的牛棚里牵走了母牛，搬走了政府的家具，卷走了您的蜂房产的瓶装蜂蜜啊母亲，他看到他的七个月的早产儿们用厨具、琉璃工艺品、主教晚宴的餐具奏响喜乐，如街贩般高声喊着我爸爸死啦，自由万岁，他看到武器广场上的火堆里焚烧着自他统治以来便无时无处不在的官方肖像与平版日历，他看到自己的身体被拖行在大街上，慢慢留下一条散落着勋章、带穗肩章、军服纽扣、金丝银线、结绳盘扣，散落着纸牌国王军刀的流苏和宇宙之王的十个悲凉太阳的痕迹，母亲啊，看看他们是怎样待我的，他一面说，一面感受着刺入肉身的耻辱，尸首被向前拖曳着，人们纷纷从阳台上向他啐吐唾液，倾倒病人的粪便，他不寒而栗，生怕自己被人肢解了并在庆祝我的死亡的狂欢节般的烟花爆竹声中，在发狂的号叫中沦为狗和兀鹫的吃食。当动乱过去，他仍旧能在无风的午后听到远处的音乐声，仍旧会扑杀蚊虫并试图将耳中阻碍思考的蝉鸣用手掌拍灭，仍旧望着地平线上燃烧的光亮，望着灯塔，任它的光芒每隔三十秒从百叶窗的缝隙中射进来，在他脸上投下绿色的虎皮纹，他保持着亘古不变的寻常的自然呼吸，与此同时，他的死亡变成了另一个死亡，仿佛过往那些死亡中的一个，现实不停息的洪流逐渐将他裹挟向被怜悯与被遗忘的无人之境，妈的，让死亡见鬼去吧，他吼道，于是他抛弃了密室，确信自己的伟大时刻已经到来并为之兴奋不已，他在散发着垂死花朵味道的黑暗里，在墓地的烛芯间，在他前生的碎片中拖着幽灵般的粗重双脚，穿过被洗劫的厅堂，推开部长会议大厅的门，在烟雾缭绕的空气中听到了胡桃木长桌周围疲弱的声音，透过烟尘，他看到了他希望在那儿看到的所有人：出卖联邦战争的自由派、把它买下的保守派、最高司令部的将领、他的三个部长、大主教以及施诺特涅大使，所有人都在一个陷阱之中召唤着所有人团结起来共同反对延续了几个世纪的独裁统治，好让所有人都能从他的死亡中分一杯羹，他们沉溺于贪婪之渊，竟没有一人觉察到并未下葬的总统的出现，他用手掌一拍桌子，喊道，啊哈！除此之外他什么都不用做，因为当他把手从桌上拿开时，惊恐的轰鸣已经散去，空旷的大厅里只剩下灰烬满溢的烟灰缸、咖啡杯、掀翻在地的椅子以及我终生的兄弟罗德里戈·德阿吉拉尔将军，他瘦小、冷漠，一身野战军装，用他唯一的一只手拨开烟雾向他比画着，趴到地上，将军阁下，好戏就要开始了，于是两人一同卧倒在地上，那一刻，大楼前开始了一场弹片带来的死亡的狂欢，一场总统卫队的血肉庆祝仪式，将军阁下，他们会非常高兴非常荣幸地听从您强有力的命令，不会让一个人从这场酝酿背叛的非法集会上活着走出去，他们向那些试图从正门逃跑的人扫射雨点般的子弹，将那些悬于窗口的人如鸟雀般击落，朝那些突出重围躲到邻近楼内的人投去手榴弹，而后又向伤者补上致命的枪子儿，因为依据总统的看法，所有幸存者都将是一生的死敌，他继续脸朝下趴在罗德里戈·德阿吉拉尔身旁两步远的地方，忍受着每次爆炸从窗口砸进来的玻璃和泥浆，祈祷般地不停喃喃自语，好了，兄弟，好了，好戏结束了，从今往后我会独掌大权，再没有狗冲我叫了，明天早上我们就会看到这破烂摊子里什么是可以用的什么是不能用的，到时万一没有地方坐，就买六个最便宜的皮凳，买几张凉席铺在这儿铺在那儿把窟窿盖上，再买两三样旧家具，不要盘子也不要勺，什么都不要了，那些我从军营里拿就行，因为我不会再养什么士兵，也不会养官员了，他妈的，他们只会多费牛奶，麻烦临头时，大家已经看到了，他们只会唾弃这只喂养他们的手，现在我只留下总统卫队那些正直勇敢的人，我不会再任命政府内阁，他妈的，只有一个好卫生部长是活下去所需要的，再来一个有学问的把该写的写一下，剩下的部长办公室和军营可以租，省下的钱用来支付佣工，这里缺的不是人而是钱，弄两个仆人，一个打扫做饭，一个洗衣熨烫，等有了奶牛和鸟儿，我自己来管它们，厕所里别再有脱衣服的婊子了，玫瑰树下别再有麻风病人了，别再有什么都知道的哲学博士和什么都能看清的政治家了，说到底这是个总统府而不是黑人窑子，听帕特里希奥·阿拉贡内斯和我说外国佬就是这么叫它的，我一个人就够了，继续统治到下次彗星经过简直绰绰有余，它不会只回来一次而是要回来十次，因为我就是这样，我不想再死了，妈的，让别人去死吧，他不假思索地说着，仿佛在背诵，因为自战争开始他就知道高声思考会赶走撼动大楼的甘油炸药所造成的恐惧，他为明天，为这个日暮途穷的世纪制定着计划，直到街头最后一声恩赐的枪声响起方才停止，罗德里戈·德阿吉拉尔蛇一般地匍匐过去，从窗口命令人们去找垃圾车运走死人，随后从大厅出来向他问候，晚上好，将军阁下，晚上好，老兄，非常感谢，他趴在部长会议厅墓碑般的大理石地板上回应道，而后将右臂弯起放在脸下当作枕头，在那个夜晚，在那一具具冒着烟的身体里，在一汪汪红色的杀戮之月的血泊中，他秋日黄叶飘落般的声音开始恒久流传，那响声催他入眠，他很快睡着了，比以往任何时候都更加孤独。他无须执行任何事先的决定，因为军队被击溃了，部队被解散了，在这座城市的军营中、祖国其他地区的六个军营中抵抗至最后一刻的个别军官被公民志愿者所帮助的总统卫队消灭了，幸存的部长们在清晨时分逃亡了，只剩下两位最忠诚的，其中一位曾兼任他的私人医生，另一位是全国最出色的书法家，他不用屈从于任何一个外国政权了，因为意外出现的爱国者捐赠的婚戒和黄金王冠已将政府金库填满，他也不用去买凉席和最便宜的皮凳来遮盖那时物品被扔出窗口造成的惨状，因为甚至在国家平定之前，会客厅就已被重整装修，变得比从前任何时候都更富丽堂皇，屋内处处悬挂着鸟笼，里面养着口吐秽语的金刚鹦鹉和在房檐唱着为西班牙不为葡萄牙的黄冠亚马逊鹦鹉,谨慎而勤劳的女人将房间收拾得如一艘纤尘不染、井然有序的航船,窗外仍旧传来同样的悦耳乐曲声、同样的欢快爆竹声和同样的喜乐钟声,它们先前庆祝他的死亡,现在接着庆祝他的永生,武器广场上的游行久久不散,人们呼喊着永远效忠的口号,举着写有上帝保佑在第三日从死里复活的伟大领袖的大型牌板,这是一个无止境的节日,他甚至不用像从前那样暗中使用手段来将它延长,国事自会重上正轨,祖国自会运转前行,他一个人就是政府,没有谁能通过言语或行动阻断他意志的源泉,他在自己的荣光中如此孤独,孤独得连一个敌人都没有剩下,他对终生的兄弟罗德里戈·德阿吉拉尔将军充满感激,甚至不再为牛奶的消耗而不安,他将足够凶狠有责任感的列兵集合在院中,指着他们,心血来潮地随意提拔他们,同时也十分清楚自己正在整合一支武装力量,一支将会唾弃喂养他们的这只手的武装力量,你,当上尉,你,当少校,你,当上校,我说什么呢,你,当将军,剩下的所有人,都当中尉,朋友,这他妈的就是你的军队啦,他被那些为他的死而悲痛的人深深感动,命人带来了那位向他致以共济会问候的老人和那名亲吻他戒指的戴孝绅士并给他们颁发和平奖章,他还差人带来了那个鱼贩并赠予了她所需要的一栋有众多房间可供她与十四个子女共同居住的宅子,他命人带来那名向他的尸体献花的学生,并满足她最大的心愿,让她嫁给了一位海军,但是做完这些纾解心绪的事之后,他仍然不得一刻平静，直到在圣赫洛尼莫基地上，他看到了在总统府烧杀抢掠的突袭队被逮捕并遭人唾弃，他凭着无从回避的仇恨记忆，把他们一一识出又按罪行轻重加以划分，你，指挥袭击的人，站这儿，你们，把那个无助的鱼贩推倒的人，站那边去，你们，把尸体从棺材里拽出来在楼梯上在泥潭里拖着走的人，站这儿，还有所有这边的人，浑蛋，事实上他对惩罚他们并不感兴趣，他只想向自己证明那出对他身体的亵渎和对总统府的劫掠并不是群众性的自发行为而是受人雇用指使的龌龊勾当，于是他亮开嗓子亲自质问俘虏，希望他们说出他内心需要的那个幻想的事实，然而他没能如愿，他把他们头朝下挂起来，像鹦鹉一样手脚绑在横梁上，一吊就是数个小时，然而他没能如愿，他命人把一名俘虏扔到院中的沟里，让其他人看着他被鳄鱼分尸吞食，然而他没能如愿，他从主力军里挑出一人，当众将他活剥了皮，于是所有人都看到了那张皮，它又软又黄仿佛分娩后留下的胎盘，所有人都感到鲜肉的滚烫血汤溅到了自己，而那身体还在院中的石地上艰难待死，于是，他们说出了他想听的话，他们说有人付给了他们四百金比索，让他们将尸体拖到市场的垃圾站，他们说自己不想这么做，为情为钱都不想，因为他们对他从无异议，更别说在他亡故之后了，然而在一场有两位最高司令部的将军出席的秘密集会上，他们被人用各种方式胁迫恐吓，所以我们才会这么做，将军阁下，我们的话千真万确，于是他舒了一口气，下令给他们食物，让他们休息一晚，明早就把他们扔去喂鳄鱼吧，可怜的小伙子们，被骗了，他叹息着，带着从怀疑的束缚中解脱出来的灵魂回了总统府，嘴里念叨着，都看到了吧，妈的，都看到了吧，这些人是爱我的。他终于驱散了帕特里西奥·阿拉贡内斯在他心中种下的不安，连最隐秘的那些都一点不剩，他决定这是他在统治期内最后一次实施酷刑，于是命他们杀死了鳄鱼，拆除了刑房，之前他们在那里把人的骨头一根一根打断直到全副骨架都碎裂却不将人杀死，他宣布大赦，在展望未来时有了神奇的想法，这个国家的问题就在于民众有太多空闲时间去思考，他琢磨着让人们忙碌起来的方法，恢复了三月诗会和一年一度的选美皇后大赛，建造了加勒比地区最大的球场并赐予我们球队不胜就死的口号，他下令在各省建造免费教授清洁打扫的院校，这些学校的女学生在总统的勉励下狂热地打扫完家里又开始打扫街道，之后是城市的公路马路，因此大量的垃圾被从一个省带到另一个省，运送它们的游行队伍举着那面旗帜和巨幅牌板，上面写着上帝保佑为民族清洁而操劳的至净者，但却无人知晓该如何处置那些垃圾，而他仿佛一头正在思考的牲畜，拖着迟缓的双脚，寻找着新的娱乐大众的方式，他在伸手向他乞求治病之盐的麻风病人、盲人和瘫痪患者之间开出一条道路，以他之名在院中喷泉为他教子的孩子们一一施洗，此时围绕着他们的，是坚定无畏的谄媚者，他们称颂着他的唯一，因为无法再指望与他相貌酷似之人的协助，于是他不得不在那座公共市场般的宫殿中假装能够分身两处，自从他的母亲本蒂希翁·阿尔瓦拉多养鸟贩鸟的消息传开，每日都有笼子和千奇百怪的鸟被送到那里，有些是奉承之礼，有些则含讥讽之意，没过多久，屋里便容不下更多的鸟笼了，他还希望在同一时间处理诸多公务，于是在庭院和办公室的熙攘人群中，已经无法分辨谁是仆人而谁又是被服侍的人，他们推倒了许多面墙以增加空间，凿出了许多扇窗以观望大海，从一个厅室走到另一个就如同冒险穿行在秋日侧风中的航船的甲板上一般。那是与往年无异的从窗子吹进府中的三月信风，而现在他们却对他说，这是和平之风，将军阁下，那是他几年之前就有的同样的鼓膜嗡鸣，但连医生都对他说，这是和平的嗡鸣，将军阁下，自从人们第一次发现他死去，天地万物都变成和平之物了，将军阁下，而他信以为真，到十二月时，他甚至回到悬崖上的房屋，在那些怀乡的老独裁兄弟的不幸中放松地玩乐起来，他们会中断多米诺骨牌局对他说，比如说我是一对六，再比如说那些保守党的追随者是一对三，我只是没发现共济会的人和那些神父暗中结了盟，谁他妈的能想到呢，这个人说着，已然忘记了在盘中渐渐凝固的汤，这时另一个人讲道，比如这个糖罐是总统府，在这里，而敌人剩的最后一门大炮有四百米的顺风射程，在这里，因此诸位看到我落到今日境地，就是因为那倒霉的八十二厘米，也就是说，甚至连那些心最硬的人都远远望到了地平线上来自他们故乡的航船，他们通过烟气的颜色、汽笛的铁锈辨识出它们，他们穿过细雨般的缕缕晨光走到港口，找寻船员们用来卷裹船上外带食物的报纸，他们在垃圾箱里找到它们，翻来覆去地阅读直至最后一行文字，通过谁死了、谁和谁结婚了、生日宴上谁邀请了谁而谁又没邀请谁的消息来预测各自祖国的未来，他们将根据天上大片乌云的走向解析自己的命运，那乌云将在一场末日般的暴雨中经过他的国家，那暴雨将令河水泛滥离道，那河水将使水库堤坝坍塌，那水库之水将把平原淹没，把灾难散播，把瘟疫传至城市，到那时，他们将向我哀求，求我救他们脱离危难与混乱，走着瞧吧，然而在期盼着那重大时刻来临的同时，他们还须向流亡者中年纪最小的那位求助，请他帮我纫上针，好把这条裤子缝好，因为我对它深有感情，不舍得扔，他们会偷偷地洗衣服，会磨快被新来的人用过的刮胡刀，他们会关起门来吃饭，不想让别人发现他们活着却只剩庸庸残命，不想让别人看见他们因年老失禁而弄脏裤子的尴尬窘迫，而在一个不经意的礼拜四，我们会在其中一人的最后一件衬衣上用别针别上徽章，会用他的那面旗帜将他的身体包裹起来，会为他唱他的国歌，而后他们会将他送到海岸悬崖的深处去掌管那些被遗忘的人，除去他那颗被腐蚀的心外，他再没有其他压载物，除去视野狭窄的阳台上那把浴场椅外，他再没为世界留出什么空位，而我们就坐在阳台上摆弄死者的物件，如果他们留下了什么的话，将军阁下，您想想，荣耀过后竟是这般平庸的生活。在另一个遥远的十二月，

37

当这栋房屋落成之时,他曾从那个阳台上看到了别人一点一点指给他看的水平如镜的海面上的安的列斯群岛,看到了它幻象似的一串岛屿,看到了马提尼克芬芳的火山,看那儿,将军阁下,于是他看到了他的痨病医院,看到了一个正在教堂入口向官员夫人们兜售栀子花的身着蕾丝衬衫的壮硕黑人,看到了帕拉马里博地狱般的市场,看那儿,将军阁下,于是他看到了大群通过厕所管道离开海洋又爬上冷饮店桌子的螃蟹,看到了正稳稳坐在瓢泼大雨中贩卖印第安人头像和姜根的黑人老妪牙齿上镶嵌的钻石,看到了在塔纳瓜雷纳海滩上沉睡的纯金母牛,将军阁下,他看到了那个来自拉瓜伊拉的花两个里亚尔就能请来拉奏单弦小提琴驱散死亡召唤的盲眼通灵人,看到了特立尼达的炽热八月,看到了逆行的车辆,看到了那些在自家贩卖真丝衬衫和用整根象牙雕出的柑橘的店铺门口当街大便的年轻印度人,他看到了海地的混乱和它蓝色的狗,看到了清晨时沿街收尸的牛车,看到了库拉索油罐上重生的荷兰郁金香,看到了有防雪屋顶的风车房,看到了经由酒店厨房之间穿过城市中心的神秘的大西洋航船,他看到了西印度卡塔赫纳的石筑围捕鱼场以及它被链条封锁的海湾,看到了停落在阳台的光线,看到了出租马车那望着总督的饲料打哈欠的肮脏马匹,您闻到它的粪臭了吗,将军阁下,多美妙啊,告诉我这世界是不是很大,它的确很大,不仅大还阴险狡诈,他嫌恶那些逃犯一如嫌恶不祥之镜中自己的身影,所以他在十二月攀上悬崖之屋并不是为了和他们交谈，而是为了置身于那个时节日光初现的奇迹时刻，他可以再一次看到巴巴多斯到韦拉克鲁斯之间的安的列斯群岛的整个世界，于是他忘记了谁握着一对三的牌，于是他在观景台探出身去，凝望那一串犹如睡在海洋池塘中的鳄鱼的疯癫岛屿，看着那些岛屿，他回想起那个历史性的十月的礼拜五，仿佛再次身临其境：那日清晨他走出房间，看到总统府里所有人都戴着红帽，新来的妾侍们戴着红帽打扫厅室，为鸟笼换水，牛棚的挤奶员、站岗的哨兵、楼梯上的瘫痪患者、玫瑰丛中的麻风病人戴着礼拜日嘉年华的红帽四处走动，于是他开始仔细调查在他睡着时这世上究竟发生了什么，竟让他府中的人和城市的居民都戴上了红帽并拖着一串串铃铛，最终他找到了吐露实情的人，将军阁下，之前来了些外乡人，一直用古卡斯蒂利亚语闲聊，把阳性的海说成阴性①，把金刚鹦鹉称为鹦鹉，把独木船叫作木筏，把鱼叉称为标枪，他们看到我们去迎接他们，在他们的船只周围游动，便爬上了桅杆，相互喊道，你们看哪，他们长得多棒，身材健美，脸蛋俊俏，头发粗得像马鬃，他们看到我们为防晒而涂的油彩，便像一群被打湿的鹦鹉般哄闹叫嚷起来，你们看哪，他们把自己涂成了灰褐色，而他们是金丝雀颜色的，不黑不白，将军阁下，我们不明白，就凭他们的样子，怎么倒这样嘲笑我们，要知道我们像刚离开母亲身体时那

---

① 西班牙语中，名词有阳性、阴性之分，"海"（mar）一般为阳性，也可为阴性。

样自然,而他们大热天却穿得好像棒花仆侍①,说起热这个词像那些荷兰走私犯一样用阴性,虽然个个是男人,却都把头发梳理得像女人一样,可在他们中一个真正的女人都找不到,当他们听不懂我们喊的话时,就用我们听不懂的卡斯蒂利亚语大喊,然后乘着之前提过的他们叫作木筏的独木舟,向我们划来,他们羡慕我们的鱼叉顶端有鲱鱼刺,管它叫鱼齿,我们拿出自己所有的东西换了这些红帽和玻璃串珠,把它们挂在颈子上讨他们开心,还换了这些黄铜串铃,值一马拉维迪币呢,另外还有些饭钵、眼镜和其他佛兰德斯的小玩意儿,都是最便宜的货色,将军阁下,我们看他们是好人,又聪明,就在不知不觉中把他们带上了岸,大家换这换那,换来换去,就形成了一家非常棒的旧货商店,最后,所有人都来换他们的鹦鹉、他们的烟、他们的巧克力球、他们的蜥蜴蛋,他们把上帝造的所有东西都拿来了,因为他们对每样东西的交换,无论给予还是获得,都欣喜乐意,最后他们甚至要用一件丝绒紧身衣换我们中的一个人去欧洲展览,您想象一下,将军阁下,这太不成体统了,然而他困惑不已,辨别不出这疯狂之事对他的政府而言是不是灾祸,于是他回到卧室,打开面海的窗,希望发现一丝光明的线索,好令他读懂人们所述的乱局,他看到了那艘永远被海军陆战队抛弃在码头的装甲舰,而在更远处的晦暗海面上,他看到了停在那里的三艘三桅船。

---

① 棒花是西班牙扑克牌中的一个花色,仆侍是每个花色的第十张牌,其上绘有人物形象,身穿长袖上衣,头戴红帽。

我们第二次在那间办公室找到被兀鹫啄烂的他时,他还是那身衣服,还是在那个位置,我们当中没有任何人老到可以记起第一次发现他时的情景,但我们知道有关他死亡的任何证据都不能确凿地说明什么,因为真相之后永远都有另一个真相。甚至连我们这些最粗心大意的人都不会被表象说服,因为他分明曾被癫痫击垮,在觐见的人潮前身体抽搐痉挛,口吐胆汁泡沫,从王座上跌落下来,他分明早已因说话过多而丧失了语言能力,是帘后的口技演员在与他作双簧戏,他的周身分明渐渐长满了鲱鱼鱼鳞,仿佛是对他扭曲人格的惩罚,他的疝气分明在十二月的凉爽中对他唱起了水手之歌,于是他走路时只得将肿胀的睾丸放入矫正用的小轮车,也曾分明有军车在午夜时分从偏门塞入一口黄金包角、丝带绛紫的棺材,并且有人看到莱蒂西娅·纳萨雷诺在雨中花园里泣血,然而关于他死亡的谣传愈是翔实可信,他愈是威严活跃地在最令人始料不及的场合现身，并为我们的命运强加上难以预料的方向。人们很容易被总统印章戒上转瞬即逝的征兆，被他迈出不平静步伐的超自然尺寸的双脚，抑或被那诡异的证据——他患疝的、兀鹫不敢啄食的睾丸说服，但总有人能记起过去曾有些无足轻重的死者身上也显现出相同的特征。严谨的调查并没有为身份辨别提供任何有价值的证据。在本蒂希翁·阿尔瓦拉多——如今我们只模糊记得她被法定为圣徒的故事——的卧室中，我们看到有缺口的鸟笼和被岁月变作化石的鸟骨，看到被母牛啃噬的柳木扶手椅，看到一套水彩颜料和一些笔洗，来自荒漠的鸟贩曾用它们为羽毛黯淡的鸟儿上色，仿冒黄鹂在集市上售卖，我们看到一口被蜜蜂花簇拥的陶瓮，花丛在遗忘中不断生长，枝丫攀墙爬壁，从肖像画上人物的眼中探出，又从窗口向外爬去，最终与后院的野生枝叶纠结缠绕，但我们未能发现任何可以证明他曾到过这房间的哪怕最细微的痕迹。在莱蒂西娅·纳萨雷诺——我们对她的印象极为清晰，因为她在距今很近的一段时期统领国家，还因为她一度在公共事务中大出风头——的婚房中，我们看到那张罩着纱帐、适合暴戾欢爱的床已变成了鸡窝，看到蓝狐围脖上的毛毡夜蛾在木箱中残留的痕迹，看到金属丝线扎成的裙撑，看到衬裙上遗留的寒尘，看到镶布鲁塞尔蕾丝花边的紧身背心，男式家用护腿，缎面高跟舞鞋，塑身腰饰，长及脚面配有紫罗兰毛毡花饰的袍服，看到她那第一夫人的华美葬礼所用的塔夫绸带，看到见习修女那绵羊皮般的土灰色粗麻布苦行衣，当初她正是穿着这身衣服被关在一个节日水晶箱中从牙买加绑架而来，而后又作为隐秘总统的夫人被安置在了王位上，但在那个房间里，我们也没有找到任何印迹以证明这海盗式的绑架行为是出于爱情。在他度过生命最后岁月大部分时光的总统卧房中，我们只寻到一张未曾用过的行军床和一个文物收藏家会从海军陆战队员抛弃的豪宅中搬出来的那种可移动式马桶，还有一个铁箱，装着他的九十二枚勋章以及与那具尸体所穿无异的没有军衔标志的粗布制服，上面有六个大口径子弹的弹孔，自脊背射入从胸膛穿出，破口处已被烧焦，这令我们确定了那个流传甚广的传说的真实性，据说那颗背叛的子弹虽然射穿了他却没能伤害他，它坚决地射入，在他体内反弹，回射向袭击者，因为只有面对爱他爱到不惜为他去死的人射出的虔敬子弹时，他才是不堪一击的。对那具尸体来说，那两件制服都太小，但我们并不因此就断言它们不属于他，因为据说他直到百岁都在发育，一百五十岁时还经历了第三次长牙期，尽管事实上，那具被兀鹫啄食的残破躯体与这个时代普通人的身体大小无异，并有着乳牙般健康小巧不甚锋利的牙齿和布满老年斑且无伤疤的胆汁色皮肤，他周身满是垂坠的包囊，仿佛他一度臃肿发福，那曾经沉默的双眼几乎已经不见，只留下空洞的眼窝，除去肿胀的睾丸，看上去唯一与他尺寸相符的就是那双方正扁平、趾甲碎裂、因嵌甲而扭曲的巨大的脚。与衣服所呈现的相反，他的历史学家们将他描绘成了一个伟岸的人物,幼儿园的教材上说他是一位身形魁梧的族长,因房门狭小而足不出户,他喜爱儿童与飞燕,通晓数种动物语言,拥有预测自然现象的能力,看人眼便能读人心,熟谙治病之盐的奥秘,能令麻风病人的伤口愈合,令瘫痪患者站立行走。尽管文本中表明他出身的蛛丝马迹都已被删除,大家还是从他毫无节制的权力欲,从他的政权的本性,从他黑暗的统治,从他将海洋卖给外国政府的叵测居心中猜测出他来自高地荒漠,他的出卖使我们如受刑般居住在这片布满粗糙的月球尘埃并且没有地平线的平原上,它无所归依的落日令我们的灵魂作痛。据传,他一生中有不计其数的无关爱情的情人,她们一个接一个在他的淫窟中等他回来,等他来发泄欲望,他与她们育有五千多个孩子,每一个都是怀胎七个月就出生的早产儿,却无人继承他的姓名,只有与莱蒂西娅·纳萨雷诺所生之子例外,他自出生那刻起便被任命为拥有司法权和统治权的少将,因为他认为孩子只属于母亲,而不属于其他任何人。他坚信这个观点甚至对他本人也同样适用,因为众所周知,和历史上其他著名的独裁者一样,他没有父亲,他唯一承认或许也是唯一拥有的亲人就是我的灵魂他的母亲本蒂希翁·阿尔瓦拉多,学校课本里宣扬着她的神迹,说她无玷受孕有了他,说她在梦中接受他作为救世主的命运的玄机,他言简意赅地立法将她尊为国母,说世上唯一的母亲即是我的母亲,而那是个出身不明、非同寻常的女人,她简单的头脑对于他统治初期那些狂热地维护总统尊严的人来说简直就是丑闻，他们无法容忍元首母亲在颈上挂着樟脑香包以预防传染，用叉子串起鱼子来吃并且穿着漆皮鞋蹒跚行走，他们无法接受她在乐室的露台养蜂，在公共办公室养火鸡和用水彩上了色的鸟雀，或是在汇报厅的阳台晾晒床单，他们也无法忍受她在外交宴会上说，我已经厌倦了向上帝祈求，祈求让我儿子下台，因为主啊，生活在总统府简直就像时时刻刻暴露在火光边，她说这句话时非常自然，一如在某个国庆日，她也是这样自然地挎着装满空瓶的篮子穿过荣誉卫士的队伍，赶上了在雷动的欢呼声里、进行曲中、花瓣雨下开始特赦游行的总统专车，她把篮子往车窗里一塞，向儿子喊道，既然你要过去，就顺便把瓶子还给街角那家商店吧，可怜的母亲啊。在我们庆祝希金森上将的海军陆战队登陆的晚宴上，她的不识大体达到了巅峰：她看到她的儿子穿着佩挂金牌的盛装礼服，戴着余生一直使用的缎面手套，便再也压抑不住作为母亲的自豪，当着外交使团全体成员的面高声感叹道，主啊，如果当初知道我儿子能当共和国总统，我就送他去上学啦，那场面实在太过尴尬，随后她便被打发到郊区一栋有十一个房间的宅子里去了，这栋宅子是他在一个愉快的夜晚，在联邦战争的考迪罗①们于游戏桌上瓜分流亡保守党的良宅佳苑时得来的，只是

---

① 指以暴力攫取并靠暴力维持地主资产阶级统治的独裁军人。源于拉丁美洲，后引申为军事独裁者。

本蒂希翁·阿尔瓦拉多十分厌恶其中皇室风格的装饰，因为那让我觉得自己好像教皇的老婆，她更喜欢那些用人房，喜欢和派给她的那六个贫苦仆人住在一起，她在闲置的阁楼里架好缝纫机，挂起她那些染色鸟儿的笼子，阁楼里时时阴凉，也容易驱散清晨六点的蚊虫，她坐下来缝缝补补，面前是宽敞院落的闲适阳光和飘着药草味道的罗望子树，母鸡在厅堂中漫步，而卫兵们则在空房间里窥看着女侍应，她会坐下来向仆人们哀叹儿子的不幸，那帮海军陆战队的把我可怜的孩子撂在总统府，离他妈妈那么远，主啊，他半夜要是疼醒了，都没个热心勤快的老婆伺候，他就这么让共和国总统的活计给拴起来了，每个月只能领三百比索的工资，可怜的孩子啊。她对自己所说的情况一清二楚，因为他每天都会趁城市陷入昏沉的午睡时来看望母亲，带来她爱吃的水果软糖，借机一吐做侵略军傀儡的苦水，他说他得像变魔术似的把蜜橙和甜无花果藏在餐巾中才能带出来，因为当权高层有一众会计，他们连午餐的剩菜都要记录在案，他哀叹说，有一天装甲舰司令来到总统府，还带着一群什么陆地天文学家，他们什么都量，都没问候我就给我扔来一个卷尺，接着用英语数数算算，还让翻译冲我大呼小叫，你从这儿滚开吧，于是他滚开了，别挡光，他不挡了，哪儿不碍事就到哪儿待着去，他妈的，他并不知道自己在哪里能不碍事，因为连阳台上都有人在测量阳光的尺寸，但这些都不是最糟的，母亲，最糟的是他们把他仅剩的两个病恹恹的妾侍轰到了街上，因为海军司令认为对于一位总统来说她们太不体面，而他又实在离不了女人，于是便时不时地在午后假装离开郊区宅子，但母亲察觉到他其实是尾随女仆进了她们的阴暗卧室，她为此备感辛酸，于是将笼里的鸟儿搅得胡乱扑腾以掩饰儿子的窘迫，她拼命令它们鸣唱以防邻居觉察到那突袭的声响、羞辱的挣扎和压抑着的威胁，冷静些，将军阁下，不然我会告诉您妈妈的，而她会搅扰拟黄鹂的午睡，强迫它们惊叫不止，以防任何人听到他那没有灵魂的急迫丈夫的喘息，他那不脱衣服的情人的粗暴，他那狗一般的呜咽，以及他孤独的泪水，那泪水在急迫爱欲所引发的母鸡躁乱的咯咯叫声中，在那间卧室仿佛液体玻璃的空气里，在上帝缺席的八月的午后三点，如夜晚般降临，因悲伤而腐坏，我可怜的儿子。这种窘迫将会持续下去，直到侵略势力被某场瘟疫吓得离弃这个国家，尽管当时他们还远未实现在此登陆的目的，他们将官员府邸拆分成块放入木箱，把蓝色草坪全部铲除仿佛地毯一般裹挟而去，他们卷起为避免吃下我们河水中的蛆虫而从故乡带来的存放无菌水的橡胶蓄水囊，拆除他们的白色医院又炸毁军营以防任何人摸索出它们的建造方法，他们遗弃那艘破旧的装甲登陆舰，把它留在码头，因为一位在风暴中失踪的海军将领的亡魂会在六月的夜晚在它的甲板上行走，但是在用飞驰的列车带走那个移动式的战争天堂之前，他们为他戴上了一枚友邻奖牌并把国家元首的职位交给了他，为了让所有人都听到，他们大声对他嚷道，我们把你和你的黑人窑子留下来了，看看没了我们你可怎么办，他们居然走了，母亲，他妈的，他们已经走了，于是自卑躬屈膝的沦陷期以来他第一次爬上了台阶，现身于向他悲号哀求的骚动人群之前并大声施令，人们求他恢复斗鸡比赛，他批准了，同意，求他撤销禁止放风筝的命令、重新开放各种被海军陆战队禁止的娱乐活动，他批准了，同意，他确信他是自己全部权力的主宰，于是颠倒了旗帜的色彩，将盾牌上的弗里吉亚帽换成了侵略者被降伏的龙，因为我们终究是自家的狗啊，母亲，瘟疫万岁。本蒂希翁·阿尔瓦拉多一生都牢记着那些政变以及其他更古老更苦涩的灾难，然而什么都没能令她像那次诈死事件后那般哀痛，她不住地向愿意听的人抱怨着，当总统的妈妈太不值啦，除了这台惨兮兮的缝纫机外，我就再没别的什么了，她抱怨道，你们看到他坐着金丝银线装饰的马车，但我可怜的儿子为祖国卖了这么多年命，都没留个葬身的地方啊，主啊，这不公平，后来她停止了哀叹牢骚，倒不是因为她已经麻木或者不再抱有幻想，而是因为他不再向她讲述自己的颓丧，不再如往常一样疾奔回来与她分享权力的奥妙，自陆战队占领期以来他已经改变了太多，甚至令本蒂希翁·阿尔瓦拉多觉得他比她更加衰老且已将她抛落在了时光里，她察觉到他说话结结巴巴，他对现实没有清晰的概念，有时还会不自觉地流下口水，他带着大包小包来到郊区的宅子，一心想把它们同时打开，不等她从缝纫筐里找到剪刀，他便焦躁得用牙齿去扯咬麻绳,还被铁箍伤了指甲,看到这幅情景,她就会被一种悲悯侵袭,这种悲悯不是母亲对儿子的,而是女儿对父亲的,而他沉溺在对飞翔的渴切中,从破烂儿堆里掏出所有东西,您看这些玩意儿多好啊,母亲,他说道,有水族箱里的活美人鱼,有真人大小会在房间里一边飞一边敲钟报时的绳编天使,还有这个大海螺壳,从它里面听不到海风海浪,却能听到国歌的曲调,多奇妙的东西啊,母亲,您看,人不穷有多好啊,他说,但她并没有迎合儿子的兴奋,而是开始啃咬她画黄鹂的毛笔以遮掩酸楚破碎的心,因为她忆起了唯有她才清楚的过往岁月,记起了他为保住那把交椅而付出的巨大代价,我说的不是现在,主啊,不是现今这样轻松的光景,现在的权力正像他说的一样,是摸得着又独一无二的实在东西,就像手掌上的一颗玻璃珠,她说的是他被联邦战争中最后一群贪婪的考迪罗追逐迫害的时期,当时他好似一条逃命的鲱鱼,没有神明庇护,在附近一座宫殿里游窜,而那些考迪罗曾帮我扳倒了诗人将军劳乌塔罗·慕纽斯,一个有文化的暴君,他、他的苏埃托尼乌斯拉丁语弥撒和他的四十二匹纯种良驹如今已在上帝的神圣荣光里了,那些考迪罗还以武装援助从被流放的旧主手中换得了农场和庄园,以令人无可辩驳的理由将国家划分为各自治省区,这就是联邦制,将军阁下,我们为之抛洒热血的联邦制,他们在自己的领区完全自治,有自己的法律、自己的国庆日、自主发行的纸币、自己的佩宝石军刀的制服、金穗装饰的军服，以及仿照他之前那些总督的插着孔雀尾翎装饰的旧式三角帽，主啊，他们真是粗野鲁莽又感情用事，他们未经许可就由大门闯入总统府，因为祖国是每个人的祖国，将军阁下，我们就是为了这个才甘愿牺牲性命的，他们在节日宴会厅中安营扎寨，带着各自的女眷和农场动物，这些动物是以和平贡品之名从各处征收而来的，以保证他们永远有东西可吃，他们雇来野蛮的卫队，这些人不穿军靴，只用碎烂布头裹着双脚，几乎不会讲西班牙语，却是设置陷阱的高手，操起武器来娴熟而凶残，他们使总统府看起来像吉卜赛人的营寨，主啊，它有一种浓浓的河水涨潮的味道，高层官员已将共和国国有的家具都搬进了各自的庄园，他们在多米诺骨牌桌上用政府特权下注，对他的母亲本蒂希翁·阿尔瓦拉多的哀求无动于衷，她一刻不停地收拾着集市上不绝的垃圾，尝试着在灾乱中规整出哪怕一点秩序，因为在自由派无可逆转地堕落时，她是唯一一个试图挽回局面的人，只有她看到总统府在那些该死的浑蛋手中腐化时，试图用扫帚将他们赶走，她看到他们为最高司令部的席位在牌局上明争暗斗，看到他们在钢琴后面做着鸡奸的勾当，尽管她发出了警告，却仍旧看到他们往雪花石膏细颈瓶中大便，主啊，那不是可移动式马桶，而是从潘泰莱里亚的海中捞上来的细颈瓶，但他们坚称那是富人的便壶，主啊，没有任何凡人之力能说服他们，也没有任何神力能阻止阿德里亚诺·古斯曼将军来参加我的掌权十周年的外交庆典，尽管他出现在舞会大厅时没有任何人能料想到等待我们的是什么,他身穿特地为这个场合挑选的寒酸的白色亚麻制服,像他以军人之名对我保证的那样没佩武器,只由法国逃犯组成的卫队作陪,这些犯人都是平民打扮,肩上还扛着卡宴的火鹤花,他向大使和部长们行礼以请求许可,然后把花一支一支发给他们的夫人,他这诡异的绅士举动,全因为他雇来的法国人曾告诉他在凡尔赛宫这么做很得体,随后他在角落里坐定,认真看着人们的舞姿并点头称赞,非常好,他说,这些漂亮大方的欧洲年轻人跳得很好,各有各的特色,但安乐椅上的他被忘记了,只有我察觉到他每呷一口,都有一位副官会上前将香槟酒杯满上,几小时过去,他变得比平时更加紧张,面色更透着血红,每回压下去的气嗝直向上反涌到眼睛时,他都解开被汗水浸透的军服的一颗扣子,同时困乏地小声哼哼着,母亲啊,曲间的停顿中,他突然踉踉跄跄地站起身,把军服上的扣子通通解开,又把襟门的扣子也松了,两腿叉开,用萎谢的橡胶水管对着大使与部长的夫人们散着香气的领口一通喷洒,用战场酒鬼的酸臭尿液浇湿了丝棉及膝裙、金丝织锦紧身衣和鸵鸟羽毛扇面,他在众人的惊恐中无所顾忌地唱着,我是孤独的情人,浇灌着你花园中的玫瑰,哦,玲珑无瑕的玫瑰,他唱着,没有一个人敢制止他,甚至连他也不敢,因为我知道自己比他们中的任何一个人都更有权力,却敌不过他们当中任意两个人勾结在一起的力量,那时他还不知晓自己能看透所有人却从来没有人能看出这位花岗岩般的老人深藏不露的思想，他畅行无阻的智慧和无限忍耐的能力与他的冷静相得益彰，那时我们只看到那忧郁的双眼、惊愕的双唇和羞怯少女般的双手，在他们带来那个消息的恐怖的中午，握着剑柄的这只手甚至没有丝毫颤抖，他们说，将军阁下，纳尔西索·洛佩兹将军被绿色大麻和茴芹酒弄得神魂颠倒，把总统卫队的一个见习士兵拽进了厕所，按他的偏好用个野女人给他热了身，之后强迫他说，把所有东西都塞进来吧，他妈的，这是命令，所有东西，亲爱的，包括你的小金蛋，他痛苦地哭着，愤怒地哭着，直到发现自己四肢着地，脸埋在便池滚滚的恶臭里屈辱地吐着，于是他将那俊美的见习士兵吊了起来，用一根平原地区惯用的长矛把他像只蝴蝶一样钉在了会客厅那块绘有春日风光的织毯上，一连三日都没有人敢将他放下来，可怜的人啊，他并不想干涉他们的生活，只不过想监视老战友以防他们暗中勾结，他原本以为这些人会自相残杀，直到又一则消息传来，将军阁下，赫苏克里斯托·桑切兹将军被猫咬了一口，染上了狂犬病，他的卫队不得不用椅子把他砸死了，可怜的人啊，之后另一则消息吹到他耳边时他几乎没从多米诺骨牌局中分神，将军阁下，罗达里奥·塞莱诺将军的马在过河时淹死了，他本人也溺水身亡了，可怜的人啊，再之后他们汇报时他甚至连眼都没眨一下，将军阁下，纳尔西索·洛佩兹将军因为克服不了鸡奸情结而羞愧，往肛门里塞上甘油炸药，内脏都被炸飞了，他说着可怜的人啊，仿佛自己同这些不光彩的死亡毫不相干,随后又给死者追加了荣誉,宣布他们为因公牺牲的烈士,在国家公墓举办了最高规格的隆重葬礼,因为一个没有英雄的国家,就好比一栋没有大门的房子,他说,当全国仅剩六位战争将军时,他将他们请到总统府来庆祝他的生日,同来的还有一堆战友,所有人聚在一起,主啊,连最阴险狡猾、曾试图和自己的母亲生个孩子并且只喝掺了火药的木醇酒的哈辛多·阿尔加拉维亚都来了,真像回到了从前的好日子,宴会厅里只有我们没有别人,大家像亲兄弟一样,没有人带武器,虽然邻屋挤着他们各自的卫兵,每个人都为我们当中唯一能理解所有人的那个人带来了上好的礼物,他们嘴上虽这样说,心里却把他想作唯一能摆布他们的人,唯一能把传奇的萨图尔诺·桑托斯将军从他遥远的荒漠老巢中揪过来的人,这位传奇人物是血统纯正的印第安人,性情飘忽不定,将军阁下,我永远像我的婊子娘把我生下来时那样光脚走路,因为感觉不到土地,我们这些硬汉就没法呼吸,他到来时身体裹在印有色彩浓艳的奇禽异兽的毯子里,如往常一样被一道黯淡的光环笼罩,孤身一人,没带卫队,只在腰间别一把他拒绝卸下的甘蔗砍刀,因为那不是武器而是劳动工具,他送了我一只训练有素的能同人一道打仗的老鹰,母亲啊,他还带来了一架竖琴,这神圣乐器的音符可以驱逐风暴,还可加速收割,萨图尔诺·桑托斯将军真诚的弹拨技艺唤起了我们所有人对那些可怕的战争之夜的怀念,母亲啊,它在我们心里翻搅起战争那狗的疥疮一般的气味，在我们灵魂里撩拨起将指引我们的、他们用灵魂合唱的金船战歌，母亲啊，从桥上回来时我已经哭成了泪人，他们一边唱着，一边就着李子吃着一只火鸡和半头乳猪，每个人都用自己的瓶子，每个人都喝着自己的酒，除了他和萨图尔诺·桑托斯将军，他们俩一生都没碰过一滴酒，也不曾抽过烟、吃过维持生命所需之外的任何食物，他们为我合唱了那首大卫王曾唱晨曲①，他们哭着唱了一遍在赫恩曼领事带来那个新玩意儿——那是个带喇叭的留声机，将军阁下，它会滚动着唱生日快乐歌②——之前人们传唱的所有生日歌，他们唱得醉生梦死，似乎对那位沉郁的老人并没有真情实意，在十二点的钟声敲响之时，他取下灯盏，依军营的习惯在睡前将宅子巡查了一遍，回来时路过宴会厅，最后看了一眼那六位在地上蜷成一团的将军，看到他们抱在一起，平静而了无生气，被那五支相互监视的卫队保护着，因为即便在睡梦中彼此拥抱，他们仍旧相互惧怕，那种惧意与每个人对他的恐惧几乎无异，也与他对他们当中任意两人勾结起来的畏惧基本相当，他又把灯挂回到门楣上，将卧室的三道门闩、三个插销、三把门环锁好，扑倒在地上，将右臂当作枕头，那一刻，所有卫队的武器同时开火，密集的爆炸令府内的柱子剧烈摇颤，

---

① 在拉美部分地区，尤其是在墨西哥的庆典活动、生日聚会上，人们会唱一首以"大卫王曾唱晨曲"开头的歌。
② "生日快乐歌"原文为英文。

天哪，片刻之后便不剩一丝响动一声呻吟了，天哪，再一阵之后就结束了，当混乱过去，世界的阒寂中只剩下一缕火药气息，只剩下他，在权力的焦虑中永远安然无恙，他在新一天初生的锦葵色日光里看到了勤务兵正蹚过宴会厅中的血水，看到了他的母亲本蒂希翁·阿尔瓦拉多正害怕得眩晕颤抖，因为她发现，无论他们怎样用石灰涂抹墙壁，都有鲜血从中渗出，主啊，无论他们怎样用力拧挤地毯，都有鲜血从中滴落，他们越是急着清洗血迹遮掩杀戮的规模，就有越多的血液喷涌出来，沿走廊和办公室奔流而去，而根据官方公告，杀害这战争遗产的最后六名继承者的是他们自己发了疯的卫兵，他们的葬礼规格堪比主教的，他们裹在国旗中的遗体埋入了名人公墓，在那个血腥的圈套中，没有一个卫兵活着离开，一个都没有，将军阁下，除了萨图尔诺·桑托斯将军，他当时被丁零当啷层层叠叠的披肩武装起来，因为通晓印第安人的意念易形术，他，这浑蛋，可能变成了犰狳或是池塘，将军阁下，还可能变成了雷电，他知道事实的确如此，因为他最老练的探子自去年圣诞节起就已遍寻不着他的踪迹，最训练有素的猎豹犬在搜寻他时都会奔向相反的方向，他在他女巫的牌中看到他化身为剑花牌①上的国王，依旧活着，白天睡觉，夜晚沿水上和陆上的小道外出，他一点点留下的祷文痕迹扰乱了追踪者的判

---

① 剑花是西班牙扑克牌中的一个花色，国王是每个花色的第十二张牌。

断,消磨了敌人的意志,但他从未放弃,那些年对他的搜寻日日夜夜一刻未停,直到多年以后,他在总统专列上透过窗户看到了大群男女带着他们的孩子、牲口和厨具,与战时他多次在军队后方看到的场面一样,他看到那么多人在雨中列队前行,用系在棍上的吊床抬着病号,跟随着一个面色惨白、身罩粗麻长袍的男人,将军阁下,那人自称是布道者,于是他一拍脑门说道,原来在这儿,他妈的,萨图尔诺·桑托斯将军就在这儿用他那把缺了弦的竖琴的魔力乞求朝圣者的施舍呢,他落魄而阴沉,戴一顶破毡帽,披一件烂斗篷,就算是在那般可怜的境地,他也无法如他所料想的那样轻易被杀,反而用砍刀将他最厉害的三名手下斩了首级,鉴于他面对最凶狠的对手时会勇猛异常又敏捷无比,他命令火车在那布道者传道的荒漠墓园前停下,当手持上膛枪支的总统卫兵从漆着那面旗帜色彩的车厢中冲出来时,所有人都惊恐地逃开了,于是视野中顿时空无一人,只剩手握砍刀站在那具有神话色彩的竖琴旁的萨图尔诺·桑托斯将军,他好似着了迷地看着在车厢外平台上现身的死敌,后者身着没有军衔标志的粗布制服,没有携带武器,显得苍老而遥远,我们仿佛已经有一百年没见面了,将军阁下,我觉得他看上去孤独疲惫,面色因肝病而发黄,两眼总是要流泪的样子,但他散发着苍白的光芒,那光芒属于那种不但能掌控自己的权力而且能从死于他手下的亡魂身上夺取权力的人,所以我已经做好了赴死的准备,不会抵抗,因为对他来说,去对付一个远道而来、除了对指挥权怀有蛮横的渴望之外并无其他动机也无额外行动的老人是徒劳无用的，然而他却向他伸出那只鬼蝠鲼样的手掌说道，愿上帝保佑你，孩子，祖国以你为荣，因为他自始至终都清楚，想要战胜一个无法战胜的人，唯有将友谊作为武器，萨图尔诺·桑托斯将军亲吻了一下他方才踩过的土地，随后向他哀求道，我这双手还有耍弄砍刀的能力，将军阁下，所以希望您能赐我为您效力、任您使唤的荣幸，将军阁下，于是他接受了，同意，并任命他为自己的私人保镖，唯一的条件是，你永远不能站在我身后，他把他变成自己在多米诺骨牌桌上的同伙，两人四手联合让多个落难的暴君输得一无所有，他把赤脚的他领上总统马车，带他去参加外交招待会，他的猛兽气息令群狗乱窜，令大使夫人眩晕，当生活变得异常艰涩，艰涩到令他想到自己在梦里的人群中将会形单影只时，他便吓得发抖，并开始害怕睡眠，于是让他横躺在自己卧室门口以减轻恐惧，多年来他一直信任他，让他待在离自己十掌的距离，直到痛风钳制了他舞弄砍刀的才能，他才向他请求，您亲手杀了我吧，将军阁下，免得杀掉我的幸运机会落在完全没有资格的人手里，他却在送他去死时，在荒漠的小路上给了他一笔丰厚的养老金和一枚感谢奖章，于是萨图尔诺·桑托斯将军抛开面子，泣不成声地对他说，您也看到了，将军阁下，即使是最勇猛的汉子，也有娘娘腔的时候，这他妈是怎么回事啊，于是，在自己的出生之地，他再也抑制不住泪水。因此，当他以孩子气的快乐去补偿艰难的过往时，没有人比本蒂希翁·阿尔瓦拉多更能理解他的这种快乐，当他为了在晚年拥有年少时亏缺的东西而挥霍权力的所得时，也没有人比本蒂希翁·阿尔瓦拉多更能了解这样做多么缺乏意义，当他们利用他的天真卖给他那些破烂儿洋货时，她会愤怒异常，因为它们不像她那些高于四块便卖不出去的假鸟一样物美价廉，去享受是好事，她说，但你得想想你的未来，如果明天或是哪天就算上帝不允许但他们硬是把你从现在的位子上拉下来，我可不想看到你拿着一顶帽子在教堂门口乞讨，就算你会唱歌，或者是个大主教，或者是个水手倒也可以，但你只是将军，你只会命令不会别的，她向他建议说你还是把政府多出来的钱都埋在一个安全的地方，一个只有他能找到的地方，以备哪天需要逃走，就像那些可怜的、不知道哪里来的、在海岸悬崖之屋牧养着遗忘祈求着那艘船鸣响汽笛的总统一样，你去照照那面镜子吧，她对他说，但他没有理会，只是用他惯用的奇妙方式压倒了她的不安：别操心了母亲，这些人是爱我的。本蒂希翁·阿尔瓦拉多将会在对贫穷的抱怨中度过多年，会和仆人因为购物账本而争吵，甚至会为了省钱而不吃午餐，没有任何人胆敢向她挑明她其实是世上最富有的女人，他从政府的生意中积累的钱财全数记在了她的名下，她不仅是无垠的土地、无数的牲口的主人，也是本地有轨电车、邮政、电讯系统和国家水资源的拥有者，因此每一艘在亚马孙河或领水上通行的航船都必须付给她一笔她至死都不知晓的租赁费用，正如多年来她始终对另一件事毫不知情，儿子搬至乡间宅院并沉溺于老年玩物时，他并非如她所想的那样无助无依，因为除了从这个国家饲养的每头牲畜上所征收的税，除了他的拥戴者为谋求私利投其所好为他付的钱送的礼，他还在很早以前就发明出一种能让自己万无一失中彩票的体系并一直利用它敛财。这些都发生在他诈死之后的年代，也就是噪音年代，主啊，之所以这样称呼它，并非如我们很多人所想，是因为某年在殉道者圣希拉克略的圣徒日夜晚，举国上下都感受到了从地下传来的轰鸣并且对此始终没有一个确切的解释，而是因为那些在建工程制造的永久轰响，它们在筑起地基时就被宣告为全世界最宏伟的建筑，但永无竣工之日，那是一段和平时期，他会在午休时将政府顾问召到郊区宅邸，他躺在罗望子树甜蜜枝叶下的吊床上，用帽子扇着风，闭眼听着坐在吊床周围的博士们讨论，他们胡须硬挺，言谈松散，在布袍和塑料领子包裹起来的闷热中显得面色苍白，他听着那些他曾百般咒骂却为图方便重新任命的部长讨论国家大事，言语间还能听到庭院中公鸡追逐母鸡的骚乱声、持续的蝉鸣以及邻家的不眠唱机不停播放的苏珊娜来吧苏珊娜，突然间一切都停止了，安静，将军已经睡着了，但他会不睁眼也不停鼾声地咆哮，笨蛋们我没睡着，继续，于是他们接着讨论，直到他从午睡的恍惚中出来，判定在这么多个蠢材里只有我的兄弟卫生部长说得有道理，真他妈见鬼，完事了，在那乱摊子就要收场时，他和私人助理们谈着话，带着他们走来走去，同时一手端盘子一手拿勺子吃着饭，他在楼梯上冷漠地与他们告别，你们爱干什么就干什么去吧，反正到头来管事的人是我，他妈的，之后他便再也不去问他们到底想干还是不想干了，他妈的，他为开业剪彩，在公共场合彻底现身，承受权力带来的风险，见鬼了，他在更和平的时期都从未做过这些，他与终生兄弟罗德里戈·德阿吉拉尔以及兄弟卫生部长一起无休止地玩着多米诺骨牌，他们二人是绝无仅有的与他足够亲近的人，只有他们敢于向他请求赐予某个囚犯自由或者赦免某人的死罪，也只有他们敢于向他建议在特别召见会上接见穷人选美皇后，她是出自那片赤贫泥沼的不可思议的生灵，我们都称那片街区为斗狗区，因为那里所有的狗自很多年前就开始打斗，一刻都不曾休战，那里致命的多棱碉堡是国家安保巡警不敢踏足的地方，因为只要有人手掌一拍，他们就会被剥光衣服，他们的汽车则会被拆卸成原始零件，不幸迷路的驴子从巷子这头进去，不等从那头出来已化作一袋白骨，他们会把富人的孩子烤着吃掉，或者做成香肠在集市上贩卖，您想想，我的厄运玛努艾拉·桑切兹就是在这个地方出生在这个地方生活的，她是垃圾堆上的金盏花，她令人难以置信的姿色简直是这个国家的惊喜啊，将军阁下，他们的讲述令他非常好奇，如果一切都像您二位说的那样，我不但要在特别召见会上接见她，还要和她跳第一曲华尔兹，他妈的把这写在报纸上，他命令道，穷人就喜欢这些。然而在召见会后的夜晚，在多米诺骨牌局上，他带着一丝苦涩对罗德里戈·德阿吉拉尔说，穷人的选美皇后根本不配和我跳舞，她太普通了，和那个区其他的玛努艾拉·桑切兹一样，穿着荷叶边的仙女纱裙，戴着镶假珠宝的皇冠，手里拿一枝玫瑰，被母亲监视着，仿佛她是金子做的一样，于是他满足了她的一切愿望，其实不过是为他们斗狗区装上电灯和自来水，但他警告说这是我最后一次满足人们的哀求，妈的，我再也不会跟穷人说话了，他说着，丢下牌局摔门就走，他听到了八点的钟声，在牛棚里给牛添上饲料，命人将牛粪带上楼去，又将整栋建筑巡视了一遍，边走边端着盘子吃着烧肉配菜豆、米饭和青香蕉片，他清点了自大门至卧室的哨兵，他们全数待在自己的岗位上，共十四个，他看到了其余私人警卫都在第一庭院的哨位上玩着多米诺骨牌，看到了麻风病人都躺在玫瑰丛中，瘫痪患者都靠在楼梯台阶上，九点了，他把没吃完的饭放在一个窗台上，来到了妾侍那弥漫着沼泽气息的茅屋里，那里拥挤不堪，甚至三个人带着自己七个月的早产儿挤在一张床上睡觉，他骑到一堆散发着昨天剩菜味道的躯体上，拨开两个脑袋，推走六条腿再挤开三只胳膊，不问谁是谁，不管究竟是哪个女人在没有梦见他的睡梦中给他喂了奶，也不探究是哪个从邻床传来的声音困倦地喃喃道，别这么性急啊将军，会吓到孩子们的，他回到楼内，检查了二十三扇窗户的插销，点燃了自门厅至私人寝室每五米一个共二十三个牛粪饼，他闻到了那烟气的味道，想起了一个可能属于他却不可能存在的童年，他只在熏烟初起的那刻记起了它，随后就永远地忘记了，他从寝室走回门厅，将灯依次熄灭，将睡着的鸟儿一一清点后又用粗布将鸟笼罩上，鸟儿共四十八只，他持灯再次将整栋大楼巡查了一遍，他在一面面镜中看到一个个自己，十四位将军提着点亮的灯火走着，十点了，一切都井然有序，他回到了总统警卫的卧室，为他们关了灯，晚安，先生们，他查看了一层的公共办公室、前庭、厕所、窗帘后面、桌子底下，都没有人，他拿出那串他仅凭触摸就能一一分辨的钥匙，锁上所有办公室的门，上了主层，将房间一一检查并上锁，随后从一幅画后拿出他偷藏的一小瓶蜂蜜，在睡前喝了两勺，他想起了他睡在郊区宅院的母亲，本蒂希翁·阿尔瓦拉多正在蜜蜂花和奥勒冈草间沉睡于离别之中，她那养鸟人的描画黄鹂的手无力地低垂着，仿佛一个侧身躺着死去的母亲，愿您晚安，母亲，他说道，晚安，孩子，本蒂希翁·阿尔瓦拉多在郊区宅院的睡梦中回应，他在将灯盏挂在卧室前大门的挂钩上时，下达了坚决的命令，在他睡觉时谁都不能将这盏灯熄灭，因为它是指引逃命的光亮，十一点了，他摸着黑将宅子最后查看了一遍，以防有人以为他已入眠而潜进来，在灯塔旋转相交又稍纵即逝的缕缕绿色微光中，他那金质马刺在尘灰上留下了一串星星点点的痕迹，他在两闪光亮间看到了一个漫无目的梦游的麻风病人，他挡住了他的去路，没有碰他，只用夜间巡逻灯为他照亮了道路，引他走过黑暗，将他安置在玫瑰丛中，他转而又在黑暗中清点了一遍警卫的人数，然后返回卧室，慢慢走过一扇扇窗，在每一扇中他都看到了一片相同的海洋，四月的加勒比海，他没有停步，一连欣赏了它二十三遍，它仍旧如从前在四月里那样，像一摊金色的沼泽，他听到了十二点的钟声，随着大教堂钟锤的最后一次敲击，他感到疝气发出了纤细扭曲的可怖哨声，于是世上再没有别的声音，他一个人就是国家，他将卧室的三把门环、三道门闩、三个插销锁好后，坐上可移动式马桶小便，排出了两滴，四滴，七滴艰涩的尿液，随后扑倒在地，立刻睡着了，没有做梦，他在两点三刻醒了过来，大汗淋漓，战栗不安，因为他能肯定有人在他睡着时看着他，有人能不卸门环就进入房间，是谁，他问道，谁也不是，他闭上双眼，再次感到有人在看着他，他睁开双眼，惊恐地张望，于是看到了，他妈的，是玛努艾拉·桑切兹在房中走动，她没有卸掉门闩，因为她可以凭意念穿墙进出，我的厄运玛努艾拉·桑切兹穿着纱裙，手中拿着炭火般的玫瑰，喘息中透着甘草味道，告诉我这错乱景象不是真的，他说道，告诉我这不是你，告诉我这致命的眩晕不是来自你那疲惫的甘草味的呼吸，但这是她，是她的玫瑰，是她染香了整个卧房中的滚热气息，仿佛一声比海的喘息更古老强劲的挥之不去的低音，我的灾难玛努艾拉·桑切兹，你没有被写在我的掌心，也没有被写在我杯底的咖啡渣上，甚至没有被写在盆里我的死亡之水中，你不要再耗费我呼吸的空气了，不要再耗费我的睡梦和这个房间中的黑暗空间了，这里从没有进来过也不会进来哪怕一个女人，为我熄灭那枝玫瑰吧，他一边哀求一边乱抓着寻找灯的开关，他寻不到它却看到了我的疯狂玛努艾拉·桑切兹，见鬼了，你又没有消失，我为什么要寻找你，如果你想的话，把我的房子带走，把整个国家连同它的龙都带走吧，但是让我点上灯，我黑夜里的蝎子，我的疝气玛努艾拉·桑切兹，婊子养的，他吼道，心里暗想光明能将他从巫术中解救出来，他大喊着把她拉走，把她从我身边带走，给她脖子套上铁锚，把她从海边悬崖上扔下去，免得再有人受她玫瑰刺眼光芒的折磨，他在惶恐中声嘶力竭地喊叫着跑到走廊上，把黑暗中的牛粪饼踢得四处飞散，他茫然地自问这世界怎么了，快八点了这邪恶屋子里的人还在睡觉，都起来，一帮浑蛋，他吼叫着，他们应声点亮了灯，在三点钟吹响了起床号，而后港口碉堡、圣赫洛尼莫基地以及全国的军营都响起了号声，随之传来惊慌失措的武器的轰鸣和结出露水两小时之前玫瑰绽放的轰响，传来梦游的妾侍们在星光下敲打地毯、揭开沉睡鸟雀的罩布、将花瓶中隔夜的花朵换成昨夜花朵的喧嚷，与此同时，一群泥瓦匠正手忙脚乱地建起一堵堵紧急用墙，往窗玻璃上贴一个个金色的纸太阳，令向日葵迷失了方向，只为阻止人们看到天空依旧是夜晚模样、府中是二十五号礼拜日而海上正值四月，中国洗衣匠把最后一批睡梦中的人赶下床卷走了床单，盲人算命师宣称着爱情的来临而爱情已经不在，狡猾的公务员看到母鸡在下礼拜一的蛋而公文抽屉中还留着昨日的蛋，茫然无措的人群骚动不安，紧急召开的委员会议上群狗撕咬打斗，而他，则在坚定地称颂他为黎明的分解者、时间的司令与日光的保管人的谄媚者中间艰难地迈步离开了，走到前庭时，一位最高司令部的官员壮着胆子拦住了他，向他立正行礼报告说，将军阁下，还不到两点零五分，另一个声音插进来，还不到凌晨三点零五分，将军阁下，他用手背狠狠地抽了他一巴掌，战栗的胸腔铆足了劲发出号叫，好让全世界都听到是八点，他妈的，八点，我说了这是上帝的旨意。当本蒂希翁·阿尔瓦拉多看到他走进郊区宅邸时，便问他从哪里过来的，你怎么一副被狼蛛咬了的模样，手放在胸口做什么，她问他，但他没有回答，只是瘫倒在柳木安乐椅上，把手换了个位置，当他再一次把他母亲忘了时，她用描画黄鹂的笔戳了戳他，惊诧地问，他的两眼这样无神还把手放在胸口，是不是真的觉得自己在展示耶稣圣心，他敷衍地回避了，浑蛋母亲，他一摔门走了，在府中来回踱步，把手插入口袋，免得它们放在不该放的地方，他望着窗外的雨，望着那些为了使下午三点看起来像晚上八点而挂在窗玻璃上的银质月亮和锡箔纸星星，望着水滴从星星上滑落，他看到了院中冻僵的卫兵，看到了悲伤的海洋，玛努艾拉·桑切兹那落在没有她身影的你的城市里的雨，可怕的空荡荡的厅堂，桌上倒扣的椅子，又一个短暂的礼拜六和它最初的阴影中无从抚慰的孤独，又一个没有她的夜晚，见鬼，他叹息道，至少让我忘了跳过的舞吧，那是最让我疼痛的东西，他为自己的处境感到羞愧难当，他摸索着自己的身体，想将流浪的手安放在心脏之外的地方，最终把它搁在了受过雨水抚慰的疝气上，它和心脏一样，有着一样的形状，一样的重量，一样疼痛，但它更令人不堪承受，犹如在手掌上长出的活生生的心脏，直到此刻，他才明白了之前那么多人对他说过的，心脏是第三颗睾丸，将军阁下，见鬼，他离开了窗口，带着一个永恒总统的无从实现的热望和一根扎穿灵魂的鱼刺在会客厅中往复徘徊，他现身于部长会议，听着报告，但如往常一样听不懂也听不进，他忍受着一篇催眠的财政报告，突然那情境中发生了什么，于是财政部长沉默了，而其他人都透过因疼痛而崩裂的保护壳的缝隙看着他，他身为终身总统却被发现在光天化日之下捂着胸口，他看见自己正手无寸铁地孤身坐在胡桃木长桌的一端，脸颊不断抽搐，他的生命已在我的兄弟卫生部长那金银匠般的细小眼睛里的冰冷炭火中被烧焦了，部长一边转着背心上金质怀表的表链，一边用那双眼睛为他做内部检查，小心，有人说，应该是被刺伤了，但他却把他因愤怒而僵硬的美人鱼的手放在胡桃木桌上，脸上恢复了血色，用言语啐出一道致命的威严，你们是盼着我被刺伤吧，混账，继续啊，于是他们又开始了，然而众人虽在说话却顾不上彼此倾听，他们都认定他出了严重的状况否则不会如此愤怒，人们窃窃私语，于是传闻四起，大家指着他，你们看他有多沮丧，沮丧到在抓自己的心哪,他就要崩溃了,大家嘀咕着,于是一种说法流传开来,说他紧急召见了卫生部长,部长看到他把右臂搁在胡桃木桌上,仿佛一只将腿放在桌上的羔羊,身为总统的他为自己浸在泪水中的处境备感耻辱,于是他下令给我把这只手砍掉,兄弟,但卫生部长却说,不,将军,即使您枪毙了我我也不能从命,他对他说,这关乎正义,将军,我的命不及您的手臂珍贵。关于他状况的这样那样的流言愈发多起来,他在牛棚中一边为各个军营称量着鲜奶,一边望着玛努艾拉·桑切兹的圣灰星期二[①]在天空中升起,他把麻风病人赶出了玫瑰丛,免得他们给你玫瑰的玫瑰染上瘟疫,他在府中寻找着偏僻角落,只为哼唱你当上皇后的第一支华尔兹舞曲而不被别人听见,他唱道,为了你不把我忘记,他唱道,为了你感觉到如果把我忘记你便会死去,他陷入妾侍房间的烂泥中,试图为他所受的折磨寻找些许慰藉,于是他在作为瞬时情人的漫长人生中,第一次放纵了自己的天性,流连于细节,从最冷淡的女人身体中索取着呻吟,一次又一次,他在黑暗中令她们惊喜地笑道,您这把年纪,已经很不简单了,然而他再清楚不过,那种坚持的意志只不过是用来打发时间的自欺欺人,他孤独的每一步,他呼吸中的每道藩篱,都不可避免地将他推向那无从逃脱的午后两点的酷热,在这片酷热中,在你的斗狗区那残暴

[①] 原文为"圣灰星期二",基督教中有圣灰星期三,是教会年历中大斋期的首日。

王国的垃圾堆里,他祈求上帝垂爱,令他得到玛努艾拉·桑切兹的爱,他扮成平民,没带卫队,坐上一辆燃放着爆竹的公务车,从昏沉午睡的衰败城市的陈旧汽油味中逃走,他躲开了市场那曲折小巷里亚洲商贩的喧嚷,看到了我的毁灭玛努艾拉·桑切兹的壮阔海洋和地平线上一只孤单的鹈鹕,他看到了一条通向你家的破旧电车轨道,于是下令将它们通通换成配有磨砂玻璃与玛努艾拉·桑切兹专享的天鹅绒宝座的黄色电车,他看到了你的萧索的礼拜日海滨浴场,于是下令建起更衣室、竖起一面随不同时候的心情而变换色彩的旗帜,再搭一圈钢丝网围出为玛努艾拉·桑切兹预留的私人海滩,他看到了一栋栋他当年随意令其致富的十四个家庭的别墅,有着大理石露台以及仿若在沉思的草坪,他看到了一栋更大的别墅,带有旋转喷泉和装彩色玻璃的阳台,我想看到你为了我住在那儿,于是那座宅子迅速被强征了,他在一辆如易拉罐拼起的汽车的后座上一面做白日梦一面决定着世界的运势,直到海风消失了,城市消失了,你的斗狗区的魔鬼般的喧嚣从窗户上的弹孔中钻进来,他看到了自己正身处何地却不敢相信,本蒂希翁·阿尔瓦拉多,我的母亲啊,看看没有你我落到了什么地步,帮帮我吧,然而在纷乱的骚动中没人能认出那哀伤的双眼、虚弱的双唇和那只捂在胸口的无力的手,还有那犹如曾祖父呓语般的声音,他身着白色亚麻衣,头戴监工帽,正从一块破碎的玻璃中探出身来寻找我的耻辱玛努艾拉·桑切兹的住处,他呓语着,她是穷人的皇后，女士，她手里总拿着一枝玫瑰，他惊恐地问自己你能住在这片骚乱中的哪个地方，在这里，拱起的脊椎关节暴力地冲撞上面布满了血腥犬牙撒旦般的目光一串号叫转瞬即过在泥沼里撕咬得碎烂的两条狗腿之间还垂着尾巴挂在狗肉店里，你气息的甘草味道会在这里的哪个地方，在这里，婊子女儿的喇叭聒噪个不停而你将不断磨耗我的生命我会被人从餐厅的屠宰场踢出就像那群醉鬼一样，你会迷失在哪一处无尽的寻欢作乐中，这里满是玛兰莞戈水和布隆丹加水和戈登洛沃和大麻和顶端有小洞的巨大香肠还有永远迷乱的黑人亚当①以及胡安希托·特鲁库佩伊的神秘天堂里的铜钱小费，见鬼，你的家是这糟乱房屋中的哪一个，在这里，有葫芦黄的斑驳墙壁主教长袍花边般的紫色纹饰鹦鹉绿的窗户地球蓝的隔断以及粉如你手中玫瑰的立柱，你生命的时钟究竟走到了哪一刻，如果在这个看起来像晚上八点的地狱中这些劣等人不知道我下令现在是三点而不是昨晚八点，你究竟是这些女人中的哪一个，她们穿着短裙在空荡房间的摇椅上叉开腿晃着脑袋吹着风呼吸着双腿间的热辣气息，他透过窗户的孔洞询问着我的躁怒玛努艾拉·桑切兹住在哪里，穿着泡泡纱裙、闪着钻石光芒、戴着加冕一周年仪式上他赠予的实心金王冠的她住在哪里，我知道她是谁了，先生，喧杂中有一个人，一个丰乳肥臀自以为

---

① 在哥伦比亚指英俊的黑人男子。

是猩猩妈妈的女人应道，她住在那儿，先生，在那儿，在一栋和别家一样的房子里，那房子外墙上胡乱地刷了些颜色，马赛克台阶上还留着方才哪个人踩到狗屎而滑倒的新鲜痕迹，那是栋与坐在总督宝座上的玛努艾拉·桑切兹极不相称的穷人的房子，让人很难相信就是这一栋，但就是它，我的心肝母亲本蒂希翁·阿尔瓦拉多，给我你的力量让我进去吧，母亲，就是那儿了，他在那个街区转了十圈，恢复了呼吸，他用指节叩了三次房门，仿佛三声哀求，他在建筑物的阴影下等待，不清楚自己正呼吸的空气是因暴晒无风还是因渴望而变得腐臭，他等着，甚至毫不顾忌自己的身份，直到玛努艾拉·桑切兹的母亲让他进入飘散着剩鱼味道的宽敞而阴凉的厅室，整间房子昏昏沉沉，在里面看比从外面看要大些，玛努艾拉·桑切兹的母亲去叫午睡的她，而他坐在一个矮脚皮凳上审视着这令他失落的空间，他看到被旧时漏雨腐蚀的脏污墙面，一张破沙发，另外两个皮面小凳，角落里一架掉了弦的钢琴，再没有什么了，妈的，就为了这些受了这么多折磨，他哀叹道，当玛努艾拉·桑切兹的母亲挎着工具篮回来、开始坐下缝花边时，当玛努艾拉·桑切兹更衣、梳发、为了体面地迎接那位意外到访的老人而穿上她最好的鞋时，他正困惑地自问，你会在哪儿，我的厄运玛努艾拉·桑切兹，我来找你了，可在这乞丐屋子里我找不到你，你的甘草味道在哪儿，这里满是中午剩饭的恶臭，你的玫瑰在哪儿，爱在哪儿，把我从这迷惑人的狗牢笼里救出去吧，他哀叹道，他看到她出现在里屋门口，仿佛一个梦中影像映在另一个梦中的镜面里，她身着一夸蒂约[①]就能买一码[②]的纱罗裙，头发用压发梳随意束起，脚穿一双破旧的鞋子，然而，她手持炽热的玫瑰，是世上最美最亭亭玉立的女子，这一幕太过炫目，因而当她抬着头对他说上帝保佑阁下时，他竟几乎不能自已地要去倾身回礼，她在沙发上坐下，就在他面前，不过他汗液的恶臭还飘不到她那儿，这时我才第一次敢从正面看他，同时用两根手指转着玫瑰的光泽，好让他注意不到我的恐惧，我毫不留情地观察了他蝙蝠样的嘴唇和仿佛从水底看着我的喑哑双眼，他没有毛发的皮肤就好像一片和着苦涩油水的土地，他的右手戴着总统印章戒，疲倦地放在膝上，皮肤更为紧绷，他的麻布衣裳干瘪细瘦，仿佛其中空空如也，他的死人鞋硕大无比，他有着看不见的思想和隐蔽的权力，这个世上最老的老人，这个举国最可怕、最遭怨恨、最不被怜悯的老人，正用监工帽扇着风，安静地看向我，我的上帝，他真是个悲伤的人啊，我惊恐地想，而她漠然地问道，有什么可以为您效劳的吗阁下，他庄严地回应说我只请求您一件事，殿下，请您接受我此次的探访。他接连数月不间断地探望她，每天都是趁着他从前去看望母亲的炽热僵死的时段，好让安全部门以为他就在郊区的宅子里，而众所周知那个时候罗德里戈·德

[①] 货币单位。
[②] 长度单位，一码约 0.914 米。

阿吉拉尔将军的步枪手会埋伏在屋顶平台上保护他,唯有他丝毫没有察觉,他们会阻截交通,用枪托轰走行人,清空他会经过的街道并加以封锁,在下午两点到五点的时段制造出一片空旷,并公布他那胆敢在阳台探头者当场击毙的命令,但哪怕最缺乏好奇心的人也能找到法子窥看那漆成公务车模样的总统专车一闪而过的影子,窥看那伏天里躲在麻布衣裳中乔装成平民的老人,他们看到了他那孤儿的苍白,看到了他那副守望了多个黎明、暗自落泪而已经不在乎别人怎么去想他放在胸前的手的面容,这古老沉郁的动物留下了一串幻想与猜疑,看看他,在禁道上闷热的空气里像丢了魂似的,而后关于他染上怪病的谣言开始四处散播,并且越传越疯,最终,流言蜚语撞上了事实:因为他不在母亲的居所,而在玛努艾拉·桑切兹隐蔽小海湾的阴暗厅室中,被她正屏息做针线活的母亲严酷地监视着,他是为她才买的那些让本蒂希翁·阿尔瓦拉多伤心不已的灵巧机器,想要用玄秘的磁针,用石英镇纸捕获的一月暴风雪,用天文学家和药剂师的小玩意儿,用烙画笔、压力表、节拍器、陀螺吸引住她,他违逆着母亲的意思,违逆着自己对钢铁的贪婪欲望,不断从任何愿意出卖这些物件的人手中将它们买来,只为和玛努艾拉·桑切兹一起愉快地把玩,他会将那个爱国海螺壳放在她耳边,里面响起的不是涛声而是颂赞他的政权的军队进行曲,他点燃火柴凑近温度计,为的是让你看到被我的内心想法所挤压的水银高低涨落,他欣赏着玛努艾拉·桑切兹，却不对她提任何要求，不表明任何意图，只是将那些痴狂的礼物默默地向她压过去，并借机说出他没有能力说出的话，因为他只知道用他非凡强权的看得见的象征物来表达自己最隐秘的热望，比如玛努艾拉·桑切兹生日那天，他请她把窗户打开，开窗后我被他们在我贫穷的斗狗区所做的事惊呆了，我看到挂着帆布窗帘的白色房屋，阳台上还种着花，看到装有旋转喷水器的蓝色草坪，孔雀，凉风般的杀虫剂喷雾以及一夜之间悄无声息建起的仿造沦陷期官员住宅的粗糙建筑，他们屠宰了群狗，把没资格做皇后邻居的老居民一一从家中揪出并赶到另一片低贱场地任其腐灭，他们正是这样在数个夜晚悄悄建起了一个玛努艾拉·桑切兹的新区，好让你在以你命名的日子里透过窗子看到它，这是给你的，皇后，好让你过很多年幸福的日子，看看权力的施展是否可以软化你礼貌却不可征服的举止，别靠太近，阁下，我妈妈在那儿看护着我的名节，于是他被闷在了自己的渴望中，吞下愤怒，以祖父的迟缓一口一口抿着她为给他解渴而准备的充满怜悯的鲜番石榴汁，他强忍着太阳穴冰冷的刺痛，只是为了不让人发现他年老的衰残，只是为了让你在他耗尽了一切资源之后，因为爱而爱他，而不是因怜悯而爱他，只有与你在一起时他才这般孤独，我甚至几乎没有气力待下去了，我摩挲着她，苟延残喘，直到真人大小的天使长在屋中敲着我的丧钟飞过，在她为避免海蛀虫把那些玩意儿蛀成粉末而将它们放回各自的匣子时，他喝下了这次探访的最后一口饮料，就一分钟，皇后，他的起身耗尽了自现在到明天的时间，耗尽了一生的时间，太糟糕了，几乎没有余下一刻能让他最后瞥一眼那无法触碰的少女，她已随着天使长的来临和他的离去而僵在原地，膝头的玫瑰也已枯萎凋亡，他在夜幕初垂时逃离，试图遮盖流言蜚语带来的羞耻，一首无名歌曲流传起来，除了他，所有人都会唱，甚至园中的鹦鹉也在唱，闪开吧，女人们，痛哭的将军捂着胸口来到这里，看看他吧，失去了对自己权力的掌控他要怎么办，他昏庸地统领，还有一道伤口无法愈合，野生鹦鹉从家养鹦鹉那里学会了这首歌，小鹦哥和松鸦也学会了，它们成群结队地将这首歌一直带到他浩瀚的沉重王国的边疆，在祖国的每一片天空中，每到黄昏，便会响起那来自多个游荡群体的齐刷刷的歌声，我爱戴的将军来到这里，他从嘴里排大粪，从屁股排法律，这首歌永无终结，所有人，甚至连鹦鹉都会添枝加叶地嘲弄那些试图阻挠这歌曲传唱的国家安保人员，那些为打仗而全副武装的巡逻队破院门而入，击毙了正立在木棍上捣乱的鹦鹉并将小鹦哥一把把扔去活生生地喂狗，他们宣称国家正在根除反动歌曲，以免任何人发现那尽人皆知的事：正是他，每到黄昏便如逃犯般穿过厨房，从总统府旁门溜出去，消失在私人房间牛粪的烟雾中，直到翌日凌晨四点，皇后，直到每日的同一时刻，他带着无数珍奇的礼物到玛努艾拉·桑切兹家中探访，那些礼物多到需要强占邻居的房屋、打掉隔断墙来摆放，于是原先的客厅变成了一个巨大阴森的棚屋，里面是数不尽的各个时代的钟表和各式各样的留声机，从最原始的蜡筒式到黑胶唱片式应有尽有，还有摇把的、踏板的、电动的五花八门的缝纫机，以及装有各式电表的完整卧室、顺势疗法药店、音乐盒、制造光学错觉的道具、装满蝴蝶标本的玻璃柜、亚洲草药、理疗室、健身房、天文仪器、矫正术和自然科学设备，以及无人进入甚至无人清扫的密室，里面摆满了暗藏机械动能又有人类特质的娃娃，所有东西当初如何搬来如今便如何摆在那里，乏人问津，玛努艾拉·桑切兹尤其不愿去过问，因为自那个我倒霉地成了皇后的黑色礼拜六之后，我就再也不愿去了解有关生命的任何事情，对我来说，世界已经在那个下午终结，她先前的追求者因身体无法遏止的崩溃和不可思议的疾病一个接一个暴亡，她的女性朋友也都销声匿迹，她未出家门就被带到一个尽是陌生人的街区，她形单影只，赤裸裸地被监视着，她沦为了命运陷阱的猎物，对那个可憎的追求者，既无胆量说不，也没勇气说好，他以庇护之爱窥视着她，带着崇敬般的惊愕欣赏着她，他用白帽子扇着风，仍游离于自身之外，于是她开始怀疑他是否真的在看她，抑或那只是因惊恐而生的幻象，她见过他在白日里彷徨，见过他咀嚼水果的汁液，见过他在如铜器震动般的蝉鸣让室内的阴暗更深浓时，手里拿着杯子坐在柳木安乐椅上打着瞌睡，还见过他打鼾，请小心，阁下，她对他说，他于是惊醒，喃喃地说，没有，皇后，我没睡着，只是闭着眼睛而已，他说着，丝毫没察觉她已趁他睡着时将他手中的杯子拿走以免掉落，她狡黠地周旋着，直到那个不可思议的下午，他带着一则消息气喘吁吁地来到她家，我为你带来了全宇宙最大的礼物，一个上天的奇迹将会在今晚十一点零六分经过，只为你能看见，皇后，只是为了你能看见它，一颗彗星。那是最令我们失落的日子之一，因为很早以前就开始流传的众多说法中，有一种认为他的生命时钟与人类的时间法则无关，而与彗星的周期相合，他被孕育出来后，只能亲见它一次，任凭他的那些谄媚者再怎么狂妄地预言他也不会见它第二次，于是在那个百年一遇的十一月夜晚，我们如同企盼新生命诞生的人一般翘首以待，并且备好了喜庆的乐曲、欢快的钟声和节日的焰火，一个世纪以来它们将首次不是为称颂他的荣耀而爆发，而是为宣告其时代终结的十一点那十一声金属鸣响、为他在玛努艾拉·桑切兹家的屋顶平台上等待的天命盛事而爆发，他坐在她和她母亲之间，用力呼吸着，以免暴露出在这满是凶兆的僵冷天空下，他的心脏已衰弱无力，他第一次呼吸到了玛努艾拉·桑切兹夜晚的气息，感受到了她冷酷的力度、她放松的神态，他感觉到天际敲起了驱邪的鼓声，听到了遥远的哀叹和人群那如同火山泥涌动的声响，他们在一个先于他而生又将比他长寿且与他的权力格格不入的造物面前恐惧地屈膝跪拜，他因而感到了时间的重量，有那么一刻，他更是尝到了必有一死的凡人的痛苦，就在那时他看到了它，就在那儿，他说，刚才就在那儿，因为他认识它，在它向宇宙的另一边划去时他曾见过它，就是它，皇后，比世界还老，那天空大小的痛苦的发光水母，在轨迹上每走一拃都向自己的源头追溯了一百万年，她们听到了锡箔纸穗的簌簌声响，看到了他饱经磨难的面容和被泪水淹没的眼睛，以及彗尾上被太空的风吹得乱蓬蓬的冰冻毒药的痕迹，那阵风留给世界一串星辰残渣的发光尘埃，还有数个因柏油色的月亮、地球纪元之前便存在的海洋火山口的灰烬而迟来的黎明，就在那儿呢，皇后，他喃喃道，好好看看它，一个世纪内我们再也看不到它了，她因而惊惧地画了个十字，在彗星的磷光光芒下，她被星辰的残灰细雨和天空的尘渣染白了头发，焕发出前所未有的美，于是事情就发生了，我的母亲本蒂希翁·阿尔瓦拉多啊，那个时候玛努艾拉·桑切兹在天空中看到了永恒的深壑，她将手伸向了那缕空洞，想去抓住生命，碰到的却仅仅是那只不被喜欢的戴总统之戒的手，那只燥热、光润、被权力的文火灼烤的掠夺者的手。鲜有人为那圣经记载的发光水母的经过而感动，它惊跑了天上的鹿群，又以星辰残渣的发光尘埃熏燎了国土，即便是我们这些最没有虔诚信仰的人，也都在盼着那场将会摧毁基督教教义、确立第三约书基础的非同寻常的死亡的来临，为此我们白白守到天亮，直到拂晓的清洁女工已在街上打扫彗星留下的天体垃圾，我们回到家时已因等待而精疲力竭，比早先在这些街道上彻夜庆祝更为倦怠，即便那时，我们也不甘于相信什么都没有发生而是认为事实恰恰相反，我们已经变成新一出历史骗局的受害者，因为政府机构宣称彗星的经过是体制对恶势力的胜利，他们利用这时机以当权者毋庸置疑的充满活力的行动澄清了他患有怪病的传闻，口号被更新，郑重的信息公之于众，通过它，他表达了我唯一的至高无上的决定，彗星下次回来时，我还要在为国效劳的岗位上，与此同时他听到的却是仿佛不属于他的体制的音乐与焰火声，他无动于衷地听着武器广场上群众的呼喊，他们举着巨大条幅，上面写着永恒荣耀归于那功勋卓著者，他必将长寿并将此讲述，他不在意政府的阻挠，将权力下放给下属，同时挨受着玛努艾拉·桑切兹手上的炙热留在他手中的记忆的折磨，他梦想着再次经历那幸福的瞬间，哪怕大自然扭曲方向，哪怕宇宙毁灭也在所不惜，他是如此渴切，甚至前去哀求他的天文学家为他发明一尾焰火彗星、一颗转瞬即逝的启明星、一条火龙，总之任何与星辰有关的可怕创造，只要可怕到能令一位美人迷醉于永恒就好，然而他们唯一能计算出的就是下礼拜三下午四点有一次日全食，将军阁下，他接受了，同意，那是白昼里万分真实的黑夜，真实到星光燃起，花朵凋零，母鸡归巢，预感本能最强的动物皆惊惧畏怯，他则从薄暮到夜晚呼吸着玛努艾拉·桑切兹的气息，与此同时她手中的玫瑰也受暗影的欺骗而颓萎，在那儿，皇后，他说，你的日食，玛努艾拉·桑切兹没有回答，没有碰他的手，没有呼吸，她是那般不真实，令他再也克制不住欲望，于是在黑暗中将手伸出去碰触她的手，却没有碰到，他用指腹在方才她气味停留的地方摸索，却仍旧寻不见，他在那栋巨宅里用双手寻找，在黑暗中睁着梦游人的双眼探求，他苦苦问自己你在哪儿，我的厄运玛努艾拉·桑切兹，你让我在你不祥的日食之夜寻不到你，你无情的手在哪儿，你的玫瑰在哪儿，他仿佛一个迷失在盈满无形之水的池塘中的潜水员，在房间里找到了漂浮着的电流计史前龙虾、音乐钟螃蟹、你的无用机器鳌虾，但却没有找到你甘草味道的气息，当短暂黑夜的暗影散去，他灵魂中逐渐燃起真理之光，他在这处荒凉居所下午六点黎明般的晦暗中，感到自己比上帝更加老迈，在这个没有你的世界的永恒孤寂里，他感到自己比任何时候都更加悲伤、更加孤独，我的皇后，在日食之谜中永远消失了的皇后，她将永不再出现，因为在此后漫长的权力生涯中，他再也没有在她家的迷宫里找到我的堕落玛努艾拉·桑切兹，她已在那个日食之夜悄悄离开了，将军阁下，有人告诉他在波多黎各的一场布莱娜[①]舞会上看到了她，他们在那里杀害了艾莱娜，但那不是她，还有人看到她出现在蒙特罗老爹[②]迷狂的舞会上，唉，穷苦的伦巴舞者，但那也不是她，又有人在巴洛温多矿上的破房子里、阿拉卡塔卡的昆比安巴舞会上、巴拿马小鼓漾起的美妙微风中看到了她，但其中没有一个是她，将军阁下，她就是他妈的不见了，当时的他没有自暴自弃地屈从于去

[①] 布莱娜（plena）是波多黎各的传统音乐形式。
[②] 古巴传说中的人物，一位热爱音乐和舞蹈的白发黑人。

死的意愿并非因为怒火不够炽烈，而是因为他无可奈何地注定不会为爱而死，这一点他在帝国初年的某个下午就已知晓，那时他找了一名女巫来解读盆中之水隐含的命运密钥，它们没有写在他的掌心和纸牌上，没有写在咖啡底的沉淀物里或者其他任何可被探察的介质上，只写在那预卜之水的镜面中，在那里，他看到了自己在与会客厅相连的办公室里于睡梦中自然死亡，他看到自己面朝下趴在地上，与他自出世以来的一生中每个夜晚的睡姿无异，穿着没有军衔标志的粗布制服和绑腿，戴着金质马刺，右臂弯在脸下当作枕头，年龄在一百零七岁至二百三十二岁之间。

他们就是这样在他秋日的前夕找到了他,而这具尸体实为帕特里希奥·阿拉贡内斯,于是多年之后,在一个充满太多不确定因素的年代再次这样找到他时,我们中没有任何人能够确定那具被兀鹫啄烂了的、布满深海寄生物的朽迈尸体就是他本人。在他那只因腐烂而丑陋不堪的手上,没有任何残迹能表明,在噪音年代它曾因一名不太可能存在的少女的断然拒绝而捂在胸口,我们也没有找到任何他生命的蛛丝马迹来确定他的身份。这件事发生在我们的年代自然不足为奇,因为即便是在他的鼎盛岁月中,人们也有理由怀疑他的存在,要知道连他的心腹们都不知晓他的确切年龄,在某些时期这一问题着实令人困惑:他出现在慈善抽奖会上时看起来已年过八十,在民众接待会上六十,在公共节日的庆典上甚至不到四十。帕梅斯通大使,最后一批向他呈交国书的外交官之一,在他被查禁的回忆录中谈到,我想象不出比他更年老的人，也想象不出如这里一般废怠混乱的国度，在此国总统府中前行，须从废纸堆、动物粪便以及睡在走廊上的狗的剩饭间探出道路，没有人向我说明贸易税费或公务情况，我只得借助已经侵入到最靠外的几间卧室中的麻风病人和瘫痪患者的指引去往会客厅，在那里，母鸡啄咬着哥白林织毯上它们臆想中的麦田，一头母牛撕扯咀嚼着一幅绘有主教像的画布，我当即便察觉到他比痴傻之人还要耳聋，因为他答非所问，还因为他为鸟雀暗哑无声而烦闷不已，但事实上，走过那里如同穿行于百鸟啁啾、嘈啐不堪的清晨山林，甚至令人感到呼吸困难，突然间，他用一抹明澈的目光中断了国书呈交仪式，将手掌放在耳后，指着窗外曾是汪洋的尘灰平原，以叫醒酣睡人的声音说道，听，有骡群从那边来了，听，亲爱的斯泰特森，是那片海要回来了。实在难以相信这个无药可救的老人就是当年那位救世主，当年，在统治初期，他会出其不意地来到农村，没有卫队跟随，只带一个手持甘蔗砍刀的赤脚瓜希拉印第安人和一个他随意用手点到的议员代表，他会去了解庄稼的收成、牲畜的状况和人们的行为举止，他会坐在广场上芒果树荫下的藤编摇椅上，用那时戴的监工帽扇着风，虽然他看起来因炎热而困顿，但在同那些他召集到周围来的男男女女对话时，从不放过任何没有说清道明的细节，他叫着他们的姓名，仿佛头脑中有一份全国居民、统计数字与问题的书面记录，于是他闭着眼唤我，来这儿，哈辛达·莫拉莱斯，给我讲讲那个小伙子的事，就是前一年为了喝一瓶蓖麻油把自己摔了一跤的小伙子，还有你，胡安·布列多，他对我说，你的种牛怎么样了，他曾经亲自为这头害了虫的牛祈祷，好让蛆虫都从它耳朵里掉出来，还有你，玛蒂尔德·贝拉尔塔，我把你那逃跑的丈夫给你完完整整找回来了，你拿什么报答我呀，他就在那儿呢，脖子上套着龙舌兰绳，被拖曳着上前领了他亲赐的警告：如果再敢抛弃他的合法妻子，他就让他烂在那套中国式枷锁中，他又以雷厉风行的办事风格命令一名屠夫在某场公开活动上剁下了一个挥霍无度的司库的双手，他会摘下私家菜园里的番茄，一边当着农业专家的面以内行的傲慢架势将它们吃下，一边说着这地里缺很多公驴粪，都给记在政府账上，他命令道，他突然停下在城里的漫步，冲着窗口对我狂笑着喊道，啊哈，罗伦萨·洛佩兹，二十年前我送你的那台缝纫机怎么样啦，我回答他道，它已经去见上帝了，将军，您想想，东西和人都扛不了一辈子啊，他却反驳说世界是永恒的，然后不顾当街等待的随行人员，拿起螺丝刀和润滑油壶就开始拆卸那台机器，人们能不时察觉到他公牛一般的喘息中流露出的绝望，他的脸也蹭上了发动机油，不过将近三个小时后，那机器便焕然一新，又能缝东西了，那个时候，日常生活中再微不足道的问题，都被他视作国家大事般重要，他由衷地相信幸福可以被分配，而死亡可以被军人的诡计赎买。很难承认，那个无药可救的老人就是那个手掌大权的男人的唯一所剩，他从前的权力大到当他询问时间时，人们会回答他，您说几点就是几点，将军阁下，这的确属实，他不仅会将时间按照最利于他行事的方式作调整，还会将法定节日按照他的计划进行变更，好让他可以一个节日挨一个节日地跑遍全国，他会带着赤脚的印第安人、愁苦的参议员以及装着在各个广场遭遇劲敌的优秀斗鸡的背篓，他会亲自下赌注，他笑起来可以撼动斗鸡场的地基，因为当他发出一串凌驾于音乐和焰火之上的鼓鸣似的怪异笑声时，我们都感到必须附和赔笑，而当他沉默时，我们便会备受煎熬，当他的鸡杀死了我们那些以失败为目标而训练已久的鸡时，我们会如释重负地欢呼，从没有哪一场失望而归，只有狄奥尼西奥·伊瓜兰的那只倒霉鸡是例外，它以利落精准的袭击杀死了当权者的灰公鸡，他第一个穿过战场握住胜利者的手，你真是条汉子，他愉快地对他说着，心怀感激，因为终于有人让他体会了一场无伤大雅的失败，买你的红鸡要付多少钱，他问道，狄奥尼西奥·伊瓜兰战战兢兢地回答说，它是您的了，将军，这是我莫大的荣幸，他在沸腾的乡亲们的掌声中，在音乐和爆竹的轰鸣中回了家，一路上向所有人展示他为了换得常胜红将军而赠予他的六只纯种公鸡，然而当晚，他将自己锁在卧室中，独自饮了一葫芦甘蔗酒，随后用吊床的龙舌兰绳把自己吊死了，可怜的人啊，他当时并不知道自己欢愉的现身会招致一系列家庭灾难，自己的所到之处会留下一连串令他意外的死亡，他也并不知道，如果自己在殷勤的心腹喽啰面前一时口误叫错了名字,他们便会当作不满的暗示,于是一些不幸的忠诚追随者便会受到无尽的折磨,他蓄着缓慢生长的胡茬,迈着诡异的犰狳步子走遍了全国,在各处留下了浓烈的汗臭,他会随兴走进某户人家的厨房,一副不中用了的爷爷的样子,吓得屋里的人都瑟瑟发抖,他会用加拉巴木瓢从瓮里舀水喝,用手从菜锅里捞出大块的肉吃,那么快乐,那么单纯,全然不顾那个家庭被永远地烙上了他来访过的印记,而他如此行事并非出于政治上的考量,也并不像其他时候那样是为了爱情的需要,那就是他当时的自然状态,因为那时的权力还不是他晚秋时期的无边泥塘,而是在我们眼前的从源头喷放的激越洪流,因此他只需用手一指,该结果的树便结果,该成长的牲畜便成长,该致富的人便致富,他下令收起阻碍某个地区收割的雨水,并将之洒向干旱的地区,事情果然发生了,主啊,这是我亲眼所见,在他自信是他全部权力的主宰以前,他的传奇便早已开始流传,彼时他还迷信于各种预兆和对梦魇的解读,他会突然中断刚刚开始的旅程,因为听到了黄头叫隼在他头顶鸣唱,他会更改公开亮相的日期,因为他的母亲本蒂希翁·阿尔瓦拉多收获了一枚双黄蛋,他清除了那支由殷勤的议员和代表组成的跟着他各处游历、替他发表他从不敢发表的演讲的随从队伍,因为他做噩梦看到自己在那栋空洞的大宅中被一群面色惨白的灰衣助祭士包围,他们微笑着用切肉刀刺向他,带着熊熊怒火驱赶他,令他无论将视线转向何方,都能看到一把铁器向他的脸和眼直袭过来，他看到自己被团团围住，仿佛一头被杀手困住的野兽，他们安静而面带笑意，争夺着参与献祭和享用他血液的特权，然而他既不愠怒也不惧怕，只感到一种随生命的干涸而愈发辽远深邃的释然，他自觉轻盈纯净，因而在他们杀他时，他也报以微笑，在那栋石灰墙壁已被我的鲜血溅染的梦中屋内，为他们而笑，也为自己而笑，直到一个在梦中是他儿子的人一刀砍在了他的腹股沟上，从那里，我留存的最后一口气被排出，于是他用浸透了自己血液的毯子盖住了脸，这样，在他活着时认不出他的人也不会认出死后的他，在这般逼真的垂死感受中，他因自己的苟延残喘而颤抖崩溃，于是再也按捺不住，将那感受告诉了我的兄弟卫生部长，而他最终也不免令他惊恐，因为他向他揭示在人类历史上，将军阁下，这样的死亡已有过一次，他还为他读了拉乌塔罗·穆纽斯将军某本被熏黑的记事簿中的那段故事，母亲啊，和他的梦境一模一样，在念诵的过程中，他甚至记起了醒来后一度忘记的细节：在他们杀他的时候，总统府的窗户全部自动打开了，但当时并没刮风，而府上窗户的实际数量正是梦中他伤口的数量，二十三，一个可怖的巧合，于是在那个礼拜，他在他冷漠的军队同谋面前，以海盗袭击的方式，取缔了议会和法院，焚毁了我们从前的显贵们的庄严宅邸，那燃烧的火光直到深夜仍能从总统府的阳台上看到，有消息说，将军阁下，他们连地基石块都没留下，那时他丝毫不为所动，向我们承诺将严惩发动袭击的人以儆效尤，然而罪犯从未出现，他向我们承诺完全按原样重建显贵宅邸，而那里直至我们的时代仍是一片焦黑的废墟，他从不遮掩自己那套可怕的驱魔手段，并利用这机会将老共和国的立法与司法系统全部铲除，他用名利将议员、代表和法官通通压垮，因为不再需要他们来维持执政初期的表象，他把他们打发到那些安逸而遥远的使馆，身边只剩下那个手持砍刀的印第安人的暗影，他与他形影相随，替他试吃食物和饮料，阻止人与他靠近，他待在我家时，他就去看门，来我家的举动滋长了他是我的秘密情人的流言，而事实上，在那段漫长年月中，他每月最多来两次，向我咨询纸牌的解读方法，当时他还相信自己是必有一死的凡人，还拥有怀疑的品德，还能认识到错误，并且相信纸牌胜过相信自己粗野的直觉，他来时总是像初次坐在我面前时那样惊恐苍老，一言不发地把双手摊开给我看，那对平滑紧实好似蛤蟆肚皮的手掌是我漫长的占卜生涯中不曾看到也不会再看到的，他把双手同时放在桌上，仿佛一个绝症病人无声的哀求，我能觉察到他是那样的急切无助，以至于令我印象更深的不是那荒芜的掌心，而是他无从排解的忧郁、他嘴唇的苍白和他被猜忌腐蚀了的可怜老人的心，他的命运，不仅从他的手上看起来深不可测，用当时已知的任何察探手段来看都是如此，他每切一次牌，牌面都立即变成浑水井，他喝完了的咖啡的杯底沉淀也都浑浊不清，与他个人的未来、他的幸福或是财富相关的关键线索全都模糊难辨，然而任何和他有关之人的命运都明晰可鉴，于是我们看到了他的母亲本蒂希翁·阿尔瓦拉多在为外国名字的鸟雀涂颜料，那时的她年事已高，在因疫病而变得稀薄的空气中几乎辨不清颜色了，可怜的母亲啊，我们看到了我们的城市被一场飓风摧毁，那场飓风极其可怕，简直不配它那女性的名字，我们看到了一个戴绿色面具、持利剑的男人，于是他苦恼地问这人在世界的什么地方，纸牌回答说，他每个礼拜二都离他更近，他便说了声啊哈，随后问他的眼睛什么颜色，纸牌回答说，一只是甘蔗汁在日光下的颜色，另一只是甘蔗汁在黑暗中的颜色，他便说了声啊哈，随后问那个人有什么企图，那是我最后一次向他揭示纸牌的终极真相，因为我回答他，绿面具代表的是不忠和背叛，于是他带着胜券在握的口吻说，啊哈，我知道是谁了，他妈的，他喊道，是纳尔希索·米拉瓦上校，他最亲近的副官之一，两天后上校往自己耳朵里灌了一枪，没有留下任何解释，可怜的人啊，纸牌的占卜就是这样主导着国家的运势，预设着它的历史，直到他听人说起有一个独一无二的女巫，她能以万无一失的盆中之水破译死亡，于是他偷偷地前去寻她，除了砍刀天使外再没有其他人看见，他们沿着骡道一直走到荒漠中的那间茅屋，她和她的重孙女就住在那里，重孙女已有三个孩子，并且即将诞下上个月死去的那任丈夫的骨肉，他在近乎黑暗无光的卧房深处找到了她，她半失明地瘫在那里，但是当她请他将双手置于盆上方时，盆中之水顿时变得澄明，并散发出轻柔而透彻的光，于是他看到了自己，一模一样的自己，趴在地上，身穿没有军衔标志的粗布制服，裹着绑腿，戴着金质马刺，于是他问这是什么地方，那女人审视着平静的水面，回答说，是一个房间，不比这间屋子大，可以看到一些东西，好像有一张写字桌，还有一台电风扇，有面海的窗户，白墙上挂着骏马图，还有一面带龙的旗，于是他又说，啊哈，因为他已经认出，那无疑是与会客厅相连的那间办公室，他接着问是否死得很惨或者得了可怕的疾病，她回答说不是，是在睡梦中，并且没有痛苦，他应道，啊哈，又颤抖着问她是什么时候，她回答说他可以放心睡觉，因为他死的时候年纪不会比现在的她小，也就是一百零七岁，但也不会比那晚一百二十五年以上，于是他说，啊哈，而后便杀害了那瘫在吊床上的老妇人，以免除他之外还有人知道他死亡时的情景，他是用马刺上的皮带将她勒死的，没有让她痛苦、呻吟，俨然一个老练的刽子手，尽管她是这世上唯一享有被他亲手杀死的荣耀的生物——无论人还是动物，无论在战争里还是在和平中，可怜的女人。在秋日的夜晚，他回忆自己这样阴险卑鄙的过往并没有良心不安，它们反而成了范本般的寓言，指明他应该这样做却没这样做的事，特别是在玛努艾拉·桑切兹消失在日食之影中时，他格外希望自己的残暴再次盛放，好以此根除煎熬他五脏六腑的羞辱感所触发的怒气，他会躺在罗望子树风铃下的吊床上，想着玛努艾拉·桑切兹，满怀搅扰他梦境的怨恨，而与此同时，陆海空三军都在寻找她，甚至连边境地区尚未开垦的硝石荒漠都没放过，却始终没有发现任何细微的痕迹，你他妈的躲到哪儿去了，他自言自语道，你以为你他妈的钻到什么地方去就能逃出我的掌控，让你看看到底是谁说了算，他放在胸口的帽子随着心脏的剧烈跳动而不停震颤，他迷醉在盛怒中，丝毫不理会他母亲的坚持，她一直想打探出为什么从日食那天下午开始你就不说话了，怎么变内向了，但他没有回答就走了，狗屎母亲，他拖着那双孤儿的脚，心里不住地滴着苦水，自尊也被那无法补救的痛楚伤害了，这些坏事发生在我身上就是因为我变成了这么一个孬种，就是因为我不再像以前那样是自己命运的主宰，就是因为进那臭娘儿们的屋还要经过她母亲的同意，当初去弗朗西斯卡·里内洛位于桑托斯伊盖隆内斯教区的清凉寂静的庄园时就不用这样，那时还是他自己而不是由帕特里希奥·阿拉贡内斯代表权力抛头露面，他会由着自己的性子，在摆钟缓缓敲响十一点的钟声时，连门环都不叩就走进去，我在花园露台听到他金质马刺的碰击声，便立即明白那如捣臼木槌发出的声响、那踏在砖地上的威严步子不可能是别人的，只可能是他的，在看到他出现在天井露台的门洞之前，我就感觉已经真切地看到了他整个人，门口的石鸰正在金色天竺葵间歌唱着十一点的到来，而同在唱歌的拟黄鹂则在挂于屋檐下的小香蕉散发出来的丙酮气味中迷离，八月里不祥的礼拜二的日光在院中新长出的香蕉叶和我丈夫蓬修·达萨清晨刚捕猎来的一头小鹿的尸体间休憩，他把鹿腿绑上，挂在了那一把把因为糖分而长出黑斑的小香蕉旁以排干血水，然后我看到了他，比梦中的更高大更阴森，穿着一双满是烂泥的脏靴子和一件被汗浸湿了的军服上衣，皮带上没佩武器，但他仍旧放心，因为那个赤脚印第安人的暗影就一动不动地立在他身后，手中还握着砍刀刀柄，我看到了那双令人无法回避的眼睛和那只睡梦中的少女般的手，他就近从一把香蕉中揪下一根，狼吞虎咽地吃下去，一根又一根，他渴切地咀嚼着它们，整张嘴中涌动着沼泽地的声响，视线一刻未离开诱人的弗朗西斯卡·里内洛，而她以刚嫁作人妇的羞怯不知所措地看着他，因为他是来尽兴的，而又没有任何比他更强大的力量可以阻止他，我几乎察觉不到我丈夫畏怯的呼吸了，他在我身旁坐下，我们两人拉着手一动不动，两颗明信片一般的心在那个深不可测的老人黏韧的目光下一同惊惶地跳动着，他就在离门两步远的地方一根接一根地吃着香蕉，将香蕉皮往肩膀后的院子里甩，他的目光从开始看我的那一刻起就没有离开过，直到把整串香蕉全部吃完，直到死鹿身旁的香蕉杆变得光秃秃，他才向赤脚印第安人打了个手势，而后命令蓬修·达萨，和我带砍刀的朋友出去一趟吧，他有些事情要和你解决，我几乎要吓晕过去，但仍留有足够的神志，仍然清楚，能解救我的唯一办法就是任他在饭桌上对我随心所欲，甚至在他身上的氨气味让我窒息之后，在他一把扯下我的内裤并用手指胡乱摸索之时，我还帮他在衬裙的蕾丝花边之间找到位置，我不知所措地想着，圣体啊，这真是太羞耻了，真是太晦气了，因为那天早上我忙着收拾小鹿，都没有清洗一下自己，就这样，他在数月的烦闷之后得偿所愿，却做得仓促而糟糕，仿佛比他本人苍老抑或年轻太多，他深陷在恍惚中，我甚至都不太清楚他是什么时候尽其所能做完的，他还忍不住呜咽起来，流下了孤独的大个子孤儿如发烫尿液一般的泪水，他哭着，好像受尽了苦难，使我不仅怜悯他，也怜悯起世上所有的男人，于是我开始用指腹抚摩他的脑袋，安慰他说，不至于这样，将军，人生很长，而就在此时，带砍刀的人把蓬修·达萨带到了香蕉园里，将他切成了纤薄的肉片，它们被野猪衔去了各处，再没可能复原，可怜的人啊，但没有别的办法，他说，因为他会成为终生的死敌。这些是他权力的影像记忆，它们远道而来，加深了他的苦楚：他的浓厚权力中究竟被掺了多少水，导致他竟已完全没有能力去驱散那日食造成的巫术伤害了，在砍刀天使的关节因尿酸过高而形成结晶后，他将自己的性命交付在罗德里戈·德阿吉拉尔将军一人手上，面对后者在多米诺骨牌桌上冰冷的控制，他不由得因一丝躁郁而战栗起来，他自问，把这么多的信任和权威独独授予一个人难道不是招致他不幸的根源吗，难道不是我终生的兄弟剃掉了他内陆地区领袖的野性毛发从而把他变成一头阉牛和一个宫殿里的傀儡吗，他让他无力发出哪怕一道未被事先执行的指令，还想出了让别的面孔代替他抛头露面的伎俩，而在从前的好日子里，一个赤脚印第安人就足够了，他会挥舞砍刀在人群中开路，大喊着浑蛋们让开，管事的人来啦，但他无法区分那鱼龙混杂的欢呼队伍中，谁是真正的爱国者而谁又是投机者，因为当时我们还不知道，最居心叵测的就是那些最起劲地喊硬汉万岁的人，他妈的，将军万岁，但现在他却够不着他的军权，无力调兵去寻找那个厄运皇后，那个曾奚落过他老年色欲那无法逾越的围墙的皇后，他妈的，他把骨牌摔在地上，因看不见的缘由扔下残局离去，内心失落不已，因为他突然想到，所有的人最终都会在这世上找到自己的位置，所有人但他除外，他第一次意识到自己的衬衫在这么早的时间就已被汗液浸透，第一次察觉到随海洋水汽蒸腾的腐臭味道和因湿热而扭曲的疝气的温柔笛声，是闷热造成的，他一边没有底气地自言自语，一边在窗口探看，试图看透这静止城市里的奇异光芒，这里仅存的活物似乎是那群正惊恐逃离贫民医院屋檐的兀鹫以及那位武器广场上的盲人，那盲人感觉到了在民政大楼窗口现身的颤巍巍的老人，他急迫地用手杖向他示意并对他喊了些不明所以的话，被后者解读为压抑情绪中的又一个信号，暗示即将有事发生，然而，在这个漫长而沮丧的礼拜一即将结束时，仍旧一切如常，这种状况已经是第二次出现了，是闷热造成的，他自言自语道，细流轻挠着雾气氤氲的安眠药水瓶滤嘴催他入眠，于是他很快睡着了，却又猛然惊醒，谁在那儿，他吼道，事实上那是他的心脏因黎明时分公鸡一反常态的沉默不打鸣而备感压抑，他感到宇宙的航船在他睡着时已经驶到了某个港口，而他正在一片蒸汽汤中漂浮，天空中、地面上那些比迟钝的预兆和人类最先进的科学知识更能敏锐地预见到死亡的动物都惧怕得噤声，空气已耗尽，时间正改向，他起身后感到每迈一步心脏都会刺痛，而鼓膜正在爆裂，一种滚烫的物质从鼻孔流出，是死亡，他想，那军服上衣已被血水浸透，随后他才知晓，不是，将军阁下，是飓风，在把那个古老紧实的加勒比王国撕成一串散乱小岛的种种灾害中，它是最具毁灭性的，但它又太过隐秘莫测，唯有他早在鸡飞狗跳之前就凭预感的本能觉察到了这场灾难，它令人措手不及，惊慌的公务人员甚至都来不及为它起个女性的名字，他们前来向我汇报说，现在确定了，将军阁下，那玩意儿他妈的要把国家卷走啦，他却下令用船骨加固门窗，将哨兵绑在楼道上，把母牛母鸡关在一楼办公室里，将每样东西，从武器广场到他受惊的阴郁王国里最偏远的一块界碑，都钉在原位，整个国家仿佛都被锚固定住了，因为他下达了不容违抗的命令：一旦出现骚乱迹象就鸣枪，前两次向天，第三次就杀人，然而，旋风携着巨型刀刃以不可抗拒之势过境，它干净利落地一刀斩断了主入口处的钢铁装甲大门并将我的母牛卷上了天，但他并未察觉到这些，因为他正身处不知从何而来的横冲直撞的暴雨的魔力中，雨水在他周围洒下凶猛冰雹般的阳台碎片以及深海与丛林中的野兽，他也没有清醒的神志去考量这场灾变的规模，只是在滂沱大雨中徘徊着，在怨恨的麝香味道中兀自问着你在哪儿,我的苦水玛努艾拉·桑切兹,他妈的,你到底钻到哪儿去了,让我这场复仇的灾难都够不到你。飓风过后,在一处平静的水洼中,他发现身边只剩几个最亲近的随从,正和他一起在会客厅满目疮痍的水面上坐着划艇漂浮,他们划出车库门,在沙枣树冠和武器广场的锦缎灯笼间畅行,随后进入了大教堂中的一潭死水,有那么一瞬间,他再次因一个深刻的闪念而陷入痛苦,他想到自己从来就不是、也永远不会是他全部权力的主宰,在他仍为这苦涩确凿的讽刺而深感羞耻烦闷时,小船撞进了一个个空间,它们的密度各不相同,在彩色玻璃窗透进来的光的照耀下不断变幻,那光线落在了主祭台上纯金的枝叶和祖母绿的花簇上,落在了被活埋的总督和因幻想落空而死去的主教的贴地墓碑上,也落在了海军上将空荡荡的纪念堂那有三艘帆船侧影的花岗岩石刻上,他当初建起这纪念堂是考虑到将来兴许会想让自己的尸骨安息在我们之间,我们通过祭坛的水渠,划向一个已变成明亮鱼池的内院,看到一群群鲷鱼正贴着瓷砖池底在广藿香和向日葵的茎秆间游过,我们穿过比斯开修女修道院天井中的阴暗河道,看到了被遗弃的单人房间,看到了一架漂浮于乐室隐秘水池中的古钢琴,看到了食堂中沉睡之水的深处淹死在已摆好菜肴的长餐桌旁各自座位上的全院修女,从阳台离开时,他看到光亮的天空下有一片浩渺的湖泊,那里曾是那座城市的所在,直到此刻他才相信,消息属实,将军阁下,在整个世界范围内上演的这场灾难只是为了将我从玛努艾拉·桑切兹的折磨中解救出来,见鬼了,上帝的做法和我们的比起来简直太粗野了,他一面愉快地想着,一面望着那片曾是城市的浑浊泥潭,在无边无际的水面上漂浮着无数溺死的母鸡,兀立在那里的只剩大教堂的尖塔、灯塔的航标灯、总督区灰岩大宅的阳光露台以及贩卖黑奴的港口所在的零星的丘陵小岛,海上遭遇飓风劫难的人在那些岛屿安营扎寨,我们这批最后的不信教的幸存者看到了那艘漆着那面旗帜色彩的小船在一只只母鸡僵死的尸体上的马尾藻之间安静地驶过,看到了那悲伤的双眼、黯淡的双唇和正为祈求雨过天晴而画着十字的若有所思的手,他命令溺死的母鸡重生又命令水位下降,于是水便退去了。在喜乐的钟声、愉快的节日焰火和荣耀的音乐声中,第一块重建的基石落定,人们聚集在武器广场称颂着赶跑飓风猛龙的功勋卓著者,在众人的呼喊声中,有人拽住他的手臂把他带上阳台,现在的人民比以往任何时候都更需要他安慰的话语,在得以逃脱之前,他感受到了灌入他五脏六腑的犹如从凶险海洋刮来的风一般整齐划一的呼声,硬汉万岁,从统治的第一天开始,他便体会到一时间暴露于全城民众视野中的不安全感,于是他的言辞停滞了,一抹凡人的神志闪过,他顿时明白自己没有勇气也永远不会有勇气将整个身体探向人群的深渊,于是在武器广场上,我们只是隐约察觉到那个一如既往转瞬即逝的身影,那个难以捉摸的穿粗布衣服的老人的鬼魅身影,他从总统阳台上撒下无声的祝福后便立即消失了，然而那个飘忽模糊的画面足以支撑起我们的信心，相信他就在那里，在郊区宅院的那一株株载入史册的罗望子树下，守候着我们清醒与安睡的时光，他悠然躺在柳木安乐椅上，手中握着一杯还没喝的柠檬水，听着他的母亲本蒂希翁·阿尔瓦拉多用加拉巴木瓢筛玉米粒的声响，透过午后三点的炽热看着她抓起一只可怜的母鸡，把它夹在胳膊下，不无温柔地拧转它的脖子，她看着我的眼睛用母亲的语气对我说，想的事情那么多，都要得病病了，还不好好吃饭，今天晚上留下来吃吧，她央求着他，同时用食物引诱着他，紧紧抓在那只被拧得奄奄一息的鸡，以防他逃脱，于是他说，好，母亲，我留下来，他闭着双眼在柳木安乐椅上待到了傍晚，虽然没有睡着，却也被锅里沸腾的鸡汤那淡淡的香味熏得昏昏欲睡，他同时牵挂着我们的生命走向，说起来，地球上唯一能给我们安全感的就是确信他在那里，瘟疫和飓风伤不着他，玛努艾拉·桑切兹的冷落伤不着他，时间也伤不着他，他全心投入到为我们着想的救世主的喜乐中，知道我们清楚他不会做出任何不顾及我们的决定，他之所以能历经风雨幸存下来，并不是因为他拥有超群的胆魄和无尽的谨慎，而是因为他是我们当中唯一知晓我们命运的真实样子的人，他甚至到了那里，母亲，他在遥远的东陲结束一段艰难旅程时，曾坐在最后一块具有历史意义的石头上休息，石上刻有最后一名为保卫国土而战死的士兵的姓名和生卒日期，他见过那座阴郁寒冷的邻国城市，看到了隽永的细雨、烟油味的晨雾、电车上穿礼服的男士、由头顶羽毛饰物的佩尔切隆白马拉着高贵灵车的贵族葬礼，以及大教堂门廊上裹在报纸里熟睡的孩子，见鬼，这些人太奇怪了，他惊呼，他们好像是诗人，但他们不是，将军阁下，他们是当权的哥特佬①，他们对他说，那次旅行回来后他兴奋不已，因为他发现这带有一丝腐烂的番石榴味道的风、这喧闹的市场、这悲惨国度在日落时分给人的深重苦闷感都无与伦比，于是此后他将不再跨越国界，这并不是因为如他的敌人所说的，他害怕离开身下的交椅，而是因为一个男人就像山上的一棵树，母亲，就像山上的动物，除了去找吃的，不会离开巢穴，他说着，以午休困倦时常人的神志回想起多年前一个昏沉的八月的礼拜四，那天他居然坦言知道自己野心的局限，他那番话是对来自另一个时代、另一片土地的一名战士说的，他在办公室的炽热阴暗中单独接见了他，那是一个会在倨傲姿态面前茫然失措的年轻人，身上烙着永不合群的孤独印记，在门口裹足不前，直到双眼适应了那片阴暗，那片在热气中流溢着一簇盛放紫藤的芳香的阴暗，才下决心跨过门槛，他认出了他，坐在旋转安乐椅上，一只手握拳静静地放在光秃秃的桌面上，那么平凡、黯淡，与他在公众面前的形象相去甚远，没有卫队，也未持武器，身上的衬衫被凡人的汗液浸湿，太阳穴上贴着治疗头

---

① 拉丁美洲一些地区对西班牙人的蔑称。

痛的鼠尾草，当我确信了这令人难以置信的事实，确信了那个生锈的老人就是我们童年时期的那位偶像，就是我们荣光梦想最纯粹的化身时，他才走进办公室，以清晰而坚定的声音报上了自己的姓名，期望自己能够有所作为、获得赏识，而他用一只柔美的小手，一只主教般的手握了握我的手，出人意料地聆听着那名外乡人的宏伟梦想，为了他的同样也是您的事业，他需要武器和支援，阁下，为了打一场不分地域、一举扫除从阿拉斯加到巴塔哥尼亚的保守统治的仗，他需要后勤补给和政治援助，他为他澎湃的激情所感动，问他为什么要掺和到这破事里，他妈的，你为什么想死，外乡人不带一丝羞耻地回答说，为祖国而死是至上的荣耀，阁下，而他带着怜悯的微笑回应他，别傻了，孩子，祖国就是活着，他对他说，就是这个，说着打开方才撑在桌上的拳头，向他展示了掌心的小玻璃球，这样东西要么有要么就没有，但是只有有它的人才有，孩子，这就是祖国，他说着，轻拍着他的脊背与他道了别，没有给他任何东西，哪怕一句敷衍的承诺都没有，当侍从关上门后，他命令道，别去动这个刚走的人了，都不用花工夫去盯他，他说，他的热情还在羽毛里，成不了气候的。这句话我们直到飓风过后才又一次听他说起，当时他再次宣布大赦政治犯，批准几乎所有流放的犯人返乡，只有文人除外，这些人自然永远别想，他说，他们就像正在长毛的良种小公鸡，热情还在羽毛里，成不了气候的，不过他们一旦成熟，就会比政客更糟糕，比教士更麻烦，想象一下吧，但其他人都要回来，不分肤色，让重建国家成为所有人的事业，让所有人都证明他在一众凶猛的武装力量的支持下，又一次成为他全部权力的主宰，这些武装力量得以重拾昔日的忠勇，全仰赖他将存粮、药品以及外国提供的公众生活保障品分配给政府高层，仰赖部长的家属可以用临时医院和红十字会的帐篷在海滩上消遣，可以向卫生部贩卖血库中的血浆与成吨落灰的牛奶并由卫生部转卖给贫民医院，国家公务员都将兴趣转向了公共工程合同，还有与沃仁大使以其国渔船无限制地在我国的水域捕鱼为条件而发放的紧急贷款相关的重建工作，他妈的，只有有它的人才有，他想着向那个再也没有音信的可怜梦想家展示过的玻璃球，自言自语道，他因重建事业而兴奋难耐，发布了多道口谕，如执政初期那般事必躬亲，巨细靡遗，头戴草帽，脚蹬捕鸭猎人靴，在街道的泥沼中蹚着水，生怕人们建起一座与他在憋闷孤独的梦境中为自己的荣耀构想出的城市相异的城池，他命令着工程师，给我把这儿的东西拆掉，放到那边不碍事的地方去，他们便拆掉了那些东西，把那座塔加高两米，让外海的航船都能看见它，他们便加高了那座塔，给我把这条河的流向掉个个儿，他们便没有一处差错也没有一丝不情愿地将流向掉了个个儿，在那场狂热的重建中，他是那样急不可待，那般全心投入，把次要的国事全然忘却了，因而当某位副官一时失言提起孩子的问题时，他猛地一下撞上了现实，云里雾里地问道哪些孩子，那些孩子，将军阁下，但他妈的是哪些啊，因为他仍被蒙在鼓里，尚不知晓，军队害怕总统的彩票一直中奖的原因被抽取中奖号码的孩子泄漏出去而秘密地将他们软禁了起来，一边编造更好的理由，一边搪塞前来抗议的家长，说那不是事实，而是卖国贼的造谣、反对派的中伤，并用迫击炮驱赶那些在军营外造反的人，我们也对您隐瞒了这场公开屠杀，是为了不打扰到您，将军阁下，我们还对您隐瞒了一件事，其实那些孩子被关在港口碉堡的地下室，那里条件优渥，他们精神状态极佳，健康状况良好，但问题是，现在我们不知道该怎么办了，将军阁下，因为他们差不多有两千人了。那万无一失的中彩票的方法是他盯着台球上镶嵌的金银数字时无意中想到的，那是一个极为简单却令人琢磨不透的想法，因而在他看到正午时分就挤满了武器广场的渴切人群时，甚至不敢相信自己的眼睛，人们在炽烈的阳光下展示着各自猜测的一组奇迹号码，感激地呼喊着，举着写有愿与民众分享喜乐的胸襟宽广者永享荣光的条幅，乐手和走钢丝的也来了，快餐、油炸食品、过时的轮盘赌桌以及褪色的动物彩票，这些其他时空和其他世界的废品都流连在财富的边缘，希冀沾点福运的碎屑，发一笔横财，下午三点露台开放了，他们请上三个不到七岁的孩子，为了证明抽奖方式的公正，这些孩子都是人们随意选出的，他们发给每个孩子一个不同颜色的细长口袋，在此之前，具有资质的公证人员已经证实了每个口袋中都有十个从一到零标号的台球，请注意了，女士们先生们，于是大家屏住呼吸，每个已被蒙上眼睛的孩子从口袋里掏出一个球，首先是拿蓝口袋的孩子，随后是红口袋的，最后是黄口袋的，他们一一把手伸进各自的袋子，感觉到袋底有九个球是一样的，还有一个冷冰冰的，于是依我们之前秘密吩咐的，拿出那个冰冷的球向人群展示，随后念出数字，就这样，孩子们取出了那三个在冰块中放置了多天、与他所持的彩票号码相吻合的球，但是我们之前没有想过，那些孩子可能把秘密泄露出去，将军阁下，我们想到时已经太晚了，没有别的办法，只好把他们三个三个地，之后是五个五个地，再之后是二十个二十个地藏起来，您想想，将军阁下，他理清这团乱麻时才发现，整个国家的陆海空三军高官都卷入了这场奇迹般的国家彩票的钓号活动中，他得知最初那些孩子登上露台是经过父母同意的，他们甚至接受过家长的训练，掌握了摸出象牙上镶嵌数字的无用技巧，而后来的孩子都是在武力逼迫下被硬拽上去的，因为已有传言说，上去的孩子就再也没有下来过，于是家长们纷纷藏起自己的孩子，甚至在突击巡逻队半夜搜查时将他们活埋，而紧急部队封锁武器广场并非如此前他们告诉他的，是为了平息群众的疯狂情绪，而是为了将他们像畜群一样圈在那里并以死威胁，外交官们请求接见以调停冲突，但却碰上了格外荒唐的事，官员们居然亲自向他们证实他身患怪病的传说，说他不能接见他们，因为他肚子上长出了蛤蟆，脊椎上生出了鬣蜥的背刺，为避免戳伤自己只能站着睡觉，他们向他隐瞒了全世界的抗议与诉求，甚至拦截了来自罗马教皇的电报，它表达了我们的教皇对孩子命运的担忧，监狱里已经没有空间关押更多造反的父母了，将军阁下，礼拜一已经没有孩子能来抓球了，他妈的，我们这是惹上了什么麻烦啊。尽管如此，在看到那些孩子之前，在看到那些像要被屠宰的牲口一样憋在港口碉堡的天井中的孩子之前，他还没有真正意识到那道深渊究竟有多深，他看到他们在经历数月的恐怖黑夜之后从拱顶地下室走出，被炫目的阳光晃得茫然无措，如疯狂的山羊群一般四下窜开，一眼望去竟有那么多人，以至于他无法把他们当作两千个独立的孩子，而只能将他们看作一只宽广无形的动物，散发着被阳光炙烤过的皮囊的非人臭气，发出深水的汩汩响声，并凭借自己的多面特质让自身免于毁灭，因为一下子干掉这么多条性命不可能不留下恐怖的印迹，这种事可是能传遍全世界的，他妈的，什么都干不了，由于坚信这一点，他将最高司令们通通召来，那十四位战栗不安的将领从来不曾这般可怖，因为他们从来不曾如此惊恐，他不慌不忙地观察了他们每个人的眼睛，一个挨一个地，继而明了他正以一己之力对抗所有人，他昂起脑袋，绷起嗓子，教导众人现在比任何时候都更需要捍卫军队的名誉，他赦免了他们的一切罪行，同时手握拳头抵着桌面以掩饰他正因犹疑而颤抖，他命令他们要一如既往地用极大的权力和极高的热情尽各自的本分，因为我不容更改的最高指示是，这里什么都没发生，散会，我会负责的。

纯粹为了以防万一，他将那些孩子移出港口碉堡并送上了夜间货车，拉到了国境里最荒凉的地区，与此同时他还得面对官方的严正声明引发的间歇性风波，声明中说事实并非如此，不仅没有孩子在当权者手上，而且监狱里都没有任何类型的囚犯，传言中的大规模劫持只不过是叛国者为了扰乱群情而进行的卑鄙挑拨，我国国门为澄清真相而敞开，欢迎大家前来搜寻，于是人们纷至沓来，一个国际联盟委员会甚至将全国最隐蔽的石块都搬开了，还事无巨细地质问了他们想质问的每一个人，惹得本蒂希翁·阿尔瓦拉多不禁问起，那些穿得像招魂术士的都是什么人啊，一闯进家门就在床底下、针线篮里、玻璃涮笔缸里找两千个孩子，最终委员会做出了公证，他们只看到关闭的监狱、和平的国家、井然有序的一切，并没有找到任何线索来证实公众的猜疑，即存在或可能存在对人权有意的抑或事实上的因主动或疏忽所造成的侵犯，安心睡吧，将军，他们走了，他在窗口挥舞着花边手绢向他们道别，如释重负，感到有些事永远了结了，再见了，傻瓜们，祝一路顺风、旅途愉快，他叹了口气道，麻烦过去了，但罗德里戈·德阿吉拉尔将军提醒他说，还没有，麻烦还没过去，因为那些孩子还在，将军阁下，他手掌一拍脑门，他妈的，竟把这事忘光了，我们该拿那些孩子怎么办。他努力摆脱浑噩的思绪，一个更激进的方案在他脑中成形了，他让人将孩子从密林中带出来，又沿着反方向把他们送至终年下雨的省份，那里没有播散他们声音的邪风，陆上的动物都有可能在行走时腐烂，人类的言语上能开出百合，章鱼在林间漫步，为了避免有人发现他们的行踪，他下令将他们带至安第斯山间永日云雾缭绕的岩洞，为了避免有人知晓他们在某一位置的确切时间，他命他们在潮湿腐臭的十一月到晴朗清爽的二月间迁移，为了避免红十字会的飞机探出他们的身影，他让他们日夜藏身于烂泥没颈的稻田中，当得知他们因此而发烧哆嗦后又差人送去奎宁药片和羊毛毯，还将日光和星光染成红色以治疗他们的猩红热，并且派人从空中喷洒杀虫剂消毒，以免香蕉园的蚜虫将他们吃掉，他遣人用飞机为他们送去糖果雨和奶油冰棒雪，用降落伞送去圣诞礼物，来讨他们开心，并为想出绝妙的解决办法争取时间，就这样他渐渐摆脱了自己的邪恶记忆，将他们遗忘了，陷入无数个寻常的不变的失眠夜晚的孤独泥沼，他听到九点钟的金属敲击报时声，便把在民政大楼屋檐上睡着的母鸡抓了下来放到鸡笼中去，他还没数完睡在脚手架上的动物，一个收鸡蛋的穆拉托女佣走了进来，他感受到她那个年龄的阳光和她紧身胸衣的声响，于是一下子扑到她身上，将军请您小心，她颤抖着低声说，鸡蛋要弄破了，破就破吧，他妈的，他说着一掌把她推倒，没脱她的衣服，也不解自己的衣衫，他急切地想要逃离这个被睡眠中的动物的绿色粪便覆盖的礼拜二那抓不住的荣耀，却浑浑噩噩地打了个滑，坠入虚幻眩晕的深渊，坠入纵横交织的用来逃避的条条苍白道路、粗壮女人散发的喘息和汗液味道、遗忘带来的虚假性威胁之间，在下落中他渐渐留下了金质马刺流星般的叮叮作响而充满渴求的弧线，留下了他急迫丈夫的一串落石般的喘息痕迹，留下了他狗一般的呜咽与他对自己存在于那一闪光亮中的恐惧，留下了死亡的火星爆燃的刹那发出的一记无声巨响，然而触到深渊之底，周围仍只是覆满粪便的铺地稻草，仍只是不眠而梦的母鸡，仍只是那个痛苦的穆拉托女人，她衣服上满是蛋黄的黄色黏液，正一边起身一边抱怨着，您看我说的没错吧，将军，鸡蛋都破了，他压抑着又一次无爱之爱激起的怒火嘟囔道，数数有多少个，他对她说，都从你工资里扣，然后他走了，这时是十点，他在牛棚里一个挨一个地检查了母牛的牙床，看到了他的某个女人在自己窝棚的地上痛得几乎要散架，看到了接生婆已从她内脏中拽出一个湿乎乎的婴儿，颈上还缠着脐带，是个男孩，我们给他起个什么名字呢，将军阁下，随便，他答道，这时是十一点，如他统治期内的每一个夜晚，他清点了哨兵，检查了门锁，给鸟笼套上罩子，灭掉灯，这时是十二点，祖国很太平，世界已入眠，他在黑暗的宅子里穿过灯塔旋转交织的光线中一晃而逝的一个个黎明，向卧室走去，他把逃命用的提灯挂起来，把那三把门环、三道门闩、三个插销通通锁上，随后坐在了移动马桶上，一边挤着屈指可数的几滴尿液，一边用手抚慰着患疝气的睾丸，抚摸着那个无情的孩子，直到将扭曲的部分扶正，直到它在他手中入睡，疼痛才得以止息，一阵来自边境硝石荒漠的风从窗口吹进来，一道惊恐划过，疼痛立即复苏了，卧室中有稚嫩人群的歌声碎片弥漫开来，他们问起一位奔赴战场的骑士他们哀叹太痛了太苦了他们爬上高塔盼他回来他们看到他回来了他回来了太好了他在罩着天鹅绒的棺材里太痛苦了太哀伤了，这合唱的声音是那么浩大那么辽远，他甚至要带着那是星星在歌唱的幻觉而入眠，但他在盛怒之下坐起身来，别唱了，他妈的，他吼道，不是他们死就是我死，他吼道，结果是他们，因为破晓之前，他就下令将那些孩子塞进一艘载有水泥的船，把唱着歌的他们带至领海的尽头，他没有给他们留受罪的时间，就用一捆炸药在他们歌唱的时候将他们炸飞了，三位执行该命令的官员在他面前立正报告，将军阁下，您布置的任务完成了，他将他们晋升了两级又为他们戴上了忠诚奖章，但随后就把他们都枪毙了，一如处置其他不光彩的普通罪犯，因为有些命令可以颁布但不能执行，妈的，可怜的孩子们啊。这样残酷的经历证实了他确信已久的道理：一个人最可怕的敌人就在他发自内心的信任里，恰恰是那些他武装培养起来维持他政权的人，迟早会唾弃喂养他们的这只手，于是他挥手之间将他们消灭殆尽，又随性将另一些无名之辈晋升至高位，你，上尉，你，上校，你，将军，其他人，都是中尉，见鬼了，他看着他们成长，直到膨胀得将军服绷裂，直到他再也看不住他们，诸如发现两千个孩子被软禁，这类意外事件让他明白，令他失望的不止一个人，所有最高级别的将领都是如此，他们除了会耗费我更多的牛奶，别的一概干不了，一遇上麻烦，他们就会往刚刚用来吃饭的盘子里拉屎，我生养了所有人，他妈的，是我取出肋骨才成就了他们，他为他们争得了尊严与面包，却一刻不得闲地打压他们的野心，将最危险的人物留在身边加以最严密的监视，将最软弱的派去戍守边境，为了他们，他接受了海军陆战队的占领，母亲啊，这不像汤姆森大使在官方声明中所写的，是为了战胜黄热病，也不像那些流亡政客所说的，是为了避免让他卷入公众骚动，而是为了教导我们的军人如何做体面人，事实就是这样，母亲，每个人都各有所得，他们教会他们穿鞋走路、用纸洁身、使用安全套，他们教会我要两手养兵，形成对抗，互为牵制，他们为我建立了国家安全办公室、总调查局、国家公共秩序部，还有那么多我自己都记不得名字的玩意儿，他建立起名目各异而本质相同的组织，以便在风暴中以最轻松的方式取得控制，他令人们相信每个人正被另一些人监视，他在发给军营的弹药里混入海滩沙粒，制造与自己的真实意图截然相反的表象，然而他们还是会谋反，他咀嚼着胆汁泡沫闯入军营，滚开，混账，管事的人来了，他在那些用我的肖像做靶子来考核射击的惊慌的军官之中吼叫着卸下武器，他不停地命令着，但仅凭声音中怒不可遏的威严，众人便自觉卸掉了武器，把那身人皮扒下来，于是众人褪了衣服，圣赫洛尼莫基地起义了，将军阁下，他拖着他悲伤老人的巨大双脚进了大门，穿过两列仍将他尊为最高统帅的叛变了的警卫队，出现在起义指挥部，没有带卫队，没有携武器，却以爆燃的力量吼道，都给我趴下，无所不能的人来了，全都趴下，杂种们，于是司令部的十九位军官都扑倒在地，他命他们在沿海村落匍匐前行，吃泥嚼土，好让大家看看脱了军服的军人还有什么用，狗娘养的，在混乱军营里的各种叫喊声中，他听到了自己不可违抗的命令：把发动叛乱的人都从背后枪毙了，在他们脚踝系上绳子把尸体倒挂起来日夜示众，让所有人都清楚唾弃上帝的人是什么下场，狡猾的浑蛋，然而祸事并未因这些血腥清洗而停息，因为只要稍不注意，他就会再次受到那长触角的寄生虫的威胁，他本以为已经将它连根拔除，它却又开始在他权力的西北风里繁殖，在各种必要的特权的荫庇下、权威的面包渣中、种种有利可图的信任间繁殖，这种信任他必须给予那些最骁勇的将士，哪怕有违他的意志，因为离开他们，他无以为继，而拥有他们，情况也是一样，他注定要永远呼吸那一团令他窒息的空气，他妈的，这不公平，就像他不可能一辈子忍受我的兄弟罗德里戈·德阿吉拉尔的突然惊吓：他绷着一张死人脸进了我的办公室，迫切地想知道我那两千个大奖孩子究竟怎么了，为什么所有人都说我们把他们淹死在了海里，他面不改色地说，别去听信那些卖国贼的造谣，兄弟，那些孩子正在上帝赐予的平安中成长呢，他对他说，每天晚上我都能在那儿听到他们唱歌，说着，一只手泛泛地画了个圈，指向宇宙中某个不确定的位置，连伊万斯大使在听到他的回答后也被卷入了一团疑云，因为他冷漠地说，我不知道您说的是哪些孩子，贵国代表团都在国际联盟面前公证过了，学校里的孩子一个都没少，身体都健康，见鬼了，这破事已经过去了，然而他还是不能阻止半夜里消息将他惊醒，将军阁下，国内最庞大的两支驻军已经叛变，距离总统府两个街区的公爵领区也发生了暴动，形势可怕极了，领头的是波尼文多·巴博萨将军，已经有一千五百名军人对其拥戴追随，他们武器精良，供应充足，装备都是从和反对派勾结的外交官那里买来的走私货，所以眼下的情况很是不妙啊，将军阁下，咱们真的要完蛋了。如果是在其他时期，火山爆发般的造反一定会激起他冒险的热情，然而此时他比任何人都更清楚他的年纪意味着什么，他甚至没有心力去抵抗他隐秘世界的灾难：冬日的夜晚，如若不一边温柔地哼唱睡吧我亲爱的，一边捧起那个孩子，捧起那发出痛苦哨声的睾丸疝气并将之抚慰一番，他便不能入眠，当他坐在马桶上一滴一滴挤按灵魂时，他的精神正渐渐涣散，他挤出的灵魂仿佛艰难地穿过了因太多夜晚的孤独排尿而长满绿苔的过滤器，记忆也散了架，他已经不再能精准地猜中谁是谁而谁又代表谁，他被一段无从避开的命运控制在一栋他曾经想搬离的失落之屋内，他曾想远离这里，搬去任意一处印第安人的居所，那里不会有人知道，他曾经是祖国那么多个连他自己都数不清的年头里那么漫长的岁月中唯一的总统，然而，当罗德里戈·德阿吉拉尔将军自告奋勇充当调停人，竭力向造反派争取体面的和解时，发现自己遇到的不是在会客厅中酣睡的痴滞老人，而是那个野牛本性的人，他不假思索地脱口而出，没门儿，他不走，这不是走不走的问题，而是所有人都在与咱们作对，将军阁下，甚至教会都不例外，但他说不，教会是拥护当权者的，他说，最高将领们四十八小时前就聚集在一起，只是还没有达成共识，不要紧，他说，当他们明白谁给的钱更多时，你就能立马看到他们的决定了，民众反对派的头目终于现身了，还明目张胆地相互勾结，这样更好，他说，在武器广场的每盏灯笼上都吊上一个人，让他们知道谁才是无所不能的，不可能的，将军阁下，群众都拥护他们，胡说，群众都拥护我，除非我死，否则任凭什么都别想把我从这儿带走，他就这样决定了，像以往做最后决定时那样，用他笨拙的少女般的手敲了几下桌子，而后一直睡到挤奶的时间，醒来时他发现会客厅一片狼藉，公爵领区的造反派投掷了石块过来，已将东侧长廊砸得一块完整玻璃都不剩，而从破碎窗户扔进来的火球更是令府中的人整晚都惊恐万状，您是没看到啊，将军阁下，我们一刻没合眼地拿着毯子提着水桶跑来跑去，忙着去扑灭不起眼的犄角旮旯的火焰，但他似乎浑不在意，我已经和你们说了，别管他们，他一边说着，一边在满是尘灰、碎烂地毯和烧焦的哥白林挂毯的走廊上拖着灵柩一般的双脚走着，但他们不会罢休啊，他们对他说，他们捎来消息说那些火球只是警告，一会儿就要轰炸了，将军阁下，但他没有理会任何人就径直穿过了花园，来到最后一片树荫下，感受着初生玫瑰的声响，感受着海风中鸡群的骚动,我们该怎么办啊将军,我已经说了别管他们,他妈的,他如往常一样准时去查看挤奶的情况,于是公爵领区的叛军们如往常一样准时看到了拉着六桶牛奶的总统牛棚的木轮骡车,一直以来的那位车夫仍坐在驾驶座上,捎来口信说,即使诸位继续这样忘恩负义,将军阁下还是给诸位送牛奶来,车夫大声喊着,声音中的无限善意使得波尼文多·巴博萨将军下令收下牛奶,条件是车夫需要试喝以保证牛奶未被投毒,于是铁门打开了,一千五百名叛军将士都从天井阳台探出身来,他们看到了骡车行到铺着石砖的院子中央,看到了一名勤务兵手持罐子和大勺爬上驾驶座向车夫递上试喝的用具,看到了他掀开第一个桶盖,看到了他在炫目爆燃的一瞬迟缓中漂浮,那凄郁的黄色泥浆建筑在六桶炸药的可怖爆炸中化作瓦砾,在空中悬留了一刻,他们在那不会再生长任何花朵的地方如火山喷发般的滚烫中,永远永远都无法再看到别的东西。他在总统府感叹道,就是这样,那堪比地震引发的冲击波摧毁了距离领区最近的四栋房子,震碎了城郊婚礼的橱柜玻璃,也让他不由得战栗,他感叹道,就是这样,当垃圾车从港口碉堡的天井中运走那十八具为了节省弹药而两两一串枪毙的军官尸体时,他感叹道,就是这样,当罗德里戈·德阿吉拉尔在他面前立正报告,将军阁下,监狱里又没有地方关押政治犯了,他感叹道,就是这样,当喜乐的钟声敲响,节庆的焰火燃放,荣耀的音乐奏起,宣告又一个和平世纪的到来时,他感叹道，就是这样，他妈的，麻烦过去了，他说道，他如此确信这点，如此自我放松，又如此疏于保护自身安全，以至于有天早上挤奶回来穿过庭院时，他的预感本能居然失灵了，他竟没能及时发现那个从玫瑰丛中站起身来、在十月的绵缓细雨里截住他去路的假麻风病人，当他看到那把烤蓝左轮手枪一闪而过的光亮时，已经太迟了，那根食指开始扣动扳机，于是他张开双臂，挺起胸膛向对方喊道，来呀，你这杂种，来呀，心下却困惑这已经到来的一刻怎会与水盆中再清晰不过的预言相悖，你有种就开火啊，他吼道，就在那难以察觉的一瞬踌躇间，一颗苍白的星在刺杀者眼中的天空亮起，他的嘴唇枯萎了，意志颤抖了，于是他趁机紧握双拳朝对方的鼓膜挥去，出其不意地将其放倒，而后又以木槌捣物的方式猛踢对方下颌令其瘫软在地头晕目眩，这时他听到了从另一个世界传来的嘈杂声响，是卫队听到他的吼叫匆匆赶来了，为了避免活着落入总统卫队可怕的审讯官手里，假麻风病人用左轮手枪朝自己的肚子连放了五枪，在一片血泊中扭动挣扎着，他走过那接连发出五声巨响的蓝色火光，在府内的骚乱中听到了自己不可违抗的命令，把他分尸，以示警告，于是他被剁成肉块，被石盐水浸泡的脑袋在武器广场示众，右腿在东陲的桑塔玛丽亚德尔阿尔塔，左腿在无限西部的硝石荒漠，一只手臂在荒原，另一只手臂在雨林，躯干切分成块在猪油里炸过后日夜暴露在外，直到白骨一如这黑人窑子里的不安和困苦般祖露无遗，好令每一个人都知道举手反对他们的父亲会有何下场，他带着仍未平息的怒火穿过玫瑰丛，总统护卫队正在那里用刺刀清除麻风病人，看看他们到底露不露脸，狡猾的浑蛋，他踹开瘫痪患者上到主层，看看最后他们能不能搞清楚是谁让他们的妈生孩子的，婊子养的，他从楼道里张皇失措的办公人员和宣称他不朽的坚定无畏的谄媚者之中穿过，吼叫着都他妈的让开，管事的人来了，他在府中沿路如抛掷石头般留下了一串仿佛火炉声响的粗重喘息，随后消失在会客厅中，以闪电之势遁向私人寝室，他走进卧室，将三把门环、三个插销、三道门闩一一锁上，而后用指尖将浸满粪便的裤子剥了下来。他一刻不停地在周围嗅探，试图找出那个指使假麻风病人的隐秘敌人，他感觉到他就在自己身旁，是一个极其贴近他的生活、甚至知道他的蜂蜜藏在哪里的人，一个无论何时何地眼睛都盯着门锁、耳朵都贴着墙面好像我的画像似的人，一个在一月的信风里吹着口哨飘忽出现的人，他在一个个炎热的夜晚透过茉莉花丛的炭火认出了他，此人在失眠的恐惧中拖着幽灵的可怖脚步一个月一个月地于黑暗宅邸最隐秘的房间里尾随着他，直到一个多米诺骨牌之夜，他看到征兆化作了一只若有所思的、用一对五结了牌局的手，那时身体里仿佛有个声音向他透露，这只就是背叛之手，他妈的，是他，他困惑地自语道，而后抬起双眼，透过桌子中央吊灯的一束光芒，看到了我的灵魂伴侣罗德里戈·德阿吉拉尔将军那双美丽的炮兵的眼睛，这他妈的是怎么回事啊，他的坚实臂膀，他的神圣同谋，这不可能，他寻思着，然而越是深入辨别那虚假真相中的阴谋，他就越是痛苦不堪，原来多年来他们一直借这些假象转移他的注意，好掩盖那残酷的真相：我终生的兄弟是在替那群有钱的政客效力，而那些政客本是他当年出于利益考虑，从联邦战争最隐晦的角落中挑选出的，他令他们发家致富，赐他们惊人特权，任自己被他们利用，容忍他们借他之势扶摇直上，攀上当初被自由派的旋风扫落的旧时贵族做梦都不敢想的高位，然而他们还想要更多，他妈的，他们想要上帝选定的、他留给自己的位子，他们想成为我，畜生，他仗着得宠，仗着自己是唯一可以向他提交文件进行签署的人，在他的统治之下积蓄了最多的信任和权威，因为他能提出冷静而睿智的方案，他本人又无比精明谨慎，所以才让他来高声宣读只有我才能签署的紧急命令和部级法律法规，而他会指出需要修改的地方，用大拇指画押，再在下方用戒指盖上印章，随后将这枚印章戒收在一个只有他知道密码的保险箱中，祝您健康，兄弟，每次签署完文件交给他时，他都会这么说，给您点儿擦屁股纸，他笑着说，就这样，罗德里戈·德阿吉拉尔将军在一个膨胀的、硕果累累堪比我的权力的权力中筑起了另一个权力系统，即便这样他仍不满足，又接受了他逛荷兰窑子的伙伴与剑术老师诺顿大使毫无保留的扶持，与他暗中谋划，一起促成了公爵领区的叛变，正是诺顿大使借着外交豁免权的保护，把军备物资装在运送挪威鳕鱼的木桶内走私进来，同时又在多米诺骨牌桌上香薰蜡烛的芬芳里奉承我说，再也找不到比我的政府更友好、公正、模范的政府了，也是他们，将左轮手枪连同五千比索现金的一半交给了那个假麻风病人，后来我们在行刺者的家中找到了这笔被埋在地下的赃款，而另一半酬劳本来要在事后由我终生的兄弟亲自给他的，母亲啊，看看这多让人心酸，然而到了这一步他们仍没有认输，最终酝酿出了不掉一滴血的完美一击，连您都不会流血，将军阁下，因为罗德里戈·德阿吉拉尔将军已经搜集到了无懈可击的证据，证实我整夜不睡，在黑暗里与宅子中的花瓶，与显贵及大主教的画像聊天，证实我为母牛量体温，喂食非那西汀给它们退烧，证实我用仁慈的双眼望到三艘停泊在窗前的帆船时，臆想出一个海军司令，并为他建造了一座陵墓，证实我因为克制不住邪念，挥霍公款去购买精巧的机器，甚至试图让天文学家扰乱太阳系规律，只为取悦仅存于他迷妄幻觉中的选美皇后，证实我在一次老年痴呆症犯病时，下令将两千个孩子塞入一艘装载水泥的船中，并在海里炸掉了它，母亲啊，您想想，真是帮婊子养的，依据那些庄严证词，罗德里戈·德阿吉拉尔将军和总统护卫队的最高司令部一致赞同，于接下来这个三月一日的午夜，在一年一度纪念保镖的守护神圣守护天使的晚宴上，将他关押到峭壁上的杰出老年人收容所中，也就是说在三天之内，将军阁下，您想想吧，尽管这场大阴谋已是剑拔弩张且来势汹汹，但他没有做出任何举动，仿佛还不知情，他在预定的时间如往年一样迎接了他的私人卫队，安排他们入席享用开胃菜，同时等待罗德里戈·德阿吉拉尔将军前来敬酒，他和他们谈笑风生，而军官们则一个个好似漫不经心地偷偷看表，将表放在耳边，又给它们上弦，差五分就十二点了，罗德里戈·德阿吉拉尔将军还没有来，这时飘来一阵花香味的船舶锅炉的热气，嗅起来像黄菖蒲和郁金香，像闭塞屋内的鲜活玫瑰，有人开了一扇窗，我们透了口气，看了看表，感受到了一丝来自海洋的、有着婚礼菜肴香柔味道的纤薄气息，我们所有人都在冒汗，只有他除外，我们都挨受着那一刻的憋闷，因为那头老迈的动物正在留存于另一个世代的自己的空间中睁开炯炯的眼睛，释放着纯净的火光，干杯，他说道，那只瘦弱百合一般的不容反抗的手又将酒杯举了起来，他整晚都在敬酒却一口都没喝下，在最后的深渊般的静寂中，可以听到手表机械内脏的声响，十二点了，但罗德里戈·德阿吉拉尔将军仍旧没有现身，有人试着站起身来，请，他说着，给了那人致命的一瞥，以警告没有我的允许十二点钟声敲完之前谁都不能动、不能呼吸、不能活，于是那人瞬间怔在了那里，然后窗帘拉开了，尊贵的罗德里戈·德阿吉拉尔大将军躺在与他身长相当的银质托盘中被端进了屋，身下还铺着花椰菜与月桂叶组成的配菜，被调料腌得瘫软，被烤箱烤得金黄，身上套着出席庄重场合穿的饰有五颗金杏仁的制服，半袖上佩着一枚枚因无比英勇而被授予的肩章，胸口摆放着十四磅的奖牌，嘴上搁着一小把欧芹，只待切割匠人在这战友们的宴会上，在惊惧得一动不动的客人面前将其切分、装盘，我们屏息见证了这场精致的分尸与分享仪式，当每个盘子中都盛有一份分量相同、有着松仁与香菜做馅儿的国防部长后，他下达了开饭的命令，祝各位好胃口，先生们。

他逃过了那么多陆上的劫难，那么多不祥的日食和月食，那么多空中的火球，以至于在我们的时代里，似乎不可能还有谁会相信纸牌对他命运的预测。然而在收拾尸首、为它涂抹防腐油的过程中，就连我们这些满心猜疑的人都在默默企盼着古老的预言成真，比如像其中一个预言所说的那样，在他死的那天，沼泽烂泥将溯源回流，天将降血雨，母鸡将下五角蛋，死寂与黑暗将再次笼罩宇宙，因为他是世间万物的终结者。人们不可能不信这些，因为少数还在发行的报纸仍然努力用旧时资料宣扬他的永恒，编织他的光辉，于静止的时光里日复一日地在头版中展示他穿着那身脱不掉的、别有他鼎盛时期的五个悲凉太阳徽章的制服的形象，尽管我们早已数算不清他的年龄，但他比以往任何时候都更加威严、勤勉、健康，在一幅幅惯常的画面中，他又开始参加著名纪念碑或是没人真正见过的公共设施的落成仪式，又开始主持据称是昨日实际上是上世纪举办的盛大活动，然而我们都清楚那不是真的，因为自莱蒂西娅·纳萨雷诺暴亡之后，再没有人在公开场合看到过他，他从那时起便独自留在了那座无主之屋，政府的日常工作仅凭他无边权力多年的惯性自行运转，他直到死都将自己封闭在那座乱糟糟的宫殿中，而眼下我们正透过这里最高的窗，心情压抑地望着那个黄昏，那个他必曾千百次地从他的虚幻王位上望见的凄郁黄昏，我们看到灯塔时断时续的光，看到它以慵懒的绿水淹没废墟中的厅堂，我们看到蛋壳般的屋舍中穷人的灯火，这些屋舍从前是各个部长珊瑚礁般的日光玻璃楼，在我们经历的另一场飓风将港口山丘上的彩色棚屋夷为平地后，群起的穷苦人将它们侵占，我们看到在下方铺散开来的雾蒙蒙的城市，在那片已被出卖的遍布覆着尘灰的火山口的海上，我们看到一道道苍白的闪电划过顷刻即灭的地平线，看到第一个没有他的夜晚、他如湖泊一般满是带疟疾病原的银莲花的浩瀚帝国、他位于泥浆支流三角洲处的炎热村落，以及他在一个个私人省份中围起的贪婪的带刺铁丝网，网中繁育着不计其数的新品种优质母牛，它们生来就遗传了总统烙铁的印痕。最终，我们不但彻底相信了他注定可以活到第三颗彗星的降临，而且被这种确信灌注了平静与安全感，为了遮掩这种感受，我们想方设法地开起关于老年的玩笑，我们说他拥有乌龟的长寿和大象的习性，我们在饭馆里大谈有人告知国务院他的死讯，所有部长都吓得面面相觑，惊恐地互相询问该由谁去告诉他这个消息，哈，哈，哈，事实上，知不知道这则消息对他来说无关紧要，而且他自己都不清楚这街头笑话是真是假，因为当时唯有他知晓，在他记忆的孔洞里只剩下往日散落的残迹碎片了，他在这世上是孤身一人，耳聋如一面镜子，他拖着沉重而老迈的双脚走在阴森的办公室中，在那里，一个穿着浆过领子的长礼服的人用一块白色手帕冲他做了个谜一般的暗号，再见，他对他说，于是一时的误解变成了法令，总统府的所有工作人员在他经过时都不得不持白色手帕起立，走廊里的哨兵、玫瑰丛中的麻风病人也持白色手帕向他告别，再见将军阁下，再见，但他听不见，自从那些追悼莱蒂西娅·纳萨雷诺的傍晚过后，他就什么都听不见了，只觉得笼中的鸟雀因过度歌唱而失声，于是为了让它们叫得更响亮，他喂它们吃自己的蜂蜜，还用滴管往它们的喙中滴润喉药水，并给它们唱其他时代的歌曲，一月的明亮月光，他会这样唱着，因为没有察觉到并不是鸟雀丧失了歌唱的能力，而是他自己的听力每况愈下，直到一个晚上，他鼓膜的嗡鸣破碎了，结束了，变成了泥浆般的空气，其中只有来自权力暗影的虚幻航船的告别挽歌还会飘过，只有想象中的风还会吹拂，只有内心的鸟雀还会喧闹鸣叫，并最终于现实中鸟雀寂静的深渊里安慰着他。那时，极个别获准进入民政大楼的人会看到他坐在三角梅花廊下的柳木摇椅上，忍受着午后两点的闷热，他已解开了军服上衣的纽扣，卸下了军刀和祖国色彩的皮带，脱去了靴子，但仍穿着那双紫色长袜，那是当年教皇送给他的，总共十二打，都出自他的私人织袜工之手，而隔壁学校的女孩总会爬上后门防卫稍松懈的土坯，令他从无眠的困倦中惊醒，他面色惨白，太阳穴处贴着草药，身上是透过藤蔓洒落的一道道阳光照出的虎皮纹路，好似池底一只仰面朝天的迷醉的蝠鲼，大老粗，她们会这样冲着他嚷，而在他眼中，她们一个个在热气里光的折射下扭曲，他会对她们微笑，挥动没有戴缎面手套的手致意，却听不见她们的声音，他能感受到海风中虾和泥的恶臭，能感受到母鸡在他脚趾上的啄咬，却感受不到知了清晰的鸣叫，听不见女孩的叫嚷，什么都听不见。那时，他与这现实世界的联系仅剩最恢宏记忆的零星碎片，是它们，在他脱离了政务之后，在他于权力边缘的无知状态里浮游时维系着他的生命，只有凭借它们，他才能于傍晚在这座荒宅里漫步时，直面他过长的岁月吹来的毁灭之风，他会藏身在灭了灯的办公室中，撕下记事本的白边，在上面用他的花体字写下最后记忆的多余渣滓来抵御死亡，一个晚上，他写下了我叫撒迦利亚[①]，然后在灯塔忽闪的光亮中念了一遍，又念了一遍，又念了很多遍，最终那个被重复多次的名字竟让他觉得遥远又陌生，真他妈见鬼，他自言自语着将纸条撕碎，我就是我，他对自己说，接着又在另一张纸条上写他在彗星再次划过时已满百岁，尽管那时他不确定自

[①] 圣经人物，"耶和华已纪念"之意。

己是第几次看见它划过了,他凭记忆在另一张更长的纸条上写道,向伤者致敬,向在外国人手里遇害的忠诚战士致敬,有那么几个时期,他会将所想所知的通通写出来,他曾在一张纸板上写不许在侧所里干饿心的事①,并用大头针将它钉在厕所的一扇门上,因为有一次他不小心开了那扇门,撞见一位高级将领正蹲在粪坑上自慰,他将自己仍记得的寥寥几件事情写下来,以确保永远不会忘记,莱蒂西娅·纳萨雷诺,他写道,我唯一的合法的妻子,她曾在他朽迈的年岁里教他读写,他拼命想忆起她在公众面前的形象,想再一次看到她撑着那面旗帜色彩的塔夫绸阳伞,看到她颈裹第一夫人的银狐尾毛领,但他能记起的,却只是午后两点的蚊帐中那粉尘般的朦胧光线下她赤裸的模样,他记起了你温顺而惨白的胴体在电风扇嗡鸣中的和缓宁静,他感受到了你活泼的乳房、你母狗般的味道和你那见习修女的凶残双手发出的侵蚀声响,这双手能让母牛断奶,让黄金氧化,让花朵凋零,但对爱情来说却是上好的,因为只有她取得了不可思议的胜利,脱了你的靴子,别弄脏了我的比利时短纤维亚麻布床单,于是他便脱了下来,摘下你的背带,它的扣襻弄得我心脏直疼,于是他便摘了下来,把你的军刀、疝气袋、绑腿都卸下来,把你身上所有的东西都脱下来吧宝贝,我都感觉不到你,于是他为了你把一切都脱了下来,

---

① 原文有意写错,应为"不许在厕所里干恶心的事"。

这是他以前没有做过以后也不会在莱蒂西娅·纳萨雷诺之外的任何女人面前做的事，我唯一的合法的爱，他叹息道，他将这哀叹写在发黄的记事本纸条上，把它们如烟一样卷起来，藏在屋中最令人料想不到的缝隙中，只有他能找到它们，并在什么都记不起的时候靠它们想起自己是谁，甚至在莱蒂西娅·纳萨雷诺的形象最终都顺着记忆的下水道溜走时，也没有任何人能找到它们，而那时他所剩的唯有对他的母亲本蒂希翁·阿尔瓦拉多的坚不可摧的记忆，他仍会记得她在郊区宅院那些个离别的午后的样子：他垂死的母亲为了不让他发觉她正在死去，仍用加拉巴木瓢摇着玉米粒，发出招引鸡群的声响，为了不让他怀疑她疼得几乎无法呼吸，她仍会把果汁给他送到挂在罗望子树间的吊床边，他这独自怀上他、独自生下他的母亲正在孤独地渐渐腐烂，直到那孤独的痛楚愈演愈烈，终于让她的骄傲不堪承受，她才向儿子请求说，你帮我看看后背怎么回事，为什么我觉得这么烫，烫得我都活不下去了，她把罩衫脱下，转过身去，他在喑哑的恐惧中看着那因湿热的溃疡而受尽折磨的脊背，看着那如番石榴果肉般的患处裹着蛆虫的小水疱正在破裂。那真是段糟糕的日子啊，将军阁下，没有任何国家机密不被公众掌握，而且自从罗德里戈·德阿吉拉尔将军精美的尸体被呈上晚宴餐桌之后，再没有哪项命令会被精准地执行，不过他不在乎，他不在乎那几个苦楚的月份里权力所遭遇的阻挠，因为那时他的母亲正在紧挨他寝室的卧房里受尽煎熬，慢慢腐烂，对亚洲病菌最有研究的医生已经下了诊断，她患的不是鼠疫，不是疥疮，不是热带莓疮，也不是其他任何东方疫病，她是中了印第安人的巫术，只有下咒的人才能治好它，于是他明白了，那是死亡，他把自己关在房里，以母亲的忘我精神照顾着他的母亲，和她一起腐烂，以免别人看到她正在蛆虫的肉汤里煎煮着自己，他命人将她的母鸡带到民政大楼，他们还带来了孔雀和之后在厅堂与办公室中随意来去的上了色的鸟雀，以免他母亲挂念郊区宅院的农活，他亲自在卧室里点着了胭脂树的树干，以免哪个人嗅到他垂死的母亲临别时的腐臭味道，又亲自用杀菌油抚慰她因红药水而红、苦味酸而黄、亚甲蓝而蓝的身体，他不顾憎恶巫术的卫生部长的反对，亲自用土耳其香脂涂抹她湿烂的部位，真他妈见鬼，母亲啊，要是咱们一起死就好了，但本蒂希翁·阿尔瓦拉多十分清楚，她是唯一正走向死亡的人，于是试着向儿子揭开她不想带入坟墓的家族秘密，向他讲述了他的胎盘怎样被扔去喂猪，主啊，为什么我没法确定郊区那么多个在小路上逃亡的人里谁才是你的父亲，她试着揭开历史，告诉他她怀上他时是站着的，连帽子都没摘，因为在酒馆后屋，在发酵糖浆的酒囊外，有无数金属色的苍蝇滋扰，她于八月的一个黎明在一座修道院的门厅中艰难地将他产下，借着穿过天竺葵的仿如悲伤的竖琴琴弦的光线，她仔细地将他打量了一番，发现他的右睾丸大如无花果，吐气时好似一个鼓风袋，呼吸中还伴着风笛般的叹息，她用见习修女送她的破布条将孩子裹起来，带到集市广场上给众人看，希望能找到除了大家唯一推荐的蜂蜜之外，更好、最重要的是更便宜的医治他畸形的方法，大家说着陈词滥调让她宽心，人不该揣测命运，他们对她说，说到底，这孩子什么都能干，只不过不能吹奏管乐器而已，他们对她说，只有一位马戏团的算命师猛然发现这初生儿竟没有掌纹，这说明他注定是要做一国之君的，事实的确如此，但他对这些并不感兴趣，只央求她睡觉，别再追究过去，因为对他来说，相信祖国历史中的那些小插曲不过是高烧中的胡话倒会让他更舒服一些，睡吧，母亲，他央求道，然后从一堆他命人做好的麻布床单中拿出一条将她从头到脚裹了起来以免伤到患处，他让她侧身躺下，把她的手放在心上，安慰她说，别去想伤心的破事了，母亲，不管怎样我都是我，您安心地睡吧。公务人员使出浑身解数却平息不了民众关于族长母亲正在溃烂中走向死亡的传言，于是便开始散布编造的医学诊断，然而，正是那些发布公告的信使证实了所澄清的谣言就是真相，证实了在那垂死之人的房间里，腐烂的气味浓烈得连麻风病人都感到恐惧，证实了需要宰杀绵羊用活血为她泡澡，证实了她的床单上会沾满由她的溃烂患处分泌出的能变色的物质，无论怎么清洗都无法还原布面本来的色彩，证实了再也没有人在牛棚中看到过他，也没有人在他妾侍们的房间中看到过他，而想当初，即使在最糟糕的年代，清晨时分也总能在那儿找到他，大主教亲自过来了，希望为弥留之际的她做临终圣事,他却将他拒之门外,没有人要死,神父,别听信谣言,他对他说,尽管在房间内吸着疫病诊所气味的空气,他还是会和她用同一把勺子分享同一个盘中的同一份食物,把她放上床之前还是会用犬类除蚤皂为她沐浴,她用最后的残喘之声发出的指示令他的心脏酸楚得几乎停止跳动,她希望自己死后那些动物可以被妥善照顾,希望孔雀的羽毛不会被人拔下来做帽子,好的母亲,他说着用一只手将克勒奥林液抹遍了她的身体,过节的时候,别逼着那些鸟儿唱歌,好的母亲,他拿起睡觉用的床单把她裹好,要是打雷的话,让他们把母鸡从窝里拿出来,省得它们孵出蛇怪来,好的母亲,他帮她躺好,把她的手摆在她心上,好的母亲,安心睡吧,他吻了吻她的额头,趴在床边的地面上睡了仅剩的几个小时,他悬浮在梦的漂流中,悬浮在愈发逼近死亡而愈益盛大的无尽迷妄中,他在夜夜积聚的怒火里学着去承受那个悲痛礼拜一的无边怒火,那天的黎明时分,世界的可怖岑寂将他惊醒,我的生命他的母亲本蒂希翁·阿尔瓦拉多已经停止了呼吸,于是他展开了她令人恶心的身体,伴着第一声鸡鸣时的微弱光线,看到了被画在床单上的另一具一模一样的将手放在心上的身体的侧影,那画就的躯体既无疫病的裂痕亦无衰老的伤损,它坚实而光润,仿佛用油画颜料在裹尸布的两面画出,还透着娇嫩花朵的自然芬芳,净化了这间病房的气息,无论用碎石揉搓还是碱水熬煮,那影像都无法从床单上除去,因为它已经从正反两面渗进了麻布,与织料融为一体,而那块麻布又是永恒的,但他没能静下心来思索这是一个多大的奇迹,而是愤怒地一摔门离开了卧室,那动静仿佛一声枪击回响在整座宅子中,就在那时大教堂敲起了哀悼的钟声,其余教堂紧随其后,举国上下每个教堂都敲响了百日无歇的钟声,被吵醒的人们绝望地明白他又做回了他全部权力的主宰,而他内心被死亡触发的盛怒压抑着的谜团则会借着空前的强劲力量蹿升,与一念间的理性、尊严和宽容针锋相对,因为我的生命他的母亲本蒂希翁·阿尔瓦拉多在二月二十三日礼拜一的凌晨死了,世界开始了一个新的混乱而躁动的世纪。我们中没有任何人老到见证过那次死亡,但葬礼的喧嚣巨响一直延续至今,我们有可靠消息,他在余生中将不再与以前一样,在百日官方服丧期与随后的很长一段时间里,没有任何人有权搅扰他那孤儿的失眠,也没有人再在那栋弥漫着丧钟无休止的辽远鸣响的伤痛之宅里看到他,他的时间被哀痛占尽,他长吁短叹兀自言语,府中的卫兵只能如他统治初期那般赤脚行走,在这所禁苑内,唯有母鸡可以为所欲为,因为这儿的君主已经隐身,他坐在柳木摇椅上愤怒地流着血,而我的灵魂他的母亲本蒂希翁·阿尔瓦拉多正躺在一副棺材中,躺在以防她比活着时腐烂得更厉害而铺放的锯末和碎冰间,在那片悲惨炽烈的不毛之地前行,因为那具躯体被带去进行了一场庄严的游行,直至他王国中最荒芜的边境,好让所有人都享有追思致敬的殊荣,他们伴着颂歌和飘扬的黑丝带将它送至高地荒漠中的车站，在那里，仍是同样的沉郁人群与同样的哀乐迎接它，一如荣光年代里他们来见识他藏在总统阴暗车厢中的隐蔽权力时的情形，他们于仁爱修道院中展出了那具躯体，在那里，在时间的初始，一位无名养鸟人艰难地产下了一个没有父亲而最终成为皇帝的孩子，一个世纪以来，圣殿的大门第一次打开，骑兵队在村子里圈起印第安人，挟持了他们，挥着枪托把他们驱赶进教堂中庭，冰冷的日光透过彩色玻璃窗射了进来，平添惨淡与落寞之气，有九位主教正唱诵着熄灯礼拜经文歌，在你的荣光中安睡吧，执事和信徒唱道，在你的骨灰中安息吧，他们唱道，教堂外雨水打在天竺葵上，见习修女将甘蔗酒配亡灵饼分发给众人，还在庭院中的石拱廊下贩卖猪肋排、念珠和小瓶的圣水，路边酒馆中放着音乐，外面放着烟火，门厅里有人跳着舞，从现在直到永远都是礼拜日，那些年人们一直在逃亡的小径和雾气氤氲的隘道上欢庆节日，而我的死亡他的母亲本蒂希翁·阿尔瓦拉多生前就是沿着这些地方追随她那沉迷于联邦制风潮的儿子的，她在战火中照顾他，在他裹着毯子瘫在地上时拦住要从他身上踏过去的军方骡队，那时的他因患间日疟发高烧而失去意识，满口胡话，她试着向他念叨自己由来已久的恐惧，她害怕那些阴森的海滨城市里埋伏在荒漠人周围的各种危险，她害怕总督，害怕雕像，害怕喝新生儿眼泪的螃蟹，她透过那个袭击之夜的雨幕，第一次见识到了权力之屋的巍峨并为之战栗，那时她不曾料到这就是她要死在其中的房子，是他要居于其中的孤独宅院，是他怒火中烧趴在地上自问的地方，母亲啊，你他妈的钻到哪儿去了，是哪一丛大萍把你的身子缠起来了，是谁把你脸上的蝴蝶吓跑了，他哀叹着，伤心得跪倒在地，与此同时，他的母亲本蒂希翁·阿尔瓦拉多则在香蕉叶的荫翳下穿过令人作呕的泥沼臭气前行，好在郊区的公立学校中、硝石荒漠的军营内、印第安人的院子里被展出，他们将她带到大宅院中展示，旁边配一张照片，照片上的她还年轻、瘦弱、美丽，当年那位欧洲王室御用的威尼斯摄影师为她拍摄至尊夫人的官方肖像时，人们给她在前额戴上了王冠，又违背她的意愿给她系上了蕾丝饰领，并且仅此一次往她脸上抹了滑石粉，在她唇上涂了红唇彩，他们往她手里塞了一枝丝绸做的郁金香让她这样拿着，不是这样，女士，是这样，要不经意地放在膝头，这幅与尸体一同展出的肖像当年作为决定性的证据，压倒了任何有关政权更迭的猜疑，而现今她的模样与照片上的没有分毫差别，因为不曾留有发生任何意外的余地，当化妆品日渐脱落、龟裂皮肤上涂抹的石蜡在酷热中融化时，会有人暗暗重整这副躯体，雨季里会有人清理她眼睑上的苔藓，军队女裁缝会保养丧服，令它仿佛昨日才穿上的一样，还会打理橙花皇冠和她在世时从未戴过的处女新娘头纱，令它们永放光彩，这样一来，在这个崇拜偶像的下贱地方，没有谁敢再说你和你照片中的样貌不一样了，母亲啊，这样一来，没有谁敢忘记是谁在统治，统治到时间的尽头，统治到雨林中的沙丘和那些最贫困的村落，那里的人被遗忘了多年之后，在一个午夜看到了那艘灯火通明的陈旧的木轮航船，于是敲响了复活节之鼓，以为荣光年代再次到来了，硬汉万岁，他们喊道，以真理之名而来的人万福，他们喊着，带着肥硕的犰狳和大如阉牛的南瓜扑进水里，他们爬上木刻栏杆，向那无形的权力，向那由其骰子决定祖国运势的权力恭顺地奉上贡品，当他们看到总统餐厅里数面惊愕的镜子中反复映现的那张铺着碎冰和石盐的灵台时，都屏住了呼吸，风扇扇叶下的灵台就那样暴露着，任人审视，而载着它的破旧愉快的航船月复一月地在一条条赤道支流上、一座座一晃而过的岛屿间前行，直至迷失在一个噩梦年代中，在那个年代里，栀子花被用作理性判断的依据，鬣蜥在黑暗中飞翔，世界终结了，木轮在黄金沙滩搁浅了断裂了，冰块消融了，盐粒腐坏了，那副肿胀的躯体在铺满锯末的水汤中随波漂浮却没有腐烂，恰恰相反，将军阁下，那时我们看到她睁开了双眼，看到了她的瞳孔澄澈，呈现一月里乌头的颜色，还有乌头月光石般的特质，即便是我们这些最不易轻信的人都看到了灵台的玻璃罩因她呼出的气而朦胧，看到了从她的毛孔渗出的富有生气的清香汗液，看到了她在笑。您都没法想象那场景，将军阁下，那真是奇妙啊，我们看见骡子下崽儿，看见硝石荒漠上开出花，看见聋哑人因自己奇迹般的叫喊而惊呆，奇迹啊，奇迹啊，为了瓜分圣骸，大家将棺材玻璃砸得粉碎，差点把尸体扯成块，于是我们不得不安排一个营的投弹手来抵挡狂热的人群，因为自从整个加勒比的海岛都被那个消息迷住，就是您的母亲本蒂希翁·阿尔瓦拉多的灵魂从上帝那里获得了逆自然规律而行的能力的消息，从那之后，人们便蜂拥而至，他们贩卖裹尸布上的线，贩卖披肩，贩卖她身旁的水和印着她至尊容貌的图片，那躁动之势异常疯狂，他们就像一群咆哮而来的失控的公牛，所到之处无不被踩烂踏碎，无不震颤轰鸣，甚至只要您仔细听，在这里都能听到那声响，您听听看，他将摊开的手掌放到那时嗡鸣已减弱的耳朵背后，仔细听着，于是听到了，我的母亲本蒂希翁·阿尔瓦拉多，他听到了无尽的轰响，看到了那一直延伸到海平线的宽广人群形成的沸腾泥沼，看到了正午清晰的明亮中席卷着另一个更加明亮的日子的烛光洪流，我的灵魂他的母亲本蒂希翁·阿尔瓦拉多回到了旧时所恐惧的城市，那情形与她随着战争中的骚乱人群和生肉味儿第一次来到这里时一样，但后来她永远脱离了世上的危险，因为他下令撕毁了学校课本中所有关于总督的页面，令他们从未在历史中存在，他还查禁了搅扰你梦境的雕像，母亲，于是现在她被和平的群众扛在肩上归来了，不再怀有与生俱来的恐惧，她归来了，没有棺材，直面天空，在禁止蝴蝶入内的空气里，隐没于黄金供品的重量之下，那些供奉都是人们在那场从雨林边界出发、穿越他辽阔而躁动的沉痛王国的无止境的巡游中挂在她身上的，于是她淹没在痊愈的瘫痪患者给她挂上的金质小拐杖中，淹没在海难亲历者给她挂上的金质星星中，淹没在不能生育的女无神论者在灌木丛后紧急分娩完给她挂上的金质婴儿像中，就像在战争中一样，将军阁下，她在那场迫使举国上下都进行了一如圣经所记载的迁徙的洪水中心随波逐流，所有国民都找不到地方来安置她的厨具、她的动物和一个除了本蒂希翁·阿尔瓦拉多的秘密祷文之外不再有任何救赎希望的残存的生命，当年在战火中，她曾念着相同的祷文祈求向她儿子射来的子弹扭转方向，他在战乱中头裹血染的绷带，于高烧引发的神志错乱的清醒间隙大喊他妈的自由党万岁，必胜的联邦制万岁，狗屎哥特佬，尽管他投身战斗的实际动力源自他返祖式的好奇心：想看看大海是什么样，只是抬着他母亲的躯体侵入这座城市的大群贫苦的人远比联邦战争的冒险中那些洗劫了整个国家的人更激荡更狂暴，他们比蚁害更贪婪，比动乱更可怖，他们是我的双眼在他掌权的无数年中所见过的最慑人的东西，整个世界啊，将军阁下，您看，多么美妙。他被毋庸置疑的证据说服了，终于走出哀痛的迷雾，面色苍白，行动僵硬，臂上戴孝地走出来了，开始不遗余力地施展威权，以他的母亲本蒂希翁·阿尔瓦拉多令人目不暇接的圣徒美德为依据，推举她为圣徒，他派手下的文书部长去罗马，再次邀请教皇使节前来，在三角梅花廊下的一缕缕阳光中吃饼干、喝热巧克力，他以惯常的方式接待了他，卧在吊床上，没穿衬衫，用白帽子扇着风，而教皇使节则坐在他对面，手里端一杯滚烫的巧克力，全然不顾他的礼拜日教士袍散发的薰衣草气息里的阵阵热浪与尘埃，不顾热带的颓丧，不顾那死去母亲的鸟雀在棚屋下荡漾的光线里肆意翻飞排便，只小心翼翼地啜饮着香草巧克力，带着新娘般的羞涩咀嚼着饼干，试图拖延上一口巧克力中不可避免的毒药的发作时间，僵直地坐在他从未让别人坐过的柳木安乐椅上，我只让您坐，神父，在荣光年代里一个个锦葵色的午后，另一位天真老迈的使节试图用托马斯·阿奎那的经院哲学谜题来说服他皈依基督，只不过现在请求皈依的人是我，神父，这是世界运转的方式，现在我相信了，他说道，而后毫不犹豫地重复了一遍，现在我相信了，虽然事实上他不相信这个世界或是其他世界上的任何东西，他只相信，我的生命他的母亲以她自身的美德，以她的奉献精神和模范式的谦卑，有权领受祭坛上的尊荣，作为要求封圣的依据，他并没有搬出坊间虚张声势的说法，什么北极星在向着送葬队伍进的方向移动，衣柜中的弦乐器能感觉到那具遗体经过并自动拉奏乐曲，而是把那张床单铺开，将它的奇美呈现在八月的艳阳下，希望教皇使节能够看清他真真切切看到的印在麻布织物上的图样，他看到了他的母亲本蒂希翁·阿尔瓦拉多侧身而卧的形象，既无衰老的印迹亦无疫病的伤损，一只手放在心上，他感受到了她手指上永恒的汗液，在鸟雀被奇迹之风鼓动得骚乱不安时呼吸到了馥郁的花香，您看多美妙啊，神父，他一面说着，一面轮番展示着床单正反面，甚至连鸟儿都认识她啊，但教皇使节以犀利的眼光全神贯注地盯着那块麻布，过去，正是凭借这种犀利他才得以辨清那些出自基督教大师之手的作品材料上的火山灰杂质，并依据颜色的深浅识出画师们性格上的瑕疵甚至信仰上的疑惑，他在一个时间不会流逝只是漂浮的虚幻城市中某座小圣堂的拱顶下，平躺着经受了地球之圆带来的神迷状态，他这样沉思凝视着，直至鼓足勇气才将目光从床单上移开，并用轻柔却无可挽回的语气对他道出了自己的见解，麻布上所印的身体并不是神圣天父为了证明他的无限仁慈而施下的神迹，它不是，一点儿都不是，它是一个精通技艺也谙熟骗术的画家的作品，他玷污了阁下您的伟大心灵，因为那并不是油画，而是最廉价的装饰画，是用抹窗框的涂料画的，阁下，在已经渗透于画中的天然树脂味儿的下面，还残留着松节油的低劣露珠，残留着灰泥干，残留着一种持久的湿润，那不是他们告诉他的死亡前的最后一个寒噤的冷汗，而是将麻布浸入亚麻油里并藏在暗处做出来的，相信我，我也深感遗憾，教皇使节真切而沉重地总结道，他没敢说更多，而那个花岗岩般的老人在吊床上眼睛一眨不眨地盯着他，于阴晦的亚洲的安静泥沼中听他说着，他甚至没有开口辩驳，虽然他比任何人都清楚床单上玄妙奇迹的真相，是我亲手将你裹在里面的啊，母亲，你死后最初的寂静吓到了我，仿佛世界是从海底迎来了黎明，我看到了那个奇迹，他妈的，但即便如此笃定，他也没有去打断使节的论证，他如鬣蜥一般在不闭眼睛的情况下眨了两次眼，只是微笑着，没关系，神父，最后他哀叹道,也许您说得对,但我警告您,您要承担您言论的后果,我再一个字一个字地重复一遍,这样在漫长的余生里您就不会忘记了,您要承担您言论的后果,神父,我不负责。在那个充满凶兆的礼拜中,整个世界都停滞在了困顿里,他没有下过吊床,甚至连吃饭都不下来,他用扇子驱赶着停落在身上的狡猾的鸟儿,甚至把三角梅枝叶间漏下来的光斑也误认作狡猾的鸟儿驱赶着,他没有接见任何人,没有颁布任何一道命令,然而在受雇的暴民攻入教皇使节官邸时,警察却漠然以待,任人洗劫那里的历史文物馆,任人在天井花园露天的柔缓池水中抓住了正在午休的教皇使节,他们把赤裸的他揪到街上,还在他身上拉屎,将军阁下,您想象一下,但吊床上的他丝毫不为所动,眼皮都不抬地听他们报告新消息,人们让教皇使节骑着驴在商业街上游街示众,在阳台上朝他泼厨余脏水,冲他喊着漂亮小伙儿、梵蒂冈小姐、让小孩子到我这里来①,直到大家把半死不活的他抛在公共市场的垃圾堆里,他才下了吊床,摆手赶走鸟雀,戴着黑纱,带着因缺觉而浮肿的双眼,拨开沉痛的蛛网,出现在了会客厅,他命人把教皇使节和三天的干粮放在一只救生筏上,将他推到通往欧洲的邮轮航线上,以昭告天下外国人举手反对这个国家的王权会有什么下场,甚至连教皇都会明了,在罗马他大可以从今往后永远手戴指

---

① 出自《新约·路加福音》(18:16),"耶稣却叫他们来,说:让小孩子到我这里来,不要禁止他们;因为在神国的正是这样的人。"

环身居宝座做他的教皇,但是在这儿,我才是自有永有的①,他妈的穿长裙的狗屎家伙。那手段行之有效,那一年不到年底,他的母亲本蒂希翁·阿尔瓦拉多的封圣事宜就被提上了日程,她不朽的遗体被安置在了大教堂最宏伟的中庭里受万众敬拜,大家在祭坛前高唱荣耀颂,而他为对抗圣座②而宣布的战时状态也被解除,和平万岁,武器广场上的人群喊道,上帝万岁,他们喊道,与此同时,他在庄严的会客厅接见了教廷的礼仪部顾问、信仰检察官兼列圣申请官,人称厄立特里亚人的德梅特里奥·阿窦斯阁下,他接受委托来调查本蒂希翁·阿尔瓦拉多的生平,不放过任何会让她的神圣性受到怀疑的蛛丝马迹,随便您去哪儿调查,神父,他一面对他说一面握住了他的手,并立刻对这个热爱生活胜过一切的忧郁的阿比西尼亚人产生了信任,他爱吃鬣蜥蛋,将军阁下,还酷爱斗鸡、穆拉托女人的脾气和昆比亚舞,和咱们喜欢的玩意儿一样,于是在他的命令下,原先戒备森严的大门悉数打开,以保证那位魔鬼代言人畅行无阻地进行视察,在他无边无际的沉痛王国里,所有显露出来的和可见的事迹都无可辩驳地证明,我的灵魂他的母亲本蒂希翁·阿尔瓦拉多注定要享有祭坛上的荣耀,国家是您的了,神父,给您,于是整个国家自然都是他的了,军队恢复了教皇使节官邸内的秩序,在那座建筑门口,清晨时分会

---

① 出自《旧约·出埃及记》(3:14),"神对摩西说,我是自有永有的。"
② 罗马主教(即教皇)的主教职权。

有一排排不计其数的麻风病康复者争相展示自己糜烂患处新生的皮肤，来自圣维多的昔日的瘫痪病人在质疑者面前捻线穿针，在轮盘赌中发了大财的人展示着财富并宣称是本蒂希翁·阿尔瓦拉多托梦将号码告诉了他们，此外，得悉失踪者消息的人、找到溺水亲人的人、从前一无所有现在无所不有的人都接踵而至，排队涌入了那间装饰着沃尔特·雷利爵士用于射杀食人族和史前巨龟的大口径火枪的热闹的办公室，而不知疲倦的厄立特里亚人听着众人的叙述，从不打断，从不开口，他周身浸在汗液里，与室内层层聚积的腐臭的人味保持着距离，并用他的劣质雪茄的烟雾稀释着空气，他将证人的声明详细记录下来并请他们在这里签下全名，或是画个十字，或是像将军阁下您一样按上指纹，怎样都行，但他们都会签字，下一个进来的和前面的说的大同小异，我从前得过痨病，神父，他说，我从前得过痨病，厄立特里亚人这样写下来，但您看看现在我唱起歌来怎么样，我从前阳痿，神父，但您现在看看我，来个一整天都没问题，我从前阳痿，他这样写下，用的是永不褪色的墨水，以保证他严正的字迹直至人类的终结都不被更改，我肚子里以前有一只活的动物，神父，我肚子里以前有一只活的动物，他漠然地写下，同时因苦咖啡而迷醉，因用烟头点燃的雪茄的陈年烟丝而中毒，他敞着怀，像个粗人一样，将军阁下，这教士可真是条汉子，是啊先生，真是条汉子，真是一个人一个模样，为了节省时间，他什么都不吃，一直工作到深夜，到那时他仍不休息,洗个澡后出现在码头的小酒馆中,穿一身打着方形补丁的粗布教士服,一副快要饿死的样子,坐在长桌前和码头工人一起享用鲤鱼炖菜,他会用手指把鱼肉撕成块,然后用在黑暗里发亮的魔鬼牙齿把它们嚼烂,只剩鱼刺,您是没看见啊,他像搬运工一样直接用嘴挨着盘沿喝汤,将军阁下,然后混进那些破船上衣衫褴褛的人渣里,他们的船正起锚,载着马里蒙达和青香蕉,载着一批批雏妓出发,他们要把她们送到库拉索的玻璃酒店,送到关塔那摩,甚至送到走海路无法到达的圣地亚哥,神父,送到那些直至曙光初现我们都还在梦着的最美丽最悲伤的岛屿,神父啊,请记得在三桅船离开后我们变得有多么不同,请记得玛蒂尔德·阿雷纳勒斯家那只会占卜的鹦鹉、从汤碗中爬出的一只只螃蟹、鲨鱼的风、遥远的鼓声、生活,神父啊,这狗日的生活和孩子们,将军阁下,因为他说起话来和我们一样,将军阁下,好像他是在斗狗区里出生的一样,他在沙滩上打球,现学的手风琴拉得比本地人还好,歌也唱得比他们好,还学会了水手们花里胡哨的谈吐,并用拉丁语戏称他们为公鸡,他和他们一起醉倒在市场中娘娘腔们的窝棚里,与其中的一个打起架来,因为那个人说了上帝的坏话,将军阁下,他们打起来了,咱们该怎么办,他便命令道,谁都别管,于是人们纷纷围过去看,赢了,教士赢了,将军阁下,我就知道,他满意地说道,他是条汉子,不是大家想的那样没用,于是,在那些混乱的夜晚他探得了可观的真相,与他在教皇使节官邸中那些精疲力竭的日子里的收获相当，比那天在郊区那栋阴暗的宅子中的发现还要多，那是一个大雨滂沱的下午，他自以为逃过了总统安全部门的严密监视，未经允许擅闯了那栋宅子，他被屋顶的漏雨打得湿透，却坚持仔细察看，连最隐秘的缝隙都不放过，不料竟在豪华卧室里被海芋和毒山茶的乱枝绊倒，这些卧室本属于本蒂希翁·阿尔瓦拉多，但她舍弃了它们，将它们分给了女仆而使她们备感幸福，因为她善良，神父，她很谦卑，她让她们睡在细棉布上，自己却睡在只铺着破烂卷席的行军床上，她让她们穿上她那至尊夫人的礼拜日正装，她们用她的浴液洗得一身清香，赤身裸体地和勤务兵在白合金的狮腿浴缸里和彩色泡沫中嬉闹，她们如女王一般生活，而她，却终日忙着为鸟雀上色，忙着烧柴、熬菜豆面糊，忙着种植草药，生怕半夜有邻居叫醒她说我胃痉挛了，女士，她便会拿出水田芥的籽让他们咀嚼，说教子眼睛斜视，她便会给他一副土荆芥制的驱肠虫的药，说我要死了，女士，但是他们不会死，因为她将健康握在掌中，她真是一位活圣人啊，神父，她在自己的纯净空间里穿梭于那栋欢乐之宅中，自从她被迫住到总统府后这里便一直无情地下着雨，雨水落在钢琴的白莲上，落在华丽餐厅的大理石桌面上，这餐桌本蒂希翁·阿尔瓦拉多从来没有用过，因为坐在那里吃饭就像在祭坛上进食，您想想，神父，这真是圣人的预感啊，但邻居们的证词再狂热，那魔鬼代言人仍在废墟中发现了一些痕迹，说明她的羞怯胜于谦卑，他还在漂浮于旧舞厅湿地间的尼普顿乌木像、土著妖魔像的碎块和战争天使像之间发现了证据，说明她的行为并非出于自我奉献，而是源于她精神的贫瘠，然而他始终没有发现另一位神明的丝毫印迹，那位艰深、唯一且三位一体的、将他从阿比西尼亚的燠热平原上派到压根儿没存在过真理的地方来寻找真理的神明，他什么都没找到，将军阁下，他说什么都没有，这是怎么回事啊。但是德梅特里奥·阿尔窦斯阁下并没有满足于在城中的探察，他跨上骡背，爬上了高地荒漠的冰寒边界，试图找出本蒂希翁·阿尔瓦拉多的神性的种子，在那里，她的形象也许还未因权力的耀眼光芒而扭曲，他身裹劫匪毛毡，脚蹬远足皮靴，如撒旦一般在一片薄雾中渐渐现身，令从未见过这样肤色人种的高原人陡生恐惧，而后是惊诧，最后是好奇，但狡猾的厄立特里亚人鼓励他们来摸他，以此证明自己并不会分泌柏油，他还在黑暗中展示自己的牙齿，与他们一起就着手工奶酪、共用一个加拉巴木瓢喝奇恰酒直到喝醉，好赢得那些农村教区里一家家幽暗小店中人们的信任，在那里，在某个世纪的头几年，人们曾认得一个引人注目的鸟贩，她被背篓荒唐的重荷压弯了腰，那篓中满是被画成夜莺和金色大嘴鸟的小鸡，还有装扮成孔雀的山鸡，她会在凄凉的礼拜日赶高地集市，拿它们骗高地人，她会坐在那儿，神父，冲着火堆背着风，等待着谁能行行好，在酒馆后屋装糖浆的皮囊边上和她睡一觉，好弄口饭吃，神父，只是为了弄口饭吃，因为没有人傻到去买那些一下雨就掉色、一走路就散架的可笑假货，只有她才这么天真，神父，这个鸟雀的神圣赐福人[1]，或者高地荒漠人的神圣赐福者，随便怎么称呼她，因为没人清楚她那时的真实姓名，也无人知晓她到底从何时开始叫本蒂希翁·阿尔瓦拉多的，这应该不是她的本名，因为它不属于这一片而属于海边，真是一团乱，这惹是生非的撒旦检察官连这一点都发现了，尽管总统安全部门的爪牙用缕缕乱象围住他，以无形障碍加以阻挠，他仍旧将一切都挖掘出来了，您怎么想，将军阁下，可以像捕鹿一样把他逼到某个悬崖，或者将骡子绊倒，但他亲自下令阻止了他们，看住他但要保证他的人身安全我重复一下保证他的人身安全给他绝对的自由一切的便利让他完成任务这是发自最高权威的不可违抗的命令务必严格执行，签好了，我，他重复道，我本人，他深知这一决定所冒的巨大风险，也许他将知道他的母亲本蒂希翁·阿尔瓦拉多在戒严时期的真实模样，彼时她还年轻瘦弱，裹着破布衣裳赤着脚，不得不靠下半身讨口饭吃，但她很美，神父，而且太过天真，她甚至给最廉价的鹦鹉插上漂亮公鸡的羽毛冒充金刚鹦鹉，还给残废的母鸡安上火鸡的羽毛冒充极乐鸟来贩卖，没人上当，当然没有人单纯到落入那个孤零零的鸟贩的圈套中，她会在一个个礼拜日集市上的雾气中喃喃细语，看看谁会要一只，

---

[1] 在西班牙语中，本蒂希翁（Bendición）的意思即为"赐福"。

然后免费把她带走,荒漠上的每个人都记得她的纯真和她的贫穷,然而似乎无从查明她的真实身份,因为为她洗礼的修道院中有关她出生记录的那一页已不复存在,但拜国家历史的作者们所赐,却有三份她儿子的不同的出生证明,每一份上都是不一样的他,在三种场合三次被孕育并三次艰难出世,这些作者令丝丝真相错综纠缠,因而没有人能解开他身世的谜团,参透其中的玄机,只有厄立特里亚人成功地深入追踪,拨开了种种掩人耳目的不实之词,他已经隐约窥见谜底了,将军阁下,他伸手就能碰到它了,这时一记辽远的枪声响起,久久回荡在灰色的山脊和深邃的峡谷间,失足的骡子发出无尽的惊惧号叫,它在无底的眩晕中坠落,穿过自然科学图画中渐次变化而又须臾即逝的气候带,自永覆积雪的山巅经过了宽阔可航行的江河那细流潺潺的源头,它经过了陡峭的崖壁,曾有学识渊博的博士携带秘密植物标本骑在印第安人的背上攀爬至此进行植物考察,它经过了开满野玉兰的高原,为我们提供充足的食物、大衣和良好榜样的绒毛柔暖的山羊正在那里吃着牧草,它经过了咖啡种植园中的大宅,那里有无穷无尽的病人与堆放在孤寂阳台上的纸花环,它经过了地理分界处激越的河水永恒的咆哮,天气从那里开始转热,傍晚时分有几阵恶臭飘过,是一位死去的老人,他在可可种植园里被叛徒暗杀,孤独地死在大片的宿存叶、肉色的花朵与种子会成为巧克力主要成分的浆果之间,它还经过了静止的阳光、炽热的灰尘、西葫芦与甜瓜,在经过方圆二百西班牙里①内唯一一所慈善学校中一头头干瘦而悲伤的大西洋省母牛后，尚存一息的骡子在赤道灌木丛和崖底受惊的小母鸡中间肚皮爆裂，仿佛一个鲜美多汁的番石榴炸开，他妈的，他们像捕鹿一样去捕他，将军阁下，他们在孤魂隘口用打虎步枪把他放倒了，哪怕有我的威权作保护，这帮狗娘养的，哪怕我发布了不容更改的电报，他妈的，但现在他就要知道谁是谁了，他一边咆哮一边咀嚼着苦水，并非因为他们不服从，而是因为他确信，他们若是胆敢和他权力的电闪雷鸣对着干，就一定有大事瞒着他，他观察着报信人的呼吸，清楚唯有知道真相的人才有勇气来骗他，他探察着高级将领们的密谋，以期分辨出谁是叛徒，你，我把你从一个穷光蛋提拔上来，你，我看见你睡在地上就把你放到金床上去，你，我救了你的命，你，我买你的时候比买谁花的钱都多，你们这帮人，全都是狗娘养的，然而他们中只有一个敢玷污由我签署的、被他权力之戒的火漆封上的电报，于是他亲自担任救援任务的指挥，发布了不容重复的命令，限在四十八小时内找到活着的他给我带回来，如果找到他时他已经死了，也要把他活着给我带回来，如果没找到，也要把他活着给我带回来，这道命令如此明了如此恐怖，以至期限未满就有人来报告，将军阁下，他们在悬崖上的灌木丛中找到了他，他被金色的高山菊划伤了，但比

---

① 长度单位，一西班牙里约 4-7 公里。

我们每个人都有活力，将军阁下，多亏了您的母亲本蒂希翁·阿尔瓦拉多的美德他才安然无恙，正是在这个试图损害她在人们记忆中的形象的人身上，她再次显示了她的仁慈和权能，他们把他放在吊床里用长棍抬着，沿印第安人的小路下山，后面有投弹手卫队的跟随，前方有骑马的法警开路，他手摇大弥撒所用的铃铛，以告知所有人事关当权者，他们将他安置在总统府的贵宾客房，由卫生部长寸步不离地照看，直到他可以为那份他亲笔所写的可怕文书收尾为止，那份文书共七卷，每卷三百五十页，每一页右侧的空白处都有他姓名首字母的签章，我签下我的名字，留下花押，并盖上我的印章作保证：蒙主恩典，我，德梅特里奥·阿尔窦斯，礼仪部顾问、信仰检察官、列圣申请官，受最高法典之委派，为人间正义之光辉，为天国上帝之无上荣耀，于今年四月十四日，确证此乃唯一真相、完整真相、别无他物的纯粹真相，阁下，给您。它就在那里，真真切切，收在七本封了火漆的权威书卷中，无可回避，蛮横霸道，只有对荣耀的魅力免疫、与那个冷漠老人的权力的利害绝缘的人才敢将它活生生地呈现在他面前，他眼睛一眨不眨地听着，坐在柳木摇椅中扇着风，只在每一条关键的证明被念出后才喘口气，只在每一次看到真理之光燃起时才会说上一句啊哈，他一遍一遍说着，啊哈，一边用帽子轰着四月里闹哄哄地争夺午餐剩饭的苍蝇，他吞咽着完整苦涩的真相，如炭火一般在内心的阴影中不断灼烧的真相，因为一切都是一出戏，阁下，是他决定将母亲的尸体放在冰制灵台上领受万众敬拜后未经思考就排演出的一出虚妄喜剧，只是为了澄清你还在世时就已腐烂的恶毒谣言，当时还远未有人想到你神性的美德，那是一场戏法骗局，自从他们报告说，将军阁下，您的母亲本蒂希翁·阿尔瓦拉多正在创造奇迹，他便不知不觉地陷落其中，命人将那具躯体带去进行盛大的游行，他们走遍了他的没有雕像的广袤国度，连最人迹罕至的角落也不遗漏，为的是在蒙受了如此多年乏味的羞辱之后，在无利可图地为如此多的鸟儿上色之后，母亲啊，在付出了如此多没有回报的爱之后，让所有人都了解你的美德，尽管我绝不会料到，那道命令竟变成了假冒的水肿病人的胡言乱语，他们给了这些人钱，请他们当众上吐下泻，他们还付两百比索让一个人装死，然后从坟墓中爬出来，披着碎烂的裹尸布，口中塞满泥土，膝盖跪地行走在惊惧的人群中，他们还付给一个吉卜赛女人八十比索，让她假装当街分娩，生出一个双头怪胎，因为她曾说那些奇迹都是政府的安排，事实就是如此，没有一个证明不是花钱买来的，那是可耻的阴谋，然而却并非如德梅特里奥·阿尔窦斯阁下在探察之初设想的那样，是谄媚者单纯为了讨他欢心暗中策划的，不是这样，阁下，那是他新的追随者搞出的肮脏勾当，是在他权力的荫庇下滋长的各种交易中最卑鄙、最渎神的一个，因为编造奇迹和收买人做伪证的正是他政权的拥戴者，正是他们生产和贩卖他的母亲本蒂希翁·阿尔瓦拉多的死去新娘的婚纱圣物，啊哈，正是他们印刷铸造有她的至尊容貌的卡片和奖章，啊哈，是他们利用她大发横财，利用她的头发，啊哈，利用装着她身旁的水的小瓶，啊哈，利用她的斜纹裹尸布，布料上用刷门漆画着一个睡梦中将手放在心上的少女的侧影，在印度人集市的小店后屋中一码一码地出售，那非同一般的谎言经久不息，是因为大教堂宏伟中庭里的那具遗体在无尽的群众列队贪婪的观望下依旧没有腐烂，然而真相截然不同，阁下，事实上他母亲的躯体之所以得以保存，并不是因为她的美德，也不是因为他出于专横的孝心而安排的凡士林的补救和化妆品的矫饰，而是因为她与那些在科学博物馆中展出的动物尸体一样，被施以最邪恶的技艺而制成了标本，他用我自己的双手验证了这一点，母亲啊，我把水晶棺盖掀起来，它上面的丧葬标识已被呼出的气息腐蚀损毁，我从你发霉的头骨上把橙花王冠取了下来，其上原本如幼马鬃毛般的头发已被一根一根拔起作为圣物卖了出去，我从残损的新娘头纱的丝线中、干枯的残渣中、死亡那硝石般的艰涩黄昏里把你抱了出来，而你竟然轻得像个晒干的葫芦，散发出箱底的陈年味道，身体里透着灼热的不安，仿佛你灵魂的声响，那是从内部蛀蚀着你的毛毡夜蛾在扑腾，我想把你抱在怀里，你的四肢却散落了，因为他们已将支撑你鲜活身体的内脏掏空，已将你的手放在心上入睡的幸福母亲的内脏掏空，然后在里面填上废物，于是曾经的你的全部只剩下一片覆满尘土的酥皮，刚一拿起来，便在你骨头周围如萤火虫般闪着磷光的空气中粉碎了，黄昏的教堂里只剩玻璃眼珠的跳蚤在石砖地面跳跃的声音，一切都化为乌有，徒留一摊被摧毁的母亲的废墟，它们被那些法警用铲子铲起来胡乱地抛进了盒子，而目睹着这一幕的暴君表现出的只是巨石般的冷漠，那双如鬣蜥般的眼睛中没有流露出一丝情绪，甚至在那辆没有标识的马车里与那个世上唯一敢让他直面真相之镜的人独处时，他也没有表露出任何情感，他们透过迷雾般的薄帘看着燠热的午后待在大门的阴凉里休息的贫苦暴徒，那里本是人们贩卖讲述暴力犯罪、不幸爱情、食人花或者危害意志的异形果的故事书的地方，如今却只感受得到震耳欲聋的喧嚷，大家争相以低价卖着假冒的圣物，卖着假冒的他的母亲本蒂希翁·阿尔瓦拉多的身体和衣物，此时一个清晰的念头令他苦恼起来，他觉得德梅特里奥·阿尔窦斯阁下已经干涉了他的想法，因为他将目光从骚乱的病人身上移开，轻声说道，不管怎么说，他艰苦的调查总算有点好处，那就是，他能肯定那些穷人爱您，阁下，就像爱他们自己的生命一样，德梅特里奥·阿尔窦斯阁下已经窥见了总统府内部的背信弃义，已经看见了那些在权力庇护下发迹的人的阿谀奉承与狡诈奴颜背后的贪婪，不过，他也见识到了一种穷人之中的新式的爱，他们对他不抱有任何指望，因为他们对任何人都不抱指望，他们对他怀有一种可以捧在手中的尘世的虔敬和一种如我们对待上帝那样的不抱幻想的忠诚，阁下，换作其他时候，听到那番表白他会惊得连内脏都翻搅痉挛，然而此时他却连眼都不眨、气都不叹，只是内心深处怀着不安兀自想着，别的不差，神父，现在只差没人爱我，您将会在您那虚假世界的金穹顶下享受我的不幸带给您的荣耀，而他则会背负着不应背负的沉重真相，都没有热心的母亲与他分担，在这个国家中，我会比一只左手更孤单，而这个国家并不是我由着自己的性子选的，而是像您所看到的一样，是他们定好了塞给我的，从最开始就是这样不现实的感觉，这样的狗屎味道，这样的没有历史、只求苟活的小民，都没人问过我就把这国家强加给我了，神父，在总统房车这四十摄氏度、百分之九十八湿度的阴影里呼吸着尘土，在会客厅里忍受着像咖啡机一样发出微弱哨声的疝气的背叛带来的折磨，在多米诺骨牌局上没有一个人让我输上哪怕一局，也没有一个人让我相信他的真相，神父，您钻到我这副皮囊里看看吧，但他没说出口，只是叹了口气，飞快地眨了下眼睛，随后向德梅特里奥·阿尔窦斯阁下恳求，那个下午的鲁莽谈话咱们两人知道就可以了，您没对我说什么，神父，我并不知道真相，请向我保证，于是德梅特里奥·阿尔窦斯阁下便向他保证说当然，阁下并不知道真相，此乃君子之言。本蒂希翁·阿尔瓦拉多的封圣申请因证据不足而被搁置，来自罗马的布告经官方许可自讲道台传播开来，政府也决心镇压一切抗议活动和试图扰乱秩序的行为，然而当暴怒的朝圣者在武器广场上用大教堂的木门燃起篝火，用石块将教皇使节官邸的绘有天使和角斗士的彩色玻璃砸毁，警察们却按兵不动,他们把一切都捣毁了,将军阁下,但他在吊床上无动于衷,他们包围了比斯开修女的修道院要把她们活活饿死,他们洗劫了教堂和传教所,毁灭了一切和教士有关的东西,将军阁下,但他仍在三角梅清爽阴凉下的吊床上一动不动,直到他的国家最高司令部的全体成员宣布,如果继续按照约定不动武、不流血,将无法安抚群情、重整秩序,他这才站起身来,在怠惰了数月之后现身于办公室,亲口颁布了一份出自他个人灵感、不曾请武装力量参与、未尝向他的部长们咨询且风险由他本人承担的法令,他亲自担起传达民意的庄严责任,在第一项中,他宣布了独立自主的民族所做的最高决定,即本蒂希翁·阿尔瓦拉多具有平民神性,他追认她为国母、医病圣手、养鸟大师,将她的出生日定为全国性节日,在第二项中,他宣布自本法令发布时起,本国与圣座威权之间进入战争状态,并依适合该情况的国际公法与现行国际公约行事,在第三项中,他下达了紧急、公开、庄严的驱逐令,要大主教和追随他的主教、教长、神父、修女以及所有和上帝有关系的本地人、外来人通通离开,无论何等情况何种名目,只要在本国境内与领海五十公里的范围内,都得离开,在第四项即最后一项中,他下令征用教会的资产,包括圣堂、修道院、学校、耕地和农具、牲畜,以及甘蔗园、工厂、作坊,还有所有被登记在第三者名下而事实上属于教会的东西,为了向养鸟人本蒂希翁·阿尔瓦拉多献上辉煌祭礼与盛大纪念,上述资产都将纳入她的遗产,本法令由口头颁布并盖上无上权力不容违背的至高威严的戒指印章，自发布之日起生效，务必遵守，务必执行。在喜乐的焰火、荣耀的钟声和愉快的音乐中，人们庆祝着她被封为平民圣徒的盛事，而他亲自上阵监督法令的执行，不容丝毫闪失，以确保自己不会再度沦为新骗局的受害者，他戴着结实的缎面手套，重新抓住现实的缰绳，仿如回到鼎盛的年代，那时，人们会在台阶上拦住他的去路，请求他恢复在马路上赛马，于是他下令恢复，同意，请求他恢复套袋跑比赛，于是他下令恢复，同意，他会出现在最破落的茅屋中，教人们如何把母鸡放到鸡窝里，如何骟牛犊，他并不满足于亲自监管教会财产的巨细靡遗的清点工作，于是主持了正式的征用仪式，以确保他的意志被天衣无缝地执行，他将现实生活中的欺人真相与纸上的真相核对，他监督了对最大团体的驱逐行动，并诬陷他们企图用带夹层的口袋和紧身胸衣偷运走最后一任总督的秘密宝藏，那些宝藏原本埋在穷人的坟墓中，为了找到它们，联邦考迪罗们曾在长年的对战中互相残杀，他不仅要求教会成员一概不能带走除换洗衣物外的任何行李，还下达了不容辩驳的指令，命他们如母亲生下他们时那样裸身登船，最前面的是穿不穿衣都无所谓、只求能换个命途的粗鲁农村教士，而后是被腹泻摧垮的传教区教长、清秀持重的主教，随后是女人，仁爱修道院腼腆的姐妹、已经习惯驯服自然且能在沙漠中种出蔬菜的粗野女传教士、弹奏古钢琴的身材修长的比斯开修女们以及双手细嫩身体清净的慈幼会姐妹,虽然众人都只剩初降世时的皮囊,但在列队经过海关宽广的货棚里那一包包可可、一袋袋腌鲇鱼时,可以看出各人原本的阶层、不同的境况和不等的职位,从那位如石像一般站在风扇扇叶下的老人面前经过时,她们像一群团团转的惊慌羔羊,手臂交叉在胸前,试图用他人的羞耻来遮掩自己的羞耻,他屏息看着她们,紧盯着那个将有一群别无选择的裸体女人如水流般经过的固定空间,他冷漠地望着她们,目不转睛,直到国境之内一个都不剩,这是最后一批了,将军阁下,然而,在那群惊慌的见习修女中,他记住了自己只看了一眼便觉得与众不同的那个,尽管她并不出众,但他还是将她与别人区分开来,她矮小、结实、健壮,臀部丰满,乳房硕大硬挺,双手笨拙,私处荒蛮,头发剪得很短,牙齿稀疏却利如刀斧,塌鼻梁,扁平足,一个不比其他人起眼的普普通通的见习修女,他却觉得她是那群裸女中唯一一个女人,唯一一个在他面前走过时没有看他的女人,她留下一串山野动物的隐秘形迹并将我赖以生存的空气带走了,令他差点没来得及移开他无法被察觉的目光去看她第二眼,再看她最后一眼,这时核对身份的工作人员按字母顺序在名册上找到了她的名字并喊道莱蒂西娅·纳萨雷诺,而她用男人般的嗓音回答,到!就这样,他在余生拥有了她,到!直至最后的怀念从记忆的罅隙中滴落,直至她的形象只留存在一张张纸条上,他曾在一张上写道,我的灵魂莱蒂西娅·纳萨雷诺,看看没有你我落到了什么地步,并且把它藏到保存蜂蜜的墙缝中,每当确定没人看着自己时,他便会拿出纸条来重读,然后把它卷起收好,其间会有那么一瞬重温那个雨水明亮的久远下午,那个下午,有人突然报告说,将军阁下,他们执行了一道他从未下达过的命令,他们带你返回了祖国,而他所做的不过是在凝视着最后一艘灰色的运输船沉入地平线时低声念出了莱蒂西娅·纳萨雷诺,莱蒂西娅·纳萨雷诺,为避免忘记这个名字他又高声重复了一遍,而这足以让总统安全部门将她从牙买加的修道院中劫持出来,他们堵住她的嘴,用拘束衣把她束住,将她放入松木箱,捆上铁箍,封上火漆,还用焦油印上易碎标识,请勿抛掷此面朝上①,外加一份依据领事豁免权获得的运往总统酒窖的两千八百个天然水晶香槟杯的出口许可证,他们把她装在一艘运煤船的底舱里带了回来,给她灌了迷药,把她裸身安置在贵宾卧室有立柱装饰的床上,他将会记得,午后三点,在蚊帐中尘埃飘浮的光线里,她和其他那些无条件服侍他的呆滞女人一样,沉在自然的梦境中,恬静安适,他在这个房间里和她们做时,甚至都不会将她们从鲁米那②的迷睡中唤醒,同时也饱受着无助溃败的可怕感觉的折磨,但是他没有去碰莱蒂西娅·纳萨雷诺,他带着一种孩童的惊诧看着安睡的她,因为自上次在港口货棚见过之后,她赤裸的身体竟然变了这么多,他们

---

① 原文为英语。
② 又名苯巴比妥,一种巴比妥类的镇静剂及安眠药。

给她烫卷了头发，除去了体毛，甚至最私密处也不例外，他们给她的手指脚趾染了红甲油，给她涂上了唇彩，擦上了胭脂，在眼皮上抹了麝香，她口吐香甜气息，驱散了你那隐秘的山野动物的味道，天哪，他们把她拆毁了再重组，他们让她变得这般迥异，使他在望着迷醉于鲁米那的她时，都无法看清那拙劣粉饰下的裸颜，他看到她浮上来，看到她醒来，看到她看到了他，母亲啊，是她，我的慌乱莱蒂西娅·纳萨雷诺，她面对那个正透过蚊帐中的轻薄水汽冷酷地盯着她的岩石般的老人，吓得一动不动，她因他沉默中无从猜测的目的而惶恐，而他，尽管已度过无数岁月，尽管权力无边，却不知如何是好，他比她更惶恐、更孤独、更不知所措，那茫然无助，恰似当年他遇见一个随军妇后初次做男人的情形，那是一个午夜，他撞见她裸着身子在河中洗澡，并通过她每一次浮出水面时那母马般的喘息想象她的力量和身形，他在黑暗中听着她黑暗而孤独的笑声，他在黑暗中感受着她身体的欢愉，却恐惧得瘫在那里，因为他尽管已在第三次内战中做了炮兵中尉却仍是处子，他畏缩不前，直到对失去机会的恐惧占了上风，他才跃入水中，仍带着全身装备，绑腿、背袋、弹药包腰带、砍刀、火门枪，他裹挟在那么多战争的负累和隐秘的恐惧中，让那女人一开始以为是有人骑着马蹚进了河里，但她随即明白那不过是个战战兢兢的可怜男人，于是便将他收留在了自己慈悲的缓流中，牵着他的手，在他眩晕的黑暗中引领着他，因为他在那缓流的黑暗中寻不到路，她在黑暗中用母亲的声音指引他，紧紧抓住我的肩膀，别被水冲倒了，在水中不要蹲下，要用力跪着，慢慢呼吸，调匀气息，他天真顺从地按她的每个指示做着，心想我的母亲本蒂希翁·阿尔瓦拉多啊，怎么女人做起事来就好像他妈的在搞发明一样，她们在这点上怎么这么像男人呢，而她已趁这工夫脱下了他身上其他战争的无用物件，那些战争远不如这场在没颈河水中的孤独战役可怕、悲凉，当她松开他两条皮带的扣襻时，他已经在那个松树香皂味的身体的庇护中恐惧得差点死去，解开他襟门的扣子后我便吓得抽搐起来，因为我没有找到要找的东西，只是碰到了一个巨大的睾丸，像一只在黑暗中游水的青蛙，她惊恐地松开了手，她离开了，找你妈去给你换一个吧，她对他说，你不行，而他已被恐惧击溃，那种恐惧让他在莱蒂西娅·纳萨雷诺的裸体面前无动于衷，若是她不发善心，不施以援助，他便不会进入她那流淌着不可预见之水的河流，哪怕他全副武装，他亲手将她裹在被单里，用唱机播放着被父亲的爱毁掉的可怜的黛尔加迪娜①的歌直到唱片播完，他在花瓶中插上毛毡做的花朵，免得它们像鲜花那样被他不祥的手一碰便枯萎，他做了所有他想到的能让她幸福的事，却丝毫不放松对她的严密囚禁和令她裸体的惩罚，好让她知道，她会被好好照顾、好好宠爱，但绝没有可能逃离那

---

① 墨西哥民歌《黛尔加迪娜》讲述了一个叫黛尔加迪娜的女孩拒绝了想娶她为妻的父亲，悲剧性地死去的故事。

个命运,她深知这一点,于是在恐惧第一次有所缓和时便没有请求他而是直接命令道,将军,给我把窗户打开透透气,他便去开了窗,再把它关上吧,月光都照在我脸上了,他便去关窗了,他执行着她的每道命令,仿佛它们皆因爱而生,他愈是顺从和笃信,就愈是接近那个雨水明亮的下午,当时他钻进了蚊帐,和衣躺在了她身边,没有叫醒她,他整夜整夜地独自享受着她身体的隐秘气息,嗅闻着她那随岁月流逝而渐浓的山野母狗的气味,她腹部重新长出了苔藓,她惊惶地尖叫着醒来,走开,将军,于是他沉重地、不慌不忙地站起身来,却会趁她睡着后躺回她身边,就这样,在软禁她的第一年里,他并没有碰她却享受着她,后来她甚至习惯了在他身旁醒来,但不明白那个捉摸不透的老人的暗流在向何处伸延,因为他舍弃了权力的奉承和世界的魅惑,一心欣赏她并为她服务,她愈是茫然,就愈是接近那个雨水明亮的下午,当时他趁她睡着趴在了她的身上,仿佛带着全身装备,那没有军衔标志的制服、砍刀腰带、一串钥匙、绑腿、戴金质马刺的靴子,他钻进了水里,她被那可恶的袭击吓醒了,于是竭力想把那匹压在身上的武装齐备的战马推开,无奈他太过坚定,她便决定用最后一招来拖延时间,您把盔甲卸了吧将军,那些铁环硌得我心脏直疼,他便卸了,把马刺脱下来吧将军,那颗金星星弄疼我的脚踝了,把腰上那串钥匙摘了吧,它们顶着我的髋骨了,虽然用了三个月才让他解开令我呼吸困难的砍刀腰带,又用了一个月才让他脱掉用扣襻伤害我灵魂的绑腿，但他最终还是将她的命令一一执行，那是一场缓慢而艰难的斗争，她拖着他却没有让他失去耐心，而他最终让了步来讨她欢心，于是两人都不知道那场在她被掳来刚满两周年时的最终的灾难是如何发生的，他那不经意的温热柔嫩的双手偶然触到了那位睡着的新入教的女教徒的隐秘石头，于是她在黯淡的冷汗与死亡的震颤中醒来，没有尝试用巧计或诡计摆脱身上的那头野兽，而仅仅是请求他把靴子脱掉，免得弄脏我的细麻床单，这令他激动万分，竭尽所能地迅速把靴子脱去，把绑腿、裤子、疝气带，把所有东西都脱了吧我的宝贝，不然我都感受不到你，他不知道自己什么时候已脱得精光，一如他母亲在穿过天竺葵的如悲伤的竖琴琴弦般的光线中看到的他那样，他已从恐惧中解脱出来，恣意地变成了一头北美斗牛，它第一次进攻就将所到之处毁灭殆尽，它在静寂的深壑中匍匐前行，那里唯一能听到的只是莱蒂西娅·纳萨雷诺嘎吱嘎吱如木船一般的磨牙声，到！她用十指抓住了我的头发，以免自己在那片无底的眩晕中孤独死去，而我正在这眩晕中带着与身体所有急迫欲念等同的冲动向死亡走去，然而他还是把她忘记了，独自留在了黑暗中，在他微咸的眼泪里啊将军，在他徐缓而下的阉牛口水间寻索着自己，将军啊，他惊叹道，我的母亲本蒂希翁·阿尔瓦拉多啊，我怎么可能活了这么多年都没有尝过这种折磨的滋味呢，他在这惊叹间哭泣着，在自己肾脏的渴求与肠子里的一串鞭炮声响中不知所措，而有着温柔触角的死亡伸出爪子将他的内脏连根拔起,把他变成一只被砍了首级的动物,它临死前翻腾的痛苦借着一种酸烫的物质喷溅在了雪白的床单上,扭曲了他记忆中那个雨水明亮的下午蚊帐里如液体玻璃一般的空气,那是屎,将军啊,是他自己的屎。

傍晚将至时，我们已把一头头母牛腐烂的皮囊剥落，又将那非同寻常的乱摊子整理了一番，还是无法断定那具尸体与传说中他的形象是否相仿。我们已用去鱼鳞的铁刀把他身上的深海鲫鱼刮除，用克勒奥林和石盐把他清洗干净，将腐烂的疮口补平，我们用麻布打补丁，用石蜡填窟窿，重塑他被垃圾堆的鸟雀啄烂的面孔，而后又把淀粉扑在他脸上来掩饰这些填补物，我们为他擦上胭脂，涂上红唇彩，还予他生命的光彩，但即便是嵌进空洞眼窝中的玻璃眼珠也无法为他赋予他所需要的、能让他去接受民众注视的威严容貌。与此同时，我们在政务院大厅召开了全体大会来批驳几个世纪的独裁统治并商议如何公平地瓜分他权力的赃物，所有人都是获悉了他那秘而不宣却无法隐瞒的死讯后回来的，有带着被拖延了多年的野心的余烬重归于好的自由派和保守派人士，有丧失了权力方向的最高司令部的将领们，还有最后三名民事部长和大主教，所有他不会希望在此出现的人都围坐在胡桃木长桌旁，期望能就如何恰当地公布那则天大的死讯达成一致，以避免街上的人群过早地炸开锅：首先，在第一晚发布一号简报，称他偶染微恙，不得不取消公众活动以及平民、军人接见会，随后，发布二号医疗简报，宣布那位尊贵的病人因年事已高造成身体不适，只能待在私人寝室中，最后，无须公告，只要在八月那个炎热的礼拜二耀眼的黎明时分敲响大教堂宣告他正式死亡的决绝丧钟，敲响那个事实上没有人能确定是不是宣告他死亡的丧钟。我们在这证据面前束手无策，在这具散发恶臭的躯体面前窘迫难堪，在这个世界上我们没有能力替代他，因为他在晚年一直拒绝对他走后国家的命运做出任何决断，在政府搬迁至部长的阳光玻璃楼时，他留在了他绝对权力的荒芜房屋中独自活着，并从此以老年人不屈的固执否决了种种进言，我们会看到他在梦中行走，在母牛的残骸间挥动手臂，而那时已无人供他支使指挥，除了那些盲人、麻风病人和瘫痪患者，而他们正在死去，并非因为疾病，而是因为在那片玫瑰丛中待得太久，不过他仍然无比清醒、执拗，因而我们每每向他提出处理遗产的建议时，得到的都只是他的推托，他说一个人去考虑自己死后的世界和死亡本身一样晦气，真他妈的见鬼，等哪一天我死了，那些政治家都会回来瓜分这个摊子，就和哥特佬的时代一样，走着瞧吧，他说，什么东西都只会让教士、外国佬和有钱人分了，穷人什么都得不到，当然了，他们一向这么浑蛋，要是哪天大便也值钱了，穷人会生下来就没有屁股的，走着瞧吧，他一面说着，一面举出荣光年代的某个人做例子，甚至还会自我打趣地对我们说他只会死三天，没必要把他带到耶路撒冷的圣墓教堂去埋葬，说到这里他笑得差点背过气去，而对于所有事前与事后的矛盾，他都会拿出一个论断：一件事如果现在不是真的，那没关系，他妈的，将来它全部会是真的。他说得有道理，因为在我们的时代，不曾有任何人去质疑他的历史的合理性，也不会有任何人能证实它或驳倒它，因为我们甚至都无从确定他尸体的真假，我们没有其他的祖国，只有那个依据他个人的想象和偏好建成的祖国，它拥有被他的绝对意志的构思改变的空间与校正的时间，它被他从自己记忆中最模糊的源头重建起来，同时他会茫然游走在那栋臭名昭著、没有住过一个幸福的人的宅子里，他会向在他吊床周围啄食的母鸡撒谷粒，还会向仆从发出反复无常的命令，给我拿一杯有碎冰的柠檬水，却把它扔在手边一口也不喝，给我把这把椅子从这儿拿开，放在那儿，再放回来，他一面以这种渺小的手段维持着对发号施令的酣嗜所保留的温热余烬，一面在院中的木棉树下打着瞌睡，耐心地打捞着一晃而过的遥远童年的时光片段，以打发每日政务之余的闲暇，当捕捉到一段记忆，比如他统治之前的那个祖国无尽拼图中的一块时，他便会猛然醒来，那是一个虚幻、没有边际的庞大国度，一个热带丛莽的王国，那里有着缓缓而行的竹排和巉岩深涧，那时的人勇猛无比，敢将长棍戳进鳄鱼嘴里并徒手将它们擒捕，就这样，他用食指在上腭比画着演示给我们看，他对我们说，在一个圣日礼拜五，他感受到了躁乱的风，嗅到了风中铜锈的味道，看到大片乌云般的蝗虫搅浑了正午的天空，将所到之处尽数糟蹋，留下一个疮痍满目的世界和一片惨淡的光线，仿若创世前夜，他经历了那场灾难，看到了一排没有脑袋的公鸡，它们被拴着爪子倒挂在一个屋檐下，血一滴一滴往下掉落，那栋房子在一个大而混乱的农村教区，那里刚死了一个女人，他抓着母亲的手往前走，赤着脚跟在要被送去埋掉的那具衣衫褴褛的尸体后面，没有棺材，人们只是用受蝗虫风暴抽打的担架抬着她，这就是那时的祖国，我们连棺材都没有，什么都没有，他看到有个男人正在村镇广场的一棵树上试着用吊死过一个人的绳子上吊，不料那朽烂的绳子提前断裂，可怜的男人半死不活地摔在了广场上，吓坏了刚刚望完弥撒的女士们，但他没死，大家用棍棒把他敲醒，不过没有费心去弄清他是谁，因为在那个时代，如果不是在教堂里认识，便没有人知道谁是谁，他们用中国式木枷锁锁住他的脚踝，将他和其他有罪的同伴安置在外昼夜示众，这就是那些哥特佬的时代，那个上帝比政府更有权的时代，祖国的倒霉时代，后来他下令把村镇广场上的树都砍掉，以免礼拜日上吊自尽的可怕戏码再三上演，他还禁止了公开枷刑，禁止了无棺下葬，禁止了一切能让人忆起他掌权之前的可耻法例的事物，他修建了直达高地荒漠的铁路，使驮运三角钢琴去咖啡种植园中的化装舞会的骡队从此告别了胆战心惊地攀爬悬崖峭壁的悲惨日子，因为他曾目睹三十架三角钢琴直坠崖底的惨剧，虽然目击者只有他一个人，但这桩事件通过口耳与笔墨相传，甚至沸沸扬扬地散布到了国外，他说他偶然间将头探出了窗口，就在那一刻，一头骡子脚下打了滑，将其余的也都拽下了山崖，只有他听到了那群失足动物的惊惧嘶鸣以及随畜群坠落的钢琴在空阔中兀自奏响的无休止的和弦，它们落入了那个祖国的深处，那个与在他之前存在的万物一样浩渺而模糊的祖国，浩渺模糊得甚至无以复加：那些从奥地利进口的钢琴粉碎在深渊中，而在渊面之上的热气薄雾里那永恒的微光中，竟无从分辨白昼与黑夜，他在那个遥远的世界里看到了这样那样的很多东西，尽管他自己都无法把握十足地判断，那一切到底是他真实的记忆还是在战时发着烧的不幸夜晚听来的，抑或源自他趁政局风平浪静时一连数小时迷醉其中的游记插画，不过这些都不重要，他妈的，等着瞧吧，将来它们全部会是真的，他说着，心下清楚自己真正的童年不是那些烂泥般的模糊回忆，不是那些只在牛粪燃起时被记起而后便永远被遗忘的东西，事实上，它是我在我唯一的合法的妻子莱蒂西娅·纳萨雷诺的缓慢河流中所经历的，她每天下午两点到四点都会让他坐在三角梅花廊下的课桌旁跟她学习读写，她把她见习修女的执着都用在了这项英雄的事业上，而他则报之以老年人的可怕耐性、他无边权力的可怕意志和我全部的心，他会全神贯注地朗诵道，仙人掌上开花丁香盆里飘香玻璃糖罐透亮，他在他死去母亲那些被惊扰的鸟雀的聒噪中朗诵着，自己听不见，也没有其他人能听见，印第安人灌油膏进油罐，爸爸装烟丝进烟斗把烟抽，塞西莉亚卖葱头卖蜡油卖啤酒卖樱桃肉卖肉干卖肘片卖大麦，塞西莉亚什么都卖，他会大笑着，在震耳的蝉鸣声中重复着莱蒂西娅·纳萨雷诺伴着她见习修女的节拍器的节奏教给他的语句，直到世界因充满你声音的创造物而饱和，直到他辽阔的沉重王国中，除启蒙课本的典范真理之外再无真理，除云中的月亮、皮球和香蕉树、堂埃罗伊的公牛和奥蒂丽娅的漂亮浴袍之外再无他物，他无时无处不在朗诵课文，使得它们如他的画像一般随处出现，甚至与荷兰财政部长会面时也不例外，当时那位阴郁的老人在自己深不可测的权力的黑暗中举起戴缎面手套的手打断了会见，并邀请客人与我共同朗诵，令荷兰人顿时在这场官方会晤中迷失了方向，他高声念道，我妈妈爱我，伊斯玛艾尔在海岛上待了六天，贵妇吃番茄，他一边念一边用食指模仿着节拍器的指针，他背诵着礼拜二的课文，发音无可挑剔，但却让场面十分难堪，于是会谈最终以他希望的结果告终，欠荷兰的债务拖到时机更成熟了再偿还，到时候再说吧，他这样决定，麻风病人、盲人和瘫痪患者清晨时从玫瑰丛中起身，看到了那位阴郁的向人们撒下安静祝福的老人，他在众人的讶异中依大弥撒的样子念诵了三遍我是皇帝我爱法例，他念诵道，算命老头就爱喝酒，他念诵道，灯塔是一种顶端发光、指引夜航人的高塔,他念诵着,心里十分清楚在他年迈的幸福的阴影中,除了与我的生命莱蒂西娅·纳萨雷诺在午休时间里一同度过的如翻腾虾汤般令人窒息的嬉闹时光之外,再无其他时光,除了与你赤裸躺在如被缚住的蝙蝠般的电风扇下那浸满汗液的凉席上的欲望之外,再无其他欲望,除了你臀部的光芒之外,再无其他光芒,莱蒂西娅,再没有别的什么,只有你图腾般的乳房、你扁平的脚掌、你药方中的一把芸香,以及遥远的安提瓜岛上压抑的一月时光,你就是在那座岛上,在一个被腐烂沼泽的热风犁过的孤独黎明来到了世上,他们两人将自己锁在那间贵宾卧房里,下令任何人都不得跨入距离房门五米以内的范围,因为我要专心学习读书写字,于是任何人都不敢去打扰他,甚至不去禀明将军阁下黑呕病正在农村地区肆虐,此时我的心跳却因你山野动物的隐形力量而加速,超过了节拍器的节奏,他朗诵道,侏儒单腿跳舞,母骡去上磨,奥蒂丽娅刷浴缸,baca 写时要用 burro 的 b[①],他朗诵着,而此时莱蒂西娅·纳萨雷诺正在一旁拨开他患疝气的睾丸,清洗方才欢爱后留下的粪便残渣,她把他浸泡在白合金狮腿浴缸里用于净身仪式的水中,给他抹上路透牌香皂,用丝瓜瓤搓洗他的身体,又用草叶煎煮出的汁帮他冲干净,同时与他一起念着用 j 拼写的词有 jengibre、jofaina 和 jinete[②],她在他

[①] 西班牙语中"b"与"v"发音相同,此处莱蒂西娅·纳萨雷诺在强调二者不可混用。
[②] 西班牙语中"j"与"g"发音相似,"g"为浊辅音,"j"为清辅音。

的大腿根部抹上可可脂来抚慰被疝气带磨伤的皮肤，在他臀部凋萎的星星那儿扑上硼酸，又像母亲一样轻拍他的屁股蛋，啪，啪，来惩罚他在荷兰部长面前的糟糕表现，她希望，作为补赎，他能允许那些不幸的团体回国，来负责孤儿院、医院等慈善机构的运行，但他却用他无法平息的怨恨的阴郁气氛将她笼罩，门儿都没有，他叹息道，在这个甚至另外那个世界上，都没有任何权力可以让他收回成命，在下午两点的爱欲的急迫喘息中，她向他请求，答应我一件事吧，亲爱的，就一件，让那些只游走在风云变幻的权力外围的教区团体回来，但他却在急迫丈夫的渴切呻吟中回答，门儿都没有，亲爱的，我死都不受那帮穿裙装的家伙的侮辱，他们骑在印第安人的背上而不是骡子背上，他们分发彩色玻璃项链换金鼻环和金耳坠，门儿都没有，他回绝着，对我的不幸莱蒂西娅·纳萨雷诺的哀求置之不理，而她已将双腿并拢交叉，请求他恢复被政府征用了的教会学校，解除对资产的永久性占有，归还已变成军营的榨糖厂和教堂，但他把头扭过去冲着墙，准备拒绝你迟缓而深邃的爱让他遭受的无尽折磨，以免自己的胳膊肘往外拐，去帮那些在几个世纪里净靠吃祖国的肝脏活命的上帝的强盗们，门儿都没有，他决绝地说，然而他们回来了，将军阁下，那些可怜的团体通过最狭窄的缝隙重返国家，按照他的秘密指令在隐蔽的海湾静悄悄地登陆，并且获得巨额赔偿，重获被没收的财产，还加了利息，刚刚颁布的婚姻法、离婚法以及世俗教育法均遭废除，甚至当初在他的母亲本蒂希翁·阿尔瓦拉多——愿她已在上帝的神圣国度中——封圣过程中举办的可笑的庆祝活动上他盛怒之下亲口颁布的命令也悉数取消，真他妈的见鬼，但即便如此还是没能让莱蒂西娅·纳萨雷诺满足，她还想要更多，她让他把耳朵贴在我的肚子上，听听那个正在里面长大的小东西唱歌，她在半夜被那深邃的声音惊醒，它描绘着你那被锦葵色的傍晚和焦油味的风划过的脏腑以及脏腑间那个水的天堂，那内里的声音与她谈论着你肾脏上的息肉、你肠子中的柔软刀刃和在它的源头你那入眠的尿液的温热琥珀，他于是把嗡鸣声稍小的那只耳朵贴在了她的肚子上，听见了那个出自他的死罪的生灵的翻腾声，那是我们的淫秽腹部所孕育的孩子，他将叫作厄玛奴耳①，其他神灵都是通过这个名字认识了上帝，他的额头上将有象征高贵出身的白色标记，他将继承他母亲的牺牲精神和他父亲的伟大以及他自己的作为无形领导者的命运，然而一旦他决定不在祭坛上将他那么多年来渎神的姘居圣洁化，那孩子便将因其违法本质而成为上天的耻辱、国家的污痕，于是他从旧时婚纱的泡泡袖间冲出一条路，带着从被压抑的可怖怒气深处发出的航船锅炉般的鼻息咆哮道，门儿都没有，我死都不结婚，同时拖着他那双隐匿新郎的大脚，走在一栋陌生房屋的厅室中，那栋房子已经在官方服丧期旷日持久的黑

---

① 即以马内利，意为"天主与我们同在"。

暗之后恢复了往日的富丽堂皇，房檐上朽烂了的圣周绉绸已被扯了下来，房间中有海洋的光亮，阳台上繁花开放，军乐开始奏响，所有这些都是因为执行了一个他未曾下达但无疑出自于他的命令，将军阁下，因为那命令中含有他声音的平静从容和他威权的不可悖逆的架势，他批准了，同意，被关闭的教堂纷纷重开，修道院与墓地也归还给了各自所属的教会，这些依据的是另外一道他没有下达却批准了的命令，同意，古老的瓜尔达尔节和四旬节恢复了，敞着的阳台上传来人群喜悦的颂歌，从前他们唱起它是为了赞美他的荣耀，而今他们在烈日下跪地而歌则是欢庆这则好消息，他们用一艘船把上帝带来了，将军阁下，真的，他们听了你的命令把他带来了，莱蒂西娅，因为一条自卧室颁布的法令，那条法令与她未征询任何人就在暗中颁布的众多法令一样，会得到他当众首肯，好在人前掩饰他已丧失了威权的神位，因为你才是那些无止境的游行背后的隐秘力量，而他则会在自己的卧室窗口惊诧地望着那些队伍，直到它们到达他的母亲本蒂希翁·阿尔瓦拉多的狂热暴徒都不曾涉足的地方，关于后者的记忆已被从人类的时间中抹灭，她嫁衣的烂布和骨骼的粉末已随风消散，她的墓碑被翻转，碑文向下，不让她那安睡的黄鹂画师养鸟人的名号流传到时间尽头，都是因为你的命令，因为你颁布了它们，就不会有任何关于别的女人的记忆给关于你的记忆罩上阴影，我的厄运莱蒂西娅·纳萨雷诺，婊子养的。她改变了他，在他到了人除去死之外不会再有任何改变的年纪，她用床笫间的花招摧毁了他那门儿都没有，我死都不结婚的天真坚持，她强迫他戴上新的疝气带，感觉一下，听起来好像黑暗中离群山羊的铃铛声响，从他与皇后跳第一曲华尔兹起，她便强迫他套上你的漆皮靴，并在左脚靴后跟扣上海军上将赠予他的、希望他能至死佩带的象征最高权威的金质马刺，她让他穿上你的镶金丝银线、配亚麻布金银绦带与流苏肩章的军服上衣，自之前那个民众可以隐约窥见总统马车薄帘后的忧伤双眼，若有所思的下颌以及戴缎面手套的沉默的手的时代之后，他就再也没有穿戴过它们，她强迫他佩上你的战刀，喷上你的男士香水，戴上罗马教皇为表彰你将没收的财物归还教会而授予你的那块有圣墓骑士团饰带的奖章，你把我打扮得像个节日的祭坛，黎明时就带我走进昏暗的会客厅，那里飘散着守灵蜡烛的味道，窗口垂着橙花枝条，墙上挂着很多国徽，没有见证人，整个房间像被那位见习修女的牛轭套住了一般，而她的身子僵在粗麻布里，外面还罩了一层棉纱，好遮盖她暗中放纵了七个月的羞耻，凄肃的宴会厅周围隐形的海洋不安地散发着腐臭，在那片海的迷倦中，他们都在出汗，厅室入口则已奉命被封死，窗外也砌上了围墙，府中所有的生命踪迹都被灭绝，为的是不让世界捕捉到这场隐秘的盛大婚礼的哪怕一丝风声，而你，因为那个在你内脏沙丘的幽暗苔藓间游着水的早熟男儿的催促，热得差点喘不上气了，他已经决定了那将是个男孩，于是他便是个男孩，他在低于你的存在的地方唱着歌，那隐匿的泉水般的声音与穿法衣的大主教歌颂天国上帝的声音相同，为的是不让昏昏欲睡的哨兵听见，而他的迷失了的潜水员的恐惧与将自己的灵魂托付给了上帝的大主教的恐惧无异，主教向那不可捉摸的老人问了那个不曾有人问过、到世界末日也无人敢再提的问题，你是否愿意娶莱蒂西娅·梅塞德斯·玛丽娅·纳萨雷诺为妻，他只是眨了眨眼，同意，胸前的战功勋章因心脏的隐隐挤压而轻微作响，然而他的声音太过威严，以至于你腹中的可怖生灵在那稠密液体中的自己的昼夜分割点完全翻转过来，他校正了东之所在并找到了光的方向，于是莱蒂西娅·纳萨雷诺俯下身子啜泣起来，我的父我的主，怜悯一下你这卑微的仆人吧，她是在触犯了你神圣的律法时得到了许多欢愉，但也心甘情愿地接受这可怕的责罚，她撕咬着蕾丝手套，以免脱了臼的髋骨的声响出卖粗布衬裙遮盖下的羞耻，她蹲了下来，身子在自己液体的水洼中散了架，而后从混乱的棉纱里，取出了那个七个月的怪胎，一个初生牛犊大小、有着未经烹煮的动物的无助气息的胎儿，她用双手将他托起，想在临时祭台的浑浊烛光下好好打量他，她看到他是个男孩，就像将军阁下决定的那样，一个脆弱腼腆的男孩，根据计划他将并不光彩地被命名为厄玛奴耳，而自从他将他放在石祭台上用军刀砍断脐带并承认他是我唯一的合法的儿子的那刻起，便任命他为拥有切实的司法权和指挥权的师长，神父，替我给他施洗吧。那个史无前例的决定将成为一个新时代的序曲、一段邪恶时期的第一张布告,在那个时期,军队会于拂晓之时封锁街道,命人紧闭阳台窗户,挥舞枪托把市场里的人都轰走,不让任何人看见那道一闪而过的车影,它有耀眼的钢板外壳与总统专车的金质把手,而那些胆敢躲在被封锁的屋顶平台偷窥的人没有像从前一样看到那面旗帜色彩的薄帘后那位老迈的军人和他戴缎面手套的若有所思的手托起来的下巴,他们看到的是那个矮胖的昔日的见习修女,她戴着配毛毡花朵的草帽,不顾炎热地围着蓝狐毛领,我们会在礼拜三的清晨看到她在公共市场前下车,在巡逻队战士的护卫下,牵着不到三岁的小师长,他优雅而虚弱,让人无法相信他不是小女孩穿着盛装制服扮成的军人,那制服上的金线仿佛长在他身上一般,因为在他冒出乳牙前,莱蒂西娅·纳萨雷诺就为他穿上军服,把他放在婴儿车中让他代表父亲主持官方活动,抱着他检阅军队,在球场把他举过头顶接受人群的欢呼,于国庆阅兵式上在敞篷车中给他喂奶,丝毫不顾一个佩戴五颗太阳徽章的将军像一头没了爹娘的牛犊般陶醉地吸着母亲乳头的荒诞场景所激起的窃笑,到了可以自理的时候,他就开始参加外事接待活动,并在制服上别上他从父亲拿给他玩的勋章匣子里随意挑出的战争勋章,他是一个严肃古怪的孩子,从六岁起便能得体地出席公开场合,他举着酒杯,以果汁代香槟,谈起成年人的事务来有一种并非遗传自何人的温文尔雅、自如合宜,只是有大片的乌云不止一次飘进宴会厅,于是时间凝滞了,被赋予了最高权力的面色苍白的王位继承人向困倦投降了,安静,人们窃窃私语,小将军睡着了,他的副官会将他抱起来,穿过被打断了的对话,经过纹丝不动的高级刺客,走过只敢把脸藏在羽毛扇后面憋着笑的羞怯妇人的小声嘟囔,真可怕,要是将军知道了的话,因为他成功地令众人相信他所编织的假象,即世上发生的一切,只要没有上升到关乎他的伟大的高度,他便不闻不问,于是才会有他儿子,那个他在不计其数的孩子中唯一承认的儿子,多次当众的放肆,才会有我唯一的合法的妻子莱蒂西娅·纳萨雷诺毫无节制的僭越,她会在礼拜三的黎明来到市场前,牵着她的玩具将军的手走在喧嚷的军营女仆和突击队的勤务兵当中,这些人在沐浴到加勒比呼之欲出的旭日光辉之前,先感受到一道意念的可见的奇异光芒,于是面貌大变,他们会钻进海湾没腰的臭水中,打劫停泊在古老的黑奴港口、风帆上打着补丁、满载马提尼克岛的鲜花和帕拉马里博的姜根的帆船,他们像战时扫荡那样将活鱼一一掠走,他们在旧时称量奴隶、现在仍在使用的磅秤周围挥舞枪托为抢夺猪而厮打,也是在这个地方,在他之前的那个祖国的另一个时代的另一个礼拜三,曾经举办过一场公开拍卖,一笔塞内加尔女俘虏的交易成交了,因为她噩梦般的美貌,购买她的黄金重量甚至超过了她的体重,他们扫光了一切,将军阁下,比蝗虫还凶,比飓风还猛,但他仍置若罔闻,任凭丑闻愈演愈烈,任凭莱蒂西娅·纳萨雷诺闯入他本人都不敢闯入的鸟类和蔬菜市场琳琅满目的展厅,身后还跟着一群会惊恐地朝蓝狐讶异的玻璃眼珠狂吠的躁动野狗，她带着自己权力的淫威，穿梭于纤细的精美铁柱间，柱身上方的铁质树枝中点缀着大片黄色玻璃叶、大个儿粉色玻璃苹果，穿梭于巨大的、开着蓝色玻璃花朵的炫目穹顶下那装满珍馐美馔的丰饶之角①，她挑选着最甜美的水果与最鲜嫩的蔬菜，然而她刚一碰到它们，它们便颓萎凋零，她并不知晓自己的双手竟有这般邪力，能令新出炉的面包发霉，令她金质的婚戒变黑，于是她冲着女商贩破口大骂，说她们把最好的货都藏起来了，只给权力之府留下了这些猪才吃的烂芒果，一帮女贼，这个瓜听起来空得跟乐手的葫芦似的，浑蛋，这狗屎肋条上长了虫的污血几里地外就能看见，这根本不是牛肉，是害瘟疫死的驴子的肉，婊子养的，在她声嘶力竭时，她的女仆会挎着篮子，与提着木盆的勤务兵一起，把一路所见的食物都掳个精光，一边打劫一边像海盗般吼叫，声音之尖厉，赛过野狗看到她从爱德华王子岛上活捉回来的蓝狐的尾巴有了雪白的栖身处后的狂吠，用语之刺耳，不输口吐秽语的金刚鹦鹉那侮辱性极强的模仿，这些鹦鹉在女主人们的暗中调教下学会了她们自己无法随意吼出的强盗莱蒂西娅、婊子修女，它们这样惊叫着飞上了市场穹顶处那些带有颜色陈旧的玻璃树叶的钢铁枝条，它们知道在那里是安全的，可以逃过劫掠般的桑巴帕洛舞

---

① 希腊神话中被宙斯赋予了神奇魔力的一只羊角，能生出各种美味佳肴。

的毁灭之风，在玩偶小将军喧杂的童年中，每个礼拜三清晨，这阵风都会刮起，他背起纸牌国王军刀，虽然走路时刀尖仍会拖着地，他却愈发像个男人了，声音也愈发亲切，举止也愈发温柔，他置身于抢劫之中却保持着沉着，保持着冷静、高傲，保持着他母亲反复教导他要保持的不可动摇的体面，好配得上他高贵的血统之花，而她自己却在市场里，在她疯狗般的冲动和酒后的詈骂中，在黑人老妪安然无恙的目光中将这血统之花挥霍，那些裹着鲜亮头巾的老妇人承受着侮辱，观赏着劫掠，她们扇着扇子，眼睛眨都不眨，带着神像般的深邃平静坐在那里，在凶残的袭击队伍经过时，屏着呼吸，咀嚼着让她们在如此多的不齿行径中得以苟活的烟球、古柯球和镇静药物，莱蒂西娅·纳萨雷诺与她的乌合之军在狂暴野狗高耸的脊背之间破开一条路，和以往一样，在门口大喊着把账单拿给政府吧，但她们仍不敢喘息，哦，天哪，要是将军能知道，要是有人把这情况告诉他，她们被幻觉蒙蔽着，以为他至死都将忽略尽人皆知的、他记忆中最为可耻的事，我唯一的合法的妻子莱蒂西娅·纳萨雷诺从印度人的市场中掳走了蹩脚的玻璃天鹅、蜗牛壳做边框的镜子和珊瑚烟灰缸，从叙利亚人的商店中抢走了丧葬用的塔夫绸，从商业街银匠的移动摊位上劫走了一串串金质小鱼和拳头形的护身符，于是他们当面冲她喊，你比那些她围在脖子上的蓝色莱蒂西娅还要像狐狸，她将所到之处席卷一空，只为了满足昔日见习修女的身份留给她的仅有的东西，即糟糕幼稚的品位与不按需索求的恶习,只是这时,蒙上帝之爱,她无须在总督区充满茉莉花香的门庭前乞讨,无须牺牲什么就可以让军用辎重车把她喜欢的东西通通运走,只消说上一句命令般的把账单拿给政府吧,便不用再牺牲什么了。这和说跟上帝要钱去吧没有差别,因为那时已没有人确知他是否还存在,他已经隐形了,我们的确在武器广场的小山上看到砌起的高墙,看到权力之屋,它有着做传奇演讲的阳台、挂蕾丝薄帘的窗户以及架在飞檐下的花盆,它每到夜晚看起来就像一艘在天空遨游的蒸汽船,为了迎接著名诗人鲁文·达里奥的来访,它被刷成了白色又换上了玻璃球来照明,自那之后,不仅在城市的每个角落,而且从七西班牙里之外的海上都能看到它,然而这些表象中没有一个能确证他就在那里,相反,我们有充分的理由认为那些对生命的炫耀只是为澄清广为流传的谣言而采取的军事策略,传闻说他已经陷进了老年玄思的危机,弃绝了权力的虚荣与奢靡,并强迫自己在一种可怖的颓萎状态中以忏悔苦行的方式度过余生,他身着折磨灵魂的苦行衣,背负各式摧残肉体的铁器具,除黑面包与井中水外无其他饮食,除比斯开修女修道院禁闭房光秃秃的地板外无任何寝具,直到他偿清了自己违背意志与人发生关系并让一个被封禁的女人怀上男胎的罪过,幸而上帝宽宏大量,她尚未最终宣誓成为正式修女,然而在他广阔的沉重王国中,什么都没有因此而改变,因为莱蒂西娅·纳萨雷诺掌握了权力之匙,她只需说一句他让把账单拿给政府，那是一个老套的程序，最初看起来没有什么大不了，却变得愈来愈恐怖，直到多年之后，一群勇敢的债主带着一个装满欠账单的箱子，壮着胆子出现在了总统府的警卫室，我们很惊讶，因为没人对我们说好，也没人和我们说不，他们只派了一个勤务兵把我们带入了一间中规中矩的等候室，一位海军军官接待了我们，他非常和蔼、年轻，语气徐缓，笑容可掬，他敬了我们每人一杯由总统府出产的咖啡豆制成的寡淡而清香的咖啡，又带我们参观了洁白光亮的办公室，办公室的窗上都安有铁丝网，简约的天花板下都悬着吊扇，一切都很明净、人性化，让人不禁困惑，那个空气中充斥着药香的政权去哪儿了，那个存在于那些身穿丝绸衬衫、迟缓而沉默地管理各项事务的书记员意识中的权力的吝啬与无情去哪儿了，他带我们参观了天井庭院，里面的玫瑰丛已被莱蒂西娅·纳萨雷诺修剪过了，为的是净化晨露，使它们摆脱有着麻风病人、盲人以及瘫痪患者等等已被送到收容所、在被遗忘中等待着死亡的人的记忆，他还带我们参观了妾侍们旧时的棚屋、生锈的缝纫机以及行军床，从前，供他泄欲的女奴甚至需要三人睡在同一张这样的床上，这些充满耻辱的房间就要被推倒，代之以私人圣堂，从窗口向外看去，他向我们介绍了民政大楼内最私密的亭廊三角梅花廊，四点的阳光照在绿绸帷幔上，将整个花廊染上一层金色，他刚与莱蒂西娅·纳萨雷诺和孩子在那里用过午餐，他们二人是仅有的有资格与他同桌的人，他带我们看了传说中的那株木棉，在它的绿荫下悬挂着那面旗帜色彩的麻布吊床，那是他在燠热的午后休息的场所，他带我们参观了牛棚、乳酪房、蜂房，当我们顺着他每天清晨去牛棚的小路返回时，他仿佛被雷电击中了一般，抬手指出他在烂泥中发现的一个靴印，请看，他说，那是他的足迹，望着那个巨大粗糙的立体靴印，我们都呆若石像，它在宁静中饱含着光辉与权势，同时也散发出一头习惯了孤独的老虎留下的旧时疥疮的腐臭，在那个足迹中，我们看到了权力，感觉到了他的神秘，那揭示的力量竟比我们中的一人被选去见他本人时所能感受到的还要大，因为军方大佬们已经开始谋反，讨伐那个积蓄的权力已大过最高司令部、政府和他的女暴徒，莱蒂西娅·纳萨雷诺已经戴着她的白色垂耳棉布皇后之冠，走到了这么远，于是总统府最高司令部冒着风险，向诸位中的一人敞开大门，仅此一人，为的是尝试请他出点儿主意，看看国家是怎么背着他运转的啊，将军阁下，我就是这样见到他的，他一个人待在白墙上挂着英国骏马版画的闷热的办公室里，坐在吊扇下的弹簧安乐椅上，向后仰着身子，穿着皱巴巴的白色卡其布制服，上面钉有铜扣，没有任何军衔标志，他那戴缎面手套的右手放在木制写字台上，台面上除了三副一模一样的很小的金边眼镜外别无他物，他身后有一个玻璃书柜，一本本书上覆着尘土，看着更像是糊了层人皮的旧账簿，他右手边是一扇敞开的大窗，也安着金属网，从窗口望出去可以看到整座城市，以及延伸至海另一边的没有云也没有鸟的天空，我感到轻松了许多，因为看起来他对自己权力的重视程度比不上他的任何一位支持者，并且他本人比照片上要寻常许多，也更值得同情，因为他的一切全是老的、艰辛的，仿佛被一种贪婪的疾病侵蚀了，甚至都没有气力开口让我坐下，只是用缎面手套做了个悲伤的手势来示意，他听着我的论述，眼睛没有看我，呼吸中带着一种纤细而艰难的哨音，那隐秘的哨音在屋里留下了一种木馏油的潮气，他深深地沉浸在翻检我所呈上的账单中，而我用学生的列举方式向他描述着，鉴于他已经无法理解抽象概念，我便开始解释说，莱蒂西娅·纳萨雷诺欠钱买的塔夫绸已经有从这儿到桑塔玛丽亚德尔阿尔塔的距离的两倍么长了，也就是说有一百九十西班牙里，他说啊哈，仿佛是说给自己听的，最后我向他说明，在为阁下打了特别折扣之后，账目总额相当于一连十年次次彩票中头奖的金额总和的六倍，他又说了一句啊哈，直到那时他才从眼镜上方看了我一眼，我看到他的眼神是腼腆而宽厚的，直到那时他才用风琴似的诡异声音对我说，我们的理由清楚公道，各人有各人的理，他说，你们把账单拿给政府吧。事实上，在那个时期他就是这样，那时莱蒂西娅·纳萨雷诺一上来就轻而易举地改变了他从母亲本蒂希翁·阿尔瓦拉多那儿耳濡目染来的粗蛮，改掉了他边走路边一手拿餐盘一手拿勺子吃饭的习惯，于是他们三人才会在三角梅花廊下的一张小海滩桌上进餐，他与孩子面对面，莱蒂西娅·纳萨雷诺则坐在两人之间，教他们用餐时的礼仪与健康规范，教他们把脊柱靠着椅背坐好，叉子在左手，刀子在右手，每吃一口都要在一边嚼十五下，再换到另一边嚼十五下，嘴要闭起来，头要昂起来，他会抗议，这么多条条框框，跟在军营里似的，但她丝毫不予理睬，午饭后她会教他读官方报纸，上面会出现他作为守护者和名誉指挥官的形象，当她看到他在家里的庭院中那棵硕大木棉的树荫下的吊床上躺着时，便会把报纸塞到他手里对他说，堂堂一位国家元首，如果不掌握世界局势，就太不可理喻了，她给他戴上金边眼镜，让他来来回回阅读关于自己的新闻，而她自己则在一旁教孩子把皮球抛出又传回的见习修女的运动，这时他会看到自己出现在那么古旧的照片里，很多照片上的人甚至根本不是他，而是那个为他而死、名字已被他忘记的老替身，他会发现自己在主持从彗星年代开始他就没再参加过的礼拜二部长会议，他会知晓他的文书部长们用来赞颂他的历史性的词汇，他会在八月下午大片流浪的云朵下的闷热中边读边打瞌睡，一点一点地浸在午休时段黏稠的汗液中，嘴里嘟囔着，这狗屁报纸，他妈的，真不知道人们是怎么忍受它的，他嘟囔道，但那并不愉快的阅读还是为他留下了些什么，因为从短暂轻薄的梦中醒来后，他便已受新闻的启发想出了某个新主意，他会让莱蒂西娅·纳萨雷诺替他传令给各个部长，而他们也会请她转达回复，并且试着从她的思想中窥探到他的思想，因为你就是那个我希望来传达我最高思想的人，你就是我的声音、我的道理和我的力量，在那个围困着他而他又无法进入的世界上，她是他在永恒熔岩的喧嚣声中最忠诚最专注的耳朵，然而最终掌控他命运的神明其实是写在仆人厕所墙壁上的匿名词句，从中他可以猜出无人敢向他揭示的隐秘真相，连你也不敢，莱蒂西娅，他会在清晨从牛棚回来的路上，趁负责清洁的勤务兵将它们擦除之前去读上一番，他还命人每天都用石灰把厕所的墙壁抹白，这样一来，便没有人能抵挡得住发泄深藏于心的怨恨的诱惑，在那里他了解了最高司令部的苦闷，知晓了那些在他的庇荫下发迹又在他的背后鄙弃他的人压抑着的企图，当他成功地从那个女恶棍的纸上的显影之镜中参透了人心之谜时，他感觉他就是自己全部权力的主宰，于是在多年之后，他又开始唱着歌，透过雾霭般的蚊帐望着他唯一的合法的妻子莱蒂西娅·纳萨雷诺的搁浅母鲸的晨梦，起床吧，他唱道，我心里已经六点了，海洋已经归位，生活正在继续，莱蒂西娅，在他的那么多个女人中，唯有她的生命是不可预见的，她已经从他那里得到了几乎一切，只差一项简单的特权：让他在床上与她一同待到天亮，因为他在最后一次做爱后总会离开，会在他的老光棍的卧室门楣上挂起用来逃命的灯，会锁上那三把门环、三个插销、三道门闩，面朝下倒在地上，孤身一人，穿着衣服，与你出现以前他在每个夜晚所做的一样，与没有你以后直到他那孤独溺死者的梦中的最后一晚所做的一样，他会在去过牛棚之后回到你充斥着黑暗之兽味道的房间，继续给你你想要的一切，比他的母亲本蒂希翁·阿尔瓦拉多得无法计量的遗产还要多得多，比古往今来任何人梦寐以求的还要多得多，而且不仅满足她，也满足她无穷尽的从安的列斯群岛中的无名小岛过来的亲戚，他们除了一身皮囊外一文不名，除了那个相同的纳萨雷诺，别无名号，那是一个粗俗乖戾的家族，男人鲁莽，女人则因为炽热的贪婪而面红耳赤，他们迅速垄断了盐、烟与饮用水的买卖，那本是他为了打消各兵种的将军们别样的野心而赐予他们的旧时特权，却被莱蒂西娅·纳萨雷诺通过一个个他没有发布却批准了的命令一点点地卷走了，同意，他废除了五马分尸的野蛮刑罚，并用登陆军司令赠予的电椅取而代之，以让我们也能享有文明的杀人方法，他造访了港口碉堡的恐怖实验室，在那里他们挑选最精疲力竭的政治犯来演练如何操控死亡王位，它每一次放电都要耗去全城的发电量，而我们也因此知晓了死亡实验的精确时刻，因为我们的呼吸在那一刹那的黑暗中被恐惧切断了，我们会在港口的妓院里保持一分钟的安静，会为那个受刑的灵魂干杯，不是一杯而是很多杯，因为大部分受难者会带着血肠般的身体和冒着烟的肉挂在椅子的钢带上并且仍在痛苦呻吟，直到几次失败的实验后某个人发善心开枪把他们打死，这都是为了让你高兴，莱蒂西娅，为了你他清空了牢房，再一次批准他的敌人回国，并颁布了一则复活节公告，为的是不让任何人因持异见而受到惩罚，因思想问题而受迫害，他在他的深秋中真诚地相信了，哪怕是他最顽固的敌手，也有权享有他在一月迷人的夜晚与那个女人享有的那种欢愉，她是唯一配享有那份荣耀的女人，可以看见他不穿衬衫、只穿长衬裤的模样和那被总统府露台上的月光染成金色的巨大疝气，他们会一同欣赏巴比伦国王王后在那些年的圣诞节前后送来、让他们栽种在雨水庭院中的神秘白柳，会凝视永恒的水上那碎裂的太阳，会仰望被缠进繁茂枝叶的北极星，他们会听落地式收音机的节目探究宇宙，但不时会被一闪而过的星球的嘘声干扰，他们会一起收听每日连播的古巴圣地亚哥的小说，他们的灵魂也因它感染上焦虑情绪，不晓得咱们还能不能活到明天看着这不幸怎么解决，在哄孩子上床睡觉之前，他会陪他玩一会儿，教给他战争武器所有可知的使用和维护之道，关于那门他比任何人都精通的人类科学，他只给了他一个忠告，绝不要下达你不确定能否被执行的命令，他一遍遍地重复，直到确定他不会忘记，一个大权在握、发号施令的人一辈子唯一绝不能犯的错误就是下达他不确定能否被执行的命令，这一忠告与其说来自一位英明的父亲，不如说是出自一位谨小慎微的祖父，那孩子即使与他同样长寿也永生难忘，因为他一边这样教导他，一边准备让六岁的他第一次发射后坐力炮，它灾难般的爆炸声让我们错以为是一场干雷暴，伴随着闪电、火山爆发般的轰鸣与来自里瓦达维亚海军准将城的极地狂风，那风将海洋的腑脏翻转，将驻扎在旧时黑奴港口广场上的马戏团的动物席卷上天，于是我们用渔网捞到了大象，发现窒息的小丑和长颈鹿挂在秋千上,然而几小时后到来的运送香蕉的船奇迹般地没有被狂躁的风暴打沉,船上载着年轻的日后将以鲁文·达里奥的名字享誉的诗人菲利克斯·鲁文·加西亚·萨米恩托,幸运的是,海面在四点钟的时候平静了下来,洗涤过的空气里满是飞蚁,他从卧室窗户探出头去,看到了一艘已拆下桅杆的白色小船在港口小丘的庇护中,在被风暴的硫黄净化过的午后,向右舷倾斜着,在缓流中安然行驶,他看到了后甲板上的船长正指挥着繁复的操作以向那位穿深色呢子外套和双排扣马甲的尊贵旅客致敬,他直到这个礼拜日晚上才会听说来客的名字,莱蒂西娅·纳萨雷诺向他索求难以想象的恩宠,请他陪她去国家剧院观看诗歌晚会,他眼都没眨就答应了,同意。我们在池座的混浊空气中站着等了三个小时,穿着他们在最后一刻要求众人换上的晚礼服憋闷难耐,当国歌终于奏响、我们鼓着掌转身面向有国徽标识的包厢时,那个矮胖的见习修女出现了,她戴着饰有卷曲羽毛的帽子,身着塔夫绸裙,外披垂坠的夜狐尾巴,她没有行礼便坐在了身穿晚礼服的王子旁边,那孩子捏着缎面手套,用它百合般的空荡的手指向人们的欢呼回了礼,因为他母亲对他说过另一个时代的王子就是这么做的,我们没在包厢中看到别人,但在两小时的朗诵中,我们内心都承受着他在那里的事实,都感受到了那个监视着我们的命运以免它被诗歌的无序打乱的无形的存在,在漆黑的包厢角落,他规定着爱,决定着死亡的强度与期限,没有被看到的他在那个角落里看着那头壮实的人身牛头怪，怪物发出如海上霹雳般的声音，将他从他的座位上，从他的时刻里举到空中，未经他允许便让他飘浮在马尔斯与弥涅耳瓦那凯旋门的清亮号角的金色巨响中，那荣耀不是他的，将军阁下，他看到了扛战旗的骁勇大力士黑色的猎犬钉铁掌的强壮战马戴粗糙羽冠的勇士的长枪长矛，勇士们抓着那面怪异的旗帜，衬托着那些不属于他的武器，他看到了凶猛青年组成的军队顶着赤夏烈日、冒着寒冬风雪，挑战着夜晚、霜寒、仇恨与死亡，只为那个比做赤脚游击队员时的他于高烧的长时间谵妄中所梦到的更为伟大、更为荣耀的不朽祖国的隽永辉煌，在他于阴影中批准的地震般的掌声中他感受到了自己的可怜与渺小，他想着我的母亲本蒂希翁·阿尔瓦拉多啊，这才叫游行，不是这帮人给我组织的那种狗屎玩意儿，他在倦意中，在长脚蚊、金色劣质漆涂抹的柱子以及尊贵包厢颓萎的天鹅绒间，觉得自己孤独且微不足道，他妈的，那个印第安人怎么可能用擦屁股的手写出这么美的东西，他自言自语道，他因那笔下彰显出的美而兴奋异常，于是拖着他那被俘大象般的腿，和着鼓手击出的战鼓节奏走起来，莱蒂西娅·纳萨雷诺会在院中木棉凯旋门的阴影下为他念诵热情合唱团的响亮颂歌，而他会伴着那光辉声音的节奏昏昏欲睡，他会在厕所的墙壁上写下诗句，会在牛棚里母牛粪便的温热仙境中试着背下整个诗篇，就在此时，停在车库中总统汽车里的炸弹提前引爆，撼动了大地，太可怕了，将军阁下,那爆炸的威力如此巨大,甚至几个月后我们还能在全城范围内找到那辆装甲汽车的扭曲碎片,本来莱蒂西娅·纳萨雷诺要在一小时之后坐着它带孩子去礼拜三的市场,所以那袭击是针对她的,将军阁下,毫无疑问,于是他一拍脑门,他妈的,我怎么就没早点想到呢,他传奇般的洞察力怎么了,从几个月前开始,厕所涂鸦的矛头就已经不再指向他或偶尔指向他的某些民事部长了,而是对纳萨雷诺家族的肆意妄为或教会人员的勃勃野心有感而发,前者就要开始啃噬专为最高司令们保留的肥差,而后者则企图从世俗权力中获取不可计量的永恒利益,他发现针对他的母亲本蒂希翁·阿尔瓦拉多的单纯抨击已经变成了鹦鹉口中的辱骂,变成了在厕所中温和的法外之地成熟起来的表达隐秘愤恨的匿名告示,直至最后它们被传到了街上,就像从前各种无伤大雅的丑闻一样,它们是由他自己负责传出去的,只是他从来不曾也无法料到,它们竟能如此凶猛,凶猛到放了两担炸药在总统府的高墙内,这帮阴险的杂种,他怎么可能如此痴迷于那些胜利的青铜,而使他的凶残老虎的敏锐嗅觉放过了散发着古老的甜美气味的危险,这是怎么回事啊,于是他紧急召集了最高司令部的成员,十四位战战兢兢的军人,在做了这么多年的平庸工作,发布了这么多年的二手令后,我们又在两寻开外见到了那位不真切的老人,他的真实存在是他的谜团中最没有悬念的,他坐在会客厅中如王位一般的椅子上接待了我们,穿着有臭鼬尿液味道的列兵军服,戴着我们在他最新的肖像中都没见过的精致的纯金边眼镜，比任何人所想象的都更加苍老与疏离，只有那双没戴缎面手套的虚弱的手除外，它们不像军人应有的手，而像哪个更年轻、心肠更软的人的手，除了它们之外，其余的一切都压抑阴暗，我们越观察就越能断定，他只剩一口气了，但那一口却是拥有毁灭力量的不可悖逆的威权之气，甚至连他自己都需要使出驯服一匹桀骜野马的力气才能控制住它，当我们尊他为无上的将军领袖并向他敬礼时，他没有开口，甚至连头都没倾一下，直到我们在摆成一圈的安乐椅上面对他坐下后，他才摘下眼镜，开始用那双观察入微的能够发现我们别有用心的负鼠藏身洞般的眼睛端详我们，他毫不留情地观察着他们，一个挨一个，用尽所需要的每一分每一秒来确认自从记忆中那个模糊的下午，那个他随手一指将他们提拔至最高位的下午开始，我们每个人有了多大改变，在这一过程中，他愈发深信那场暗杀的始作俑者就在这十四个隐蔽的敌人当中，但他同时又觉得自己在他们面前是那样孤独而缺乏保护，于是他眨了下眼，微微抬了下头，规劝大家现在比任何时候都更要为国家的利益、为军队的荣耀着想，他为他们鼓气，忠告他们要谨慎，而后交给他们一项光荣的任务，毫不手软地揪出暗杀的发动者并把他们交给军事法庭严肃处理，就这些，先生们，他结束了讲话，心里清楚发动者就是他们中的一人，或者所有人，他遭到了致命的重创，因为他不可避免地确信莱蒂西娅·纳萨雷诺的生死并不取决于上帝的意志,而是取决于智慧,凭借它,他也许能将她从那个早晚会到来并且无法化解的威胁中解救出来,他妈的。他强行取消了她的公开露面,强迫她最蛮横的亲属放弃了所有可能触及军权阶层利益的特权,将那些最明事理的任命为徒有虚名的领事,而那些最嗜血暴戾的则被我们发现漂浮在市场下水道的烂泥中,他临时出现在部长会议中空了多年的座位上,决定限制教士阶层渗入国家事务,以保证你不受到敌人的伤害,莱蒂西娅,他在做出最初的震撼人心的决定后对最高司令部进行了深入的查探,于是深信,除了总司令这个最老的伙伴外,还有七名将军对他忠心耿耿,然而他仍乏力对付剩下的六个谜团,他们拉长了他的夜晚,让他无可避免地感觉莱蒂西娅·纳萨雷诺的死期已近,他们正从他双手的空隙钻进来杀她,虽然他严格地检查她的食物,因为之前在面包里发现了一根鱼刺,他测量她呼吸的空气的纯度,害怕他们在杀虫剂中掺杂毒药,他看出她在饭桌上苍白无力,感觉到她在欢爱中声音暗哑,一想到他们可能在她的饮用水里放了黑呕病病菌、在眼药水中投了硫酸,他就备受折磨,精巧的死亡阴谋在那段日子里的每一天都让他苦楚难耐,让他在半夜惊醒,因为在他逼真的梦魇中,莱蒂西娅·纳萨雷诺中了印第安人的巫术血流不止,他因为如此多想象中的危险和现实中的威胁而惶惑失措,于是命令她出门时必须带上勇猛而训练有素的可以无条件杀人的总统护卫队,但她走了,将军阁下,还带着孩子,他拼命抑制着不祥的预感，看着他们上了新的装甲车，他站在天井阳台上用驱邪的手势向他们告别，乞求着我的母亲本蒂希翁·阿尔瓦拉多，守护他们吧，让子弹打在她的紧身背心上反弹出去吧，让鸦片瘾平息吧，让扭曲的思想都被矫正吧，他一刻不停地祈祷，直到听见武器广场上传来警笛声，直到看见莱蒂西娅·纳萨雷诺和孩子沐着灯塔最初的几缕光线穿过庭院，她激动而快乐地回来了，身边的卫队成员背着为圣诞节期间的夜晚准备的活火鸡、恩维加多的兰花与彩色串灯，街上也已有圣诞夜的宣传广告，那是他为了掩盖自己的不安而命人制作的有闪亮星星的牌板，他在楼梯上迎接她，好在蓝狐尾巴的樟脑丸味的湿气里、你病人的发绺的酸臭汗液中感受你仍然活着，他帮你把礼物送到卧室，莫名其妙地笃信自己正在享用那场他宁愿未享用的该死欢乐的最后碎片，他越是确信自己为缓解无法承受的焦虑而采取的每项措施、为帮她避灾而走的每一步都将他无情地推向那个逼近的我的不幸的恐怖礼拜三，他便越是绝望，那天他做出了重大决定，不干了，他妈的，该来就快点儿来，他决定了，而那仿佛一个爆破令，还没来得及下达完就有两个副官闯入办公室报告了可怕的消息，莱蒂西娅·纳萨雷诺和孩子被市场里的野狗撕碎了，被它们一块块地吃掉了，活活吃掉了，将军阁下，但它们不是寻常的街头野狗，而是一群猛兽，有着惊悚的黄眼珠和光滑如鲨鱼的皮，是有人养来对付那些蓝狐的，六十只一模一样的狗，没人知道它们是怎么从蔬菜摊中窜出来扑到莱蒂西娅·纳萨雷诺和孩子身上的，没给我们留一点射击的机会，因为我们怕错杀了他们，因为他们仿佛与那些狗一起憋在了地狱的旋涡中，我们只看见几只手向我们伸来一晃而过，其余的身体则在一块一块地消失，我们看到了几抹转瞬即逝、难以捉摸的表情，时而恐惧、时而悲哀、时而喜悦，它们最终都陷落进了抢夺的旋涡，只剩莱蒂西娅·纳萨雷诺的淡紫色毛毡帽还在图腾柱般的女菜贩那冷漠的恐惧前飘浮，她们身上溅上了滚烫的鲜血，都在祷告说我的上帝啊，如果将军不想，或者至少，如果他不知情，这事便不会发生，这将是总统护卫队永难抹杀的耻辱，因为他们一枪未放，只救回来了散落在鲜血淋漓的蔬菜上的白骨，没有别的了，将军阁下，我们唯一找到的是孩子的这些奖章、没了流苏的军刀，以及莱蒂西娅·纳萨雷诺的羊皮鞋，没人知道它们为什么会出现在离市场一西班牙里远的海湾，在水上漂着，还有彩色玻璃项链、钩织钱包，这些我们现在都交到您手上，还有这三把钥匙、这枚发黑了的黄金婚戒，以及这些放在写字台上请他数算的面值十分一共五十分的硬币，没有别的了，将军阁下，这是他们留下的全部东西。如果那时候他知道自己不用太多年也不用太艰难就会将那个无法避免的礼拜三的最后一丝记忆彻底抹去，那么他们留下的东西再多一点或再少一点对他来说也便无关紧要了，他愤怒地哭着，因拴在院中过夜的狗的叫声而备受烦扰折磨，愤怒地吼叫着醒来，同时琢磨着我们拿它们怎么办，将军阁下，他茫然自问，是不是杀了那群狗就相当于把它们肚子里的莱蒂西娅·纳萨雷诺和孩子再杀一遍，他命人推倒了菜市场的钢铁穹顶并在原地建起了一座玉兰花与鹌鹑的花园，园中安置了一座大理石十字架，它散发的光辉比灯塔的光芒更高更亮，好让后代直至时间尽头仍记得一个被载入史册的女人，一个早在那座纪念碑被一次夜间爆炸摧毁之前便已被他忘怀的女人，纪念碑后来也无人重建，玉兰花都被猪吃了，纪念公园也沦为充斥着恶臭烂泥的垃圾场，对此他一无所知，这不仅因为他命令总统司机哪怕绕世界一个圈也要避免经过从前的菜市场，还因为自从将办公人员送到各部委的阳光玻璃楼后，他就再也没有出过门，只是和极个别留下来的公务人员生活在那栋破败屋宇内，那里依他的命令，不再留存皇后你迫切需求之物的任何痕迹了，莱蒂西娅，他在空洞洞的府中游荡，不处理任何为人所知的事务，只是回复司令部偶尔的问询、为某场艰难的部长会议做最终决断，或是应付威尔逊大使居心不良的来访，大使总是在木棉的繁茂枝叶下陪伴他直至午后许久，给他带来巴尔的摩的糖果和印有女人裸体彩画的杂志，以试图说服他将领水卖给他作为巨额外债利息的抵偿，他任他一直说着，只随自己的需要装出比实际能听见的更多或更少的样子，他听着隔壁女校的学生合唱着上了色的小鸟停在青柠檬树枝上，借此抵御对方的巧言令色，暮色初降时，他会一直陪他走到楼梯口并试着对他解释，您可以带走任何您想要的，只除了我窗外的这片海,您想想,如果现在不能像以前一样,在这个时间看到它,看到那个火焰的泥塘,我一个人在这么大的房子里该怎么办,如果没有了十二月从破玻璃窗钻进来的呼呼风声我该怎么办,如果不见了灯塔的绿光我该怎么活,我离开了我雾蒙蒙的高地荒漠去参军,在联邦战争的混乱中发高烧差点丢了性命,您要相信我这么做不是因为字典上说的爱国主义,也不是出于冒险精神,更不是说我会在乎什么上帝在他的天国践行联邦制准则,不是,我亲爱的威尔逊,我做这一切,都是为了看看海,所以您还是想点儿别的吧,他说,他会在楼梯上拍拍他的肩膀与他告别,折回去时把老办公室废弃厅堂的灯都打开,其间有一个下午,他在那里撞见了一头迷路的母牛,于是便往楼梯方向轰赶它,那牲畜被地毯上的补丁绊了一下,一头栽倒滚下去,扭断了脖子,这可为麻风病人提供了乐趣和吃食,他们一哄而上想将它扯碎,这些人是在莱蒂西娅·纳萨雷诺死后回来的,再一次和盲人及瘫痪患者聚在了院中的野玫瑰丛里,一起企盼着他手中的治病之盐,他会在有星星的夜晚听见他们唱歌,会和他们一起唱起那首他荣光年代的歌曲苏珊娜来吧苏珊娜,他还会在下午五点从谷仓的天窗探出头去看放了学的女孩子,那些蓝色校服裙、齐踝短袜与发辫让他看得入迷,母亲啊,我们会被那双仿佛患了结核病的鬼魅的眼睛吓跑,他就在那些铁条间,用戴着手指处破洞手套的手招呼着,小姑娘,小姑娘,他会这样叫我们,过来让我摸摸你,他会一边看着她们惊慌逃离,一边想着我的母亲本蒂希翁·阿尔瓦拉多啊,现在的年轻人可真年轻,他会自嘲,不过又会在请私人医生卫生部长来吃午饭时与自己和解,部长每次都会举着放大镜为他检查视网膜,还会测量他的脉搏,并试着强迫他吃下一勺勺富含钙和维生素的药片好堵住我记忆的下水道口,真是胡闹,还给我喂药,我这辈子可是除了战争期间的间日疟,还没得过什么灾病,狗屁医生,于是孤独的桌上就只剩下他一人仍在吃,他背朝着世界,因为马里兰来的博学的大使之前告诉过他,摩洛哥的国王王后就是这么吃饭的,他遵守着那个已被遗忘的女老师的严格规定,昂着头手握刀叉,他会跑遍整座房子去找刚藏完几小时便会忘记放在哪儿了的小瓶蜂蜜,却意外地发现了那些记事本的空白页边卷成的纸卷,那是他在从前的某个时代写下的,以备日后有一天什么都不记得时仍可以什么都不忘记,他读到一张,明天是礼拜二,他念道,在你的白手绢上有一个词的首字母,一个不是你名字首字母的红色字母,我的主人,他好奇地念道,我的灵魂莱蒂西娅·纳萨雷诺,看看没有你我落到了什么地步,他到处都能念到莱蒂西娅·纳萨雷诺的名字,却不能明白一个人要有多么不幸才能写下那串叹息,但这些是我的字迹,是那时厕所墙上独一无二的左手书写的字体,在那里他写下了将军万岁来安慰自己,万岁,他妈的,就为了一个从修道院跑出来的女人而沦为陆海空三军将士中最软弱的一个,他曾因此而愤懑,但这怒气已彻底消散,至于那女人,眼下已如他早先判断的一样，只剩下纸条上用铅笔写下的名字而已，他甚至都不愿再碰副官们放在写字台上的东西，看都不看就命令道，把那双鞋、那些钥匙，把所有能让人想到他们的死亡画面的东西都拿走，把所有曾属于那两人的东西都放到那间他们毫无节制的午休的卧房中去，将门窗封上，他最后下令任何人不得入内，我让进都不许进，他妈的，他认为对那些狗的任何伤害都会再次令他的亡者疼痛，于是几个月来一直把它们拴在院中，夜里它们可怖的叫声令他不寒而栗，但他艰难地活了下来，在吊床上自暴自弃，愤恨得颤抖痉挛，因为他明知谁是杀害他亲人的凶手，却不得不忍气吞声，还要在自己的屋子中与他们见面，因为那时他缺乏对抗他们的力量，他始终反对举行任何形式的悼念活动，禁止吊唁性质的探望与服丧，他在那棵木棉的庇佑下，在阴凉中的吊床上躁怒地晃来晃去，等待着他的时刻到来并听我最后一个兄弟表达了最高司令部的得意，因为民众平静有序地承受了这场悲剧，而他微微一笑，别傻了朋友，什么平静什么有序，对这些人来说，这不幸就他妈的不算什么，他将报纸翻来覆去地反复研读，希望在他自己的出版机构杜撰的消息之外，再找到别的什么，他把收音机放在手边，听着从韦拉克鲁斯到里奥班巴的每个电台对同一条新闻的播报，说军队已经掌握了刺杀发动者的可靠线索，于是他喃喃道，当然了，你们这帮狼蛛崽子，他们已经确凿无疑地认定了他们的身份，当然了，还用迫击炮包围了躲在郊区一个地下妓院里的他们，好了，他叹息道，可怜的人啊，他仍旧待在吊床上，没有流露出一丝邪恶的神色，只是哀求着我的母亲本蒂希翁·阿尔瓦拉多，给我生命让我复仇吧，别松开你的手，母亲，给我些启发吧，他深深相信祈祷的力量，因而等我们这些负责维护公共秩序与国家安全的最高司令去向他报告时，看到他已经走出了伤痛，我们告诉他已有三名罪犯在与警方的交火中死亡，另外两名被关在圣赫洛尼莫的牢房中待您处置，将军阁下，他坐在吊床上说了句啊哈，手中拿着罐果汁给我们每人分了一杯，平心静气得仿佛一名出色的神枪手，并且比任何时候都更谨慎殷勤，他甚至猜到了我想抽根烟的渴望，竟然打破不许现役军人抽烟的禁忌，给了我许可，在这棵树下咱们都一样，他说道，而后便开始不带怨愤地听起市场凶案的详细报告，他们从苏格兰分批把八十二只初生的猎犬带来，其中的二十二只在驯养过程中死掉，六十只接受了一个苏格兰驯兽师邪恶的杀人训练，被灌输了一种意在犯罪的仇恨，不仅针对蓝狐，也针对莱蒂西娅·纳萨雷诺本人及孩子，借助的是这些他们一点点从民政大楼洗衣房偷出来的衣物，莱蒂西娅·纳萨雷诺的这件紧身背心、这块手绢、这些短袜，孩子的这一整套制服，我们把它们展示在他面前让他确认，他却看都没看，只说了句啊哈，我们向他讲述了他们如何训练那六十只狗，尤其是在不该叫时要保持沉默，他们让它们习惯并喜欢上人肉的滋味，一连进行几年的艰苦训练，将它们关在离首都七西班牙里的中国人的旧农场内，与外界隔绝，那里有穿着莱蒂西娅·纳萨雷诺和孩子的衣服的真人大小的半身像，还有这些原版画像和剪报，用来让那些狗认识他们，我们把它们都贴在了一个相册上，好让您看清这些杂种无懈可击的活计，将军阁下，不管其他人怎么样，他竟看都没看，只说了句啊哈，最后，我们对他说，凶手并不是自发行动的，当然了，他们只是一个反动兄弟会的代办人，兄弟会基地在国外，标志是这个刀与鹅毛交叉的图案，啊哈，他们都是有前科的逃犯，犯过其他危害国家安全的罪行、上过军事法庭，我们在相册上给他指出这三个已死的罪犯，图片上的他们脖子上都挂着各自的备案编码，这两个是还活着的，正在监狱里等待您不容更改的判决，将军阁下，他们是茅利希奥·彭塞·德莱昂和古马罗·彭塞·德莱昂两兄弟，一个二十八岁一个二十三岁，前者是部队逃兵，没有固定工作和住所，后者是工艺美术学校的陶艺教师，见到他们俩那些狗兴高采烈、十分亲密，这一点就足以作为罪证，将军阁下，而他只说了句啊哈，然后在当天的议事表格中记录下了三名破案的警官，并在一场庄严的仪式上授予他们军功奖章，表彰他们对祖国的贡献，就在那场仪式上，他决定速战速决，即刻审判了茅利希奥·彭塞·德莱昂和古马罗·彭塞·德莱昂两兄弟，并宣布处以死刑，四十八小时之内执行枪决，除非您能开恩，将军阁下，您说了算。他一直孤独而出神地待在吊床上，对全世界要求赦免的呼吁无动于衷，他在收音机里听到了国际联盟毫无成效的辩论，听到了邻国的谩骂和一些遥远国家的声援，他同样仔细地听了部长们的看法，他们有的委婉地支持网开一面，有的尖锐地陈述应当严惩不贷，他拒绝接见带着罗马教皇私人信函前来的使节，信中表达了教皇对那两只迷途羔羊的命运的关切，他听说全国的秩序因他的沉默而紊乱，他听见了遥远的枪声，感受到了大地因一艘停泊于海湾的战船无来由的爆炸而震动，十一人死亡，将军阁下，八十二人受伤，船只报废，同意，他一面说着，一面从卧室窗口望向海湾燃烧的夜火，与此同时，那两个死刑犯在圣赫洛尼莫基地灼热的圣堂内开始他们的最后一夜，他在照片上看到了他们遗传自同一位母亲的竖立眉形，于是想到了他们，想到了死亡狱室里永远亮着的灯盏下颈上挂着相连两个号码牌的颤抖而孤独的他们，他感觉他们正想着他，知道他在被需要、被哀求，但惯常地重复了生命中的又一天后，他没有做任何会模糊自己意志方向的微小动作，他与侍从道了别，后者将通宵守在卧室前，时刻准备传达他在鸡鸣前下达的口谕，他经过时向他道了声晚安，上尉，但没有去看他，他将灯挂在门楣上，锁上那三把门环、三道门闩、三个插销，趴着沉入了一个警觉的梦，透过它脆弱的薄墙，他仍能听到院中群狗焦渴的叫声、救护车的警笛声、鞭炮声，以及在这个被严酷的判决搅得人心惶惶的城市的空气中飘荡着的一场可疑欢庆会的阵阵乐声，他在大教堂十二点的钟声中醒来，在两点时又一次醒来，在三点前打在窗户铁栅上的噼啪的雨声中再一次醒来，于是他以阉牛的姿势艰难地从地上起身，先抬起臀部，而后是前腿，最后是那颗茫然的、下唇上挂着一线口水的脑袋，随后他下了第一道命令，让安保官员将那群狗带到我听不见它们叫声的地方去，由政府负责照顾，直到它们自然死亡，第二道命令，他赋予莱蒂西娅·纳萨雷诺和孩子的卫队士兵无条件的自由，最后一道命令，一得到我这条不得上诉的最高指示就立即执行茅利希奥·彭塞·德莱昂和古马罗·彭塞·德莱昂两兄弟的死刑，但地点不是人们预想的枪决墙前，而是已废弃的五马分尸刑场，两人的肢体将被带到他过去浩瀚的沉重王国里最显眼的地方，曝于公众的激愤和恐惧之中，可怜的小伙子们，他一边拖着自己如受重伤的大象的脚掌般硕大的双脚，一边愤懑地哀求，我的母亲本蒂希翁·阿尔瓦拉多啊，帮帮我吧，别松开你的手，母亲啊，让我找到那个能帮我报这无辜血仇的人吧，一个他在怨恨的谵妄中想象出的上天注定的人，他带着不可遏止的渴求在眼皮底下寻找着他，他试着在声音最纤细的痕迹中、心脏的搏动中、回忆里最被忽视的罅隙中发现躲藏着的他，当他已不再指望能找到他时，却发现自己被我亲眼见过的最耀眼最高傲的人吸引住了，母亲啊，他好像从前的那些哥特佬一样，身着亨利·普尔牌上装，扣眼中插一枝栀子花，搭配派克维的裤子，外套一件泛着银光的锦缎马甲，散发着自然的优雅气质，并用皮带牵着一只有人类眼睛和牛犊身形的沉默的杜宾犬，在欧洲最难跻身的沙龙中大放光彩，在下何塞·伊格纳西奥·萨恩斯·德拉巴拉，愿为阁下效劳，他自我介绍道，他是被联邦考迪罗扫除的我们的贵族阶层所遗留的最后子嗣，这一阶层连同他们贫瘠的伟大梦想、他们空阔而忧郁的豪宅与他们的法语口音，都被从这国家的脸面上扫除了，他是这个族群的绚烂尾声，除了三十二岁的年龄、七种语言以及在多维尔保持的四项射鸽比赛的纪录之外，他别无所有，他身形颀长而结实，皮肤呈铁色，混血人的头发梳成中分，其中一绺染成白色，两线薄唇透着永不屈服的毅力，有着天佑之人的果敢眼神，他握着樱桃木手杖在宴会厅田园春色的哥白林织毯前装出打板球的样子，让人为他照彩色相片，在看到他的那一刻，他松了口气，自言自语道，就是他，于是就是他了。他投入了工作，并附以简单的承诺，您先支付我八亿五千万并允许我不用向任何人报账，除阁下您之外，我不再听命于任何人，两年之内我会向您交出杀害莱蒂西娅·纳萨雷诺及孩子的真凶的脑袋，他接受了，同意，在将权力之匙交到他手上之前，他让他经历了多场艰难的考验，以观察他精神的险境、他意志的局限、他品性的瑕疵，确证了他的忠诚和效率，在最终考验他的残酷的多米诺骨牌局上，何塞·伊格纳西奥·萨恩斯·德拉巴拉展示出了无所畏惧地擅自战胜他的魄力，于是他赢了，他是我亲眼见过的最大胆的人，母亲啊，他的耐心没有死角，他什么都知道，懂得七十二种煮咖啡的方法，分得出海贝的性别，读得懂乐谱和盲文，他会站在那儿盯着我的眼睛，也不说话，而面对他坚毅的脸庞、他懒懒地拄着樱桃木拐杖的双手、他无名指上戴着的晨水石，面对躺在他脚边的那只大狗，那只皮毛如天鹅绒般的沉睡却警惕而凶狠的狗，面对他那副对柔情与死亡免疫的身体，那副我见过的最俊美最自制的男人的身体所散发出的浴盐香气，我真不知道该做什么了，这时他鼓足勇气对我说，若不是出于义务，我不会当兵的，因为那些军人都是和您完全相反的人，将军，他们的野心很肤浅，一会儿就没有了，相比权力，他们对管事更感兴趣，他们不为某件事服务只为某个人干活，因此，想利用他们太容易了，他说，尤其是用其中一些人去对付另一些，我知道在那个人面前隐瞒不住自己的想法，于是只好笑了笑，他给了他继我的兄弟罗德里戈·德阿吉拉尔——愿他已安坐于上帝右侧的圣位——之后在他的统治下无人能及的权力，他使他成为他的私人帝国中一个秘密帝国的绝对主人，那是一项执行镇压与灭口任务的隐形工作，不仅没有一个官方身份，甚至让人难以相信它的真实存在，因为无人负责它的行动，它连个名称、连个在这世上的落脚地都没有，然而它的确是一个可怖的事实，在最高司令部确认它的由来与深不可测的性质之前，它便早早地被诉诸恐怖手段并且凌驾于国家的其他镇压机构之上，即便您自己都没有预见到那台恐怖机器的作为，连我自己都不怀疑在他接受协议的那一刻，我便开始任由那个穿得像王子一样的野蛮人不可抗拒的魅力，任由他欲望的触角摆布，他给总统府寄来了一个龙舌兰叶编织袋，像是塞满了椰子，于是他命人将它拿到那边不碍事的地方，放进一个嵌入墙内装满资料的文件柜中，而后就把它忘记了，三天之后，府中便无法住人，牲畜尸体的腐烂味道穿墙而出，散着恶臭的水雾污染了镜面的光泽，我们去厨房寻找那臭气，在牛圈中也闻到了它，我们用薰香驱赶办公室里的味道，但它又散进会客厅去与他们碰面，它满溢着腐烂玫瑰的臭味，渗入最隐蔽的缝隙，即便在当年的瘟疫时期，夜晚空气中的种种香味里藏匿的疥疮那最细微的气息都无法钻入那里，事实上它在我们最不会去寻找的那个似乎装着椰子的口袋中，那是何塞·伊格纳西奥·萨恩斯·德拉巴拉按协议寄来的第一批成果，是六颗分别附有死亡证明的头颅：石器时代的盲人显贵堂内波穆塞诺·埃斯特拉达的头，其人九十四岁，仅剩的一名经历过大战的老兵、激进党派创始人，据附加证明所述，他于五月十四日死于老年性衰竭，内波穆塞诺·埃斯特拉达·德拉富恩特医生的头，其人为前一人之子，五十七岁，顺势疗法医师，据附加证明所述，于他父亲死亡的当天死于冠状动脉血栓，埃利埃塞尔·卡斯托尔的头，其人二十一岁，人文科学学生，据附加证明所述，因在食堂里的一场斗殴中被利器刺伤多处，不治身亡，莉蒂瑟·圣地亚哥的头，其人三十二岁，地下活动家，据附加证明所述，因非法堕胎而亡，洛克·宾松的头，其人绰号无影者哈辛托，三十八岁，彩球制造者，于前者死亡当天因酒精中毒而亡，最后是纳塔利西奥·路易兹的头,其人为十月十七日秘密运动的秘书,三十岁,据附加证明所述,因情场失意用手枪射穿上腭而亡,共六个,他一边在臭气与惧意的搅扰下火冒三丈地签下相应的收条,一边想着我的母亲本蒂希翁·阿尔瓦拉多啊,这个男人是头野兽,光看他那神秘的气息和扣眼上的花朵,谁能想象得到呢,他命令道,别再给我送肉来了,纳乔①,有您的一句话就够了,但萨恩斯·德拉巴拉反对说,那是君子之约,将军,如果您没有胆量直面真相,那就拿回您的金子吧,咱们还和从前一样是朋友,这算什么事儿,为了比这少得多的钱,他甚至连自己的母亲都能枪毙,但他没说出口,这倒不至于,纳乔,他说,尽您的责任去吧,于是一颗颗脑袋就这样被装在那些晦暗的像装了椰子的龙舌兰叶编织袋中滚滚而来,而他则会恶心得反胃,一边命人把它们拿得远远的,一边阅读详细的死亡证明以便签署收据,同意,在签下第九百一十八个他最激进的敌对者头颅的收条的夜晚,他梦见自己变成了一只仅有一根指头的动物,在潮湿的水泥平原上留下一串指印,他带着苦涩的胆汁醒来,摆脱清晨的不悦,在挤奶棚有酸臭回忆的粪坑中数算着脑袋的数量,他深深地沉浸在他老年人的思绪中,以致混淆了鼓膜的嗡鸣与腐烂草叶上昆虫的叫声,他想着我的母亲本蒂希翁·阿尔瓦拉多啊,已经这么多脑袋了,怎么会还不见

---

① 伊格纳西奥的昵称。

那些真凶，但萨恩斯·德拉巴拉让他注意到，每六个脑袋都会制造出六十个敌人，每六十个都会制造出六百个，之后是六千个，再之后是六百万个，整个国家，他妈的，咱们永远都搞不完了，但萨恩斯·德拉巴拉无动于衷地回应说，您安心睡吧将军，等他们都完蛋了咱们也就搞完了，真野蛮啊。他从未有一刻犹疑，从不留一丝余地，他倚仗着那只永远待命一旁的杜宾犬的隐秘力量，虽然他在初次会面时便试图将它拒于门外，但它还是成为他们会面的唯一见证者，当时他看到何塞·伊格纳西奥·萨恩斯·德拉巴拉拽着那只神经躁动的动物，它只听从于那个我的双眼所见过的最潇洒英俊但也最不讨人喜欢的人那深微的控制，把狗留在外面，他命令道，但萨恩斯·德拉巴拉回答他，不，将军，世界上没有哪个地方是我能进而科赫尔勋爵不能进的，于是它就进来了，它会一直趴在主人脚边睡觉，而他们二人则会按惯例计算被砍下的脑袋数目，当计算变得艰难时，它会带着令它呼吸困难的焦虑立起身来，它的女性的眼睛搅扰我思考，它的人类的气息让我不寒而栗，当他看到袋中有一颗脑袋是他过去的侍从同时也是多年的多米诺骨牌牌友的，便愤怒地一拍桌子，此时我看到它直起身子，鼻头喷着气，发出高压锅振动的声音，他妈的，这乱摊子就到这儿了，但萨恩斯·德拉巴拉每次都能说服他，主要并不在于他有理有据，而是因为他那野狗训练师的温柔的严酷，他斥责自己竟对这世上唯一敢待他如臣子的人这般顺从，那个人可是在以一己之力反抗他的帝国，于是他决定摆脱正在一点一点填满他威权空间的奴性，这乱摊子就到此为止了，他妈的，他说，说到底，本蒂希翁·阿尔瓦拉多把我生下来不是要让我领受而是让我发布命令的，然而这夜间所下的决心在萨恩斯·德拉巴拉进入办公室的那一刻就立即崩塌了，他那温和的姿态那天然的栀子花那纯净的声音那芬芳的浴盐那祖母绿的皮带那石蜡般的拳头那宁静的手杖那庄重的美，这属于我的双眼所见过的最令人爱慕又最叫人无法容忍的男人的炫目的一切让他屈服，不至于这样，纳乔，他再次向他重申，尽您的责任去吧，然后继续收着那一袋袋的脑袋，继续看都不看就签下收据，他无可救药地陷入了他权力的流沙，在每个清晨每次路过每片海时都问自己这世界到底发生了什么，马上就要十一点了，这栋坟墓似的房子里怎么一点生气都没有，有人吗，他问道，只有他，我在哪儿，为什么找不到自己了，他说道，那群赤脚勤务兵在哪儿，他们会挤在走廊上从驴子身上卸下蔬菜和鸡笼，我的妾侍们的污水坑在哪儿，她们满嘴秽语，会用新鲜花朵换下过夜的花，会清洗鸟笼，会在阳台上伴着枯枝敲打地毯的节奏唱着苏珊娜来吧苏珊娜，我想拥有你的爱，我那些瘦弱的七个月的早产儿在哪儿，他们会在门后大便，会往会客厅的墙上撒尿画骆驼，我的那群喧闹的官员怎么了，他们会在写字台的抽屉里发现母鸡在下蛋，我的妓女和士兵怎么了，他们会在厕所里来来往往，我的躁动的流浪狗怎么了，它们会边跑边向外交人员吼叫，谁又把我的瘫痪患者赶下了楼梯，把我的麻风病人轰出了玫瑰丛，又让我勇敢无畏的谄媚者从所有地方消失，他在重新组建的私人护卫队的紧密包围中隐约瞥见了他最高司令部的最后几位朋友，他们几乎没有给他参与新内阁会议的机会，这些内阁成员是应一个人但不是他的要求重新任命的新部长，有六个穿尖领丧袍的文科博士，他们会比他先有想法，不向我询问就擅自处理政务，可是说到底，我就是政府啊，但萨恩斯·德拉巴拉无动于衷地向他解释，您不是政府，将军，您是权力，他厌倦了熬夜打多米诺骨牌，因为尽管是和最老练的好手对阵，尽管他费尽心思为自己设下最高明的陷阱，都输不了哪怕一局，他必须屈从于那些在他吃饭前一小时就将他的食物糟蹋掉的试吃官的计划，他在储藏蜂蜜的地方再也找不到它们，他妈的，这不是我想要的权力，他抗议道，但萨恩斯·德拉巴拉回应他说，没有别的权力，将军，这是死亡般的迷睡中唯一可能拥有的权力，那迷睡一度是他的礼拜日市场般的天堂，而此时他已无事可做，只能等着四点一到收听本地电台每日连播的乏味的爱情故事，他会在吊床上听着，手里拿一杯一口未喝的果汁，飘浮在悬吊的空虚中，泪眼矇眬，焦急地想知道那个年轻的女孩会不会死，萨恩斯·德拉巴拉查清楚后说，是的将军，那女孩要死了，让她不要死，他妈的，他命令道，让她活到最后结婚生子然后变老，像所有人一样，于是萨恩斯·德拉巴拉修改了剧本以博他欢心，让他以为自己还大权在握，于是遵照他的命令没有人会死，为了让将军阁下高兴，不相爱的情侣结婚了，前几集中被埋葬的人物复活了，恶棍提前献身了，所有人都听从他的命令开心幸福，这样一来，生命对他来说便显得不那么没有意义了，当八点的金属敲击声响起时他会检查一遍宅子，会发现有人抢在他前面将母牛的饲料换过了，总统护卫队营地的灯已经熄了，公务人员入睡了，厨房齐整，地板洁净，用克勒奥林擦得不留一丝血迹的屠宰桌透着股医院的味道，虽然只有他才有那串钥匙，但已经有人将窗户的插销插上了，将办公室的门也都锁上了，从第一门厅直至他的卧室，那一盏一盏灯在他按开关之前就灭掉了，他拖着他那被囚禁的君王的笨重双脚在黑暗中走着，路过一面面晦暗的镜子，唯一的一个马刺上裹着天鹅绒套，以免任何人追踪他那星星点点的金色行迹，他在经过那些窗口时望着同一片海洋，一月的加勒比，他脚不停步地欣赏了二十三遍，在一月里它始终如一片绚烂的沼泽，他向本蒂希翁·阿尔瓦拉多的房间探进身去，想看到她留下的蜜蜂花、死鸟的笼子与族长的母亲在其上度过腐烂晚年的痛苦床榻都还在原来的位置，愿您晚安，他喃喃道，同以往一样，尽管早就没有人回应他，愿你有个美好的夜晚孩子，在上帝的佑护下睡吧，他提着用来逃命的灯向自己的卧房走去，这时突然感受到了阴影中科赫尔勋爵的瞳孔里那骇人炭火的寒意，他闻到一阵男人的香气，感受到了他的操控力的分量和他的鄙夷中的慑人光辉，是谁，他问道，虽然他知道是谁，是穿着礼服的何塞·伊格纳西奥·萨恩斯·德拉巴拉来提醒他，这是一个历史性的夜晚，八月十二日，将军，一个伟大的日子，我们都在庆祝您上台执政的第一个百年纪念日，所以世界各地的宾客都慕名而来，因为哪怕是寿命最长的人，一生也不可能参加类似的盛事超过一次，举国都在庆祝，只有他除外，尽管何塞·伊格纳西奥·萨恩斯·德拉巴拉坚持让他在他的人民的呼喊与激昂中度过那个值得纪念的夜晚，他却比以往都更早地锁上了卧房的三把门环、三道门闩、三个插销，趴在光秃秃的砖面上，穿着没有军衔标志的粗布制服，裹着绑腿，戴着金质马刺，右臂弯在脸下当作枕头，一如我们将找到的那个被兀鹫啄食、被深海动物和花朵覆盖的他，透过安眠药水瓶滤嘴上的氤氲，他感觉到了没有他的庆典上那遥远的爆竹，感觉到了欢快的音乐、喜乐的钟声和仿如烂泥洪流般的人群，他们都来颂扬一份不属于他的荣耀，而他并不太感伤，只是痴迷地呢喃着，我的命运母亲本蒂希翁·阿尔瓦拉多，已经一百年了，他妈的，已经一百年了，时间是怎么过去的啊。

他就在那里，虽然那也许并不是他，却仿佛就是他，躺在宴会厅长餐桌上的鲜花中，带着死去教皇的女性光彩，这样的光彩让他在他第一次的死亡展示仪式上没有认出自己，那个死了的他比活着的他更可怖，一只填充着棉花的缎面手套放在胸口，胸前别满他在无畏的谄媚者杜撰的巧克力战争中取得的虚假胜利的勋章，身上是奢华的晚会制服，腿上裹着漆皮绑腿，戴着我们在府中找到的唯一马刺，还有那十枚宇宙将军的悲凉太阳的徽章，那名号是最后一刻强加在他身上的，为了给他一个比死亡更高的级别，以死后新身份出现的他如此切近、清晰，令人终于能对他的真实存在深信不疑，虽然事实上没有人比那具玻璃棺中的尸体更不像他，没有人比那尸体更像他的对立面，那尸体直至半夜仍在炽热棺盒的狭小空间内受着慢火煎熬，而在隔壁的政府议会厅内，我们正一字一句地讨论着那则无人敢相信的消息的最终通告，这时一辆辆卡车的噪声唤醒了我们，车上载着全副武装的部队，他们的秘密巡逻队自清晨起就占领了公共建筑，有的匍匐在商业街拱廊下的地面上做好了射击准备，有的藏在门厅中，黎明时分我推开自家的阳台门想找个地方摆放刚从院中剪下的湿漉漉的石竹，看到他们正在总督区的一个个屋顶平台上架起三脚架机枪，看到阳台下方有一支由中尉指挥的巡逻队正在商业街上逐个命令几家已经营业的商店关门，今天是全国休息日，中尉喊道，这是最高指示，我向他们扔下一枝石竹，问发生什么事了，怎么到处都有这么多士兵这么多枪炮声，那名军官从空中接住石竹，回答说，你自己想吧小姑娘，我们也不知道，可能那死人又活了吧，他说着大笑起来，没有人敢想发生了这样惊天动地的事，恰恰相反，我们认为那是他在多年的淡泊之后重新抓起了他威权的缰绳，并且比任何时候都更有活力，在玻璃球再次亮起的权力之屋中又一次拖动他那双虚幻君王的大脚，我们认为就是他放出了那些母牛，它们走在武器广场上，踢踏着铺路石的裂缝，广场上垂死棕榈树的绿荫下坐着那位盲人，他因为分辨不清牛蹄与军人靴子的声响，放声背诵着讲述远道而来战胜死亡的幸福骑士的诗句，还将手臂伸向那些习惯了上下楼梯去进食因而爬向音乐亭吃凤仙花花环的母牛，它们在头顶野山茶花冠的缪斯残躯和挂在国家剧院废墟中的里拉琴上的长尾猴间住了下来，因口渴难耐，它们伴着广藿香花盆嘈杂的破碎声闯进了总督区房屋门厅中的阴凉，纷纷把快要冒烟的嘴浸入天井庭院的池塘,但没有人敢打搅它们,因为我们认出了它们与生俱来的总统烙印,母的在臀部,公的在颈部,它们是碰不得的,连那些士兵在商业街的狭窄路段都会为它们让路,那条街昔日那地狱般的摩尔集市的喧嚣已不复存在,只剩下滚烫沼气池中满是碎烂肋排和杂乱桅杆的垃圾堆,当年我们还有海的时候,那里曾是一个公共市场,轻便船会停靠在菜摊旁,余下的一处处空地在荣光年代则是印度人的市集,不过印度人都走了,他们甚至没说声谢谢,将军阁下,于是他吼道,他妈的,因暮年最后的怒火而茫然失措,滚蛋,都给英国人擦屁股去吧,他吼道,所有人都走了,在他们原先的地方又冒出卖印第安人护身符和蛇毒解药的摊位以及卖唱片的疯狂小店,小店后屋还出租床位,当士兵用枪托砸毁它们时,大教堂的铁钟敲响了哀痛的讣告,一切都在他消亡前消亡了,我们已在没有希望的守望中耗尽了最后一口气,我们曾希望那一再流传却永远被澄清的说他终于没能抵挡住某一种帝王疾病的传言有朝一日能够成为现实,然而现在,我们却不相信它居然发生了,倒并不是因为我们真的不相信,而是因为我们不再希望它成真,到头来我们已不清楚没了他我们会怎样,不清楚在他死后我们的生活会怎样,我无从想象一个没有了那个男人的世界,他在我十二岁的时候就带给我幸福,而且之后再没有谁能带给我那种感觉,那是很久以前的下午,我们会在五点放学,他则会趴在牛棚的天窗口一边窥看那些穿着蓝色水手服、麻花辫垂在背后的女孩,一边想我的母亲本蒂希翁·阿尔瓦拉多啊,在我的年纪看来,女人是多么美啊,他会叫住我们,我们会看到他颤巍巍的双眼,还有那只手,戴着手指处破了洞的手套,像摇铃铛一般摇着福布斯大使的糖果,试图引诱我们,所有女孩都吓跑了,所有人,但不包括我,我趁着没人看见,独自留在学校外面的街上试着去够糖果,于是他抓住了我的手腕,猛虎般的他给了我温柔一爪,一点都没弄疼我,而后把我举到空中,又从天窗口抱了进去,动作那样小心,没有把我的衣服弄出一丝皱褶,他把我放在被陈年尿液染香的饲草上,试着告诉我一些他那干涸的口说不出的东西,因为他比我还要惊恐,他颤抖着,从他的上衣能看到他心脏的跳动,他面色苍白,眼里满是泪水,在我整个流亡生涯中再没有一个男人为我流过这样的眼泪,他静静地抚摸着我,缓缓地呼吸着,用我永不会再遇到的男人的温柔探索着我,他使我胸脯的花蕾绽放,他的手指从我内裤的边缘探进,沾染上某种味道,他让我闻,闻闻,他对我说,这是你的味道,他无须再借助巴尔德里奇大使的糖果便能让我从牛棚的天窗钻进去,去和那个内心健康而感伤的男人共度我青春岁月的幸福时光,他会带着一袋食物在饲草上等我,会用面包擦去我最初的少女的酱汁,会在吃东西前先把它们放进那里,喂我吃下,会把嫩芦笋放进我那儿,用我咸味的体液腌制,真鲜美,他对我说,你的味道像港口,他会幻想将我的肾脏放在他自己含氨的汤水中烹煮享用,放上你腋下的盐，他幻想着，加上你温热的尿液，他从脚到头将我肢解，用石盐、辣椒、月桂叶为我调味，把我放入我们没有未来的爱情那些瞬息即逝的傍晚的炽烈锦葵色中用慢火炖煮，他会从脚到头舔舐我，怀着热望和老人的慷慨，那是我在那么多男人中再也没有找寻到的，那些人急躁又吝啬，在我那没有他的余生中尝试着爱我却没能做到，而他会在爱的缓慢消化中，一边和我一起推开想来舔我们的牛嘴，一边跟我谈谈他自己，他告诉我他都不知道自己是谁，因为全身上下甚至连睾丸都是将军阁下的，他说这话时并不苦楚，也没有来由，仿佛在自言自语，仿佛飘浮在一片唯有惊叫方能打破的内在阒寂里无止歇的嗡鸣声中，没有人比他更殷勤更博学，没有人比他更男人，他变成了我十四岁时活着的唯一理由，那一年，两个最高军衔的军人出现在了我父母家，他们带着满满一箱多卜隆纯金币，在半夜把我和全家人都塞入了一艘外国船，并命令我们不得回国，直到他的死讯在全世界炸开，他死了却不知道我为他耗尽了余生，我为了找寻比他更好的人和街上的陌生人睡觉，我回来了，苍老痛苦，拖着这群孩子，虽然是与不同男人生的，我却幻想都是他的，而他则在没有看见她从牛棚天窗钻入的第二天起就把她遗忘了，此后每天下午，他都会找不同的人来代替她，因为那时他已经不太能够分辨那群衣着一样的女学生里谁是谁了，当他用拉姆菲梅耶尔大使的糖果招引她们时，她们会冲他吐舌头，对他嚷大老粗，他叫她们的时候并不加以区分，也不会问今天的这个与昨天的那个是否是同一人，他对她们一视同仁，躺在吊床上想着她们时也仿佛想的是一个人，在这半梦半醒间，他会听着施泰姆伯格大使永远不变的论调，之前他送了他一只听筒，长得和印着那只狗的他主人的声音①的听筒一样，附带一个电子扩音装置，为的是让他再听一遍他所坚持的狂妄，要拿走我们的领水作为外债抵押，而他还是重复着原来那句话，门儿都没有，亲爱的史蒂文森，什么都行只有海不行，他关掉助听器，拒绝再听到那电子生物的尖厉声音，因为它像是一张唱片换了面，又一次向他讲解起我自己的专家已经向我直截了当地坦陈过很多遍的情况，咱们已经分文不剩了，将军阁下，咱们已经耗费掉了最后的资源，自独立战争以来连续百年为抵押外债而申请的贷款以及用来支付滞纳金利息的借贷已经把咱们榨干了，总是在拿东西去抵啊，将军阁下，开始是让英国人垄断金鸡纳和烟草，而后是让荷兰人垄断橡胶和可可，再之后是让德国人租借高地荒漠铁路和水运通航，按照秘密协议，所有东西都给了外国佬，但直到何塞·伊格纳西奥·萨恩斯·德拉巴拉——愿上帝将他置于地狱深壑，受盆中烈火煎烤——轰然垮台、当众死亡之后他才得知这些协议，咱们什么都不剩了，将军，自艰难时期开始，他就听他每一任财政部长讲过同样的话，那时他宣布延期履行与汉堡银

---

① "他主人的声音"是著名留声机品牌，商标图案上有只狗。

行家签订的协议，致使德国舰队封锁了港口，英国装甲舰发射了一枚警告性炮弹，将大教堂的钟楼炸出了一个窟窿，但是他喊着，我要在伦敦皇帝身上拉屎，宁可死也不能卖，他喊道，去死吧恺撒，最后关头，是他的多米诺骨牌牌友查尔斯·W. 特莱克斯勒大使出面调停救了他，后者的政府为这些与欧洲人签的协议进行担保，作为交换，他们得到了我们地下资源的永久开发权，自那时起，我们便连身上的内裤都是欠人家的了，将军阁下，但他却始终会在下午五点把大使送至楼梯口，在他肩上拍一下以示告别，门儿都没有，亲爱的巴克斯特，我宁愿死也不能没有海，他被这座墓地般的宅子的凄凉压垮了，自邪恶时期之后，自从我错用了那个何塞·伊格纳西奥·萨恩斯·德拉巴拉而任他砍掉所有人的脑袋却愣是没有砍掉他该砍的主使暗杀莱蒂西娅·纳萨雷诺和孩子的人的脑袋起，人们在这所宅院中便畅行无阻，好似在水下一般，笼中鸟雀也拒绝歌唱，无论他往它们的喙中滴多少润喉剂都无济于事，隔壁学校的女孩也不再于课间休息时唱上了色的小鸟停在青柠檬树枝上，他的生命在焦灼的等待中逝去，等着与你在牛棚中共度的时光，我的孩子，还有你果壳般的乳头和那里的小蛤蜊，他会在三角梅花廊中独自吃饭，会在午后两点地面蒸腾的热气中飘浮，打着瞌睡却抵抗着困意，只为了不错过电视上放的电影的线索，一切都依他的命令进展并与世事完全相悖，因为那无所不知的功勋卓著者自始至终都不知道，打从何塞·伊格纳西奥·萨恩斯·德拉巴拉的时代开始，我们就专门为他安装了一部播放小说的个人电台发射机，而后是一套闭路电视系统，放送只有他能看到、依他的喜好编排的电影，其中只有恶棍会死，爱情会战胜死亡，生命短如一瞬，我们用欺骗让他幸福，幸福得堪比他晚年与穿校服的女孩一同度过的那么多个下午，如果他没有不幸地去问其中一个女孩问题，她们本将会一直满足他直至他死去，可他问她在学校他们都教你些什么，于是我回答道，事实上他们什么都没教，先生，我其实是港口的妓女，他让我把刚才的话重复一遍，仿佛没读懂我的唇语，于是我从头到尾重复了一遍，我不是学生，先生，我是港口的妓女，卫生部门的人用克勒奥林和丝瓜瓤为她洗了澡，让她穿上这身水手制服和这双好女孩的短袜，每天下午五点走过这条街，不光是我，所有我这个年龄的妓女都被负责卫生的警察召去清洗了一遍，所有人都穿着一样的制服和一样的男鞋，扎着一样的马尾麻花辫，您看，把头发散下来再用一个发卡束上去，他们告诉我们不要害怕，那是个可怜的傻老头，他都不会让你们躺下，只会像医生一样用手指给你们检查身体，吸吮你们的乳房，把食物放入私处，总而言之，就是我过来后您对我做的所有事情，我们只需要把眼睛享受地闭起来说着亲爱的亲爱的，就像您喜欢的那样，他们给我们讲了这些，甚至还让我们从头开始彩排了一遍，才付了我们钱，但我觉得这破事儿做得太过分了，要在前面塞那么多的熟香蕉，在后面塞那么多的半熟海芋，就为了扣完卫生税和士官佣金后剩下的那抠抠搜搜的四个比索,他妈的,一个人上面还没的吃呢就把食物糟蹋在下面,这不公平,她在那个深不可测的老人阴郁的目光中说道,他目不转睛地听着,心想我的母亲本蒂希翁·阿尔瓦拉多为什么你要给我这个惩罚,但他丝毫没有表露出自己的哀伤,只是拼命进行各种秘密调查,最终发现民政大楼隔壁的女校很多年前就被关闭了,将军阁下,由教育部部长本人提供资金,依照大主教及家长委员会的建议,在海边修建了一座三层楼的学校,去了那里,豪门千金便可以摆脱那迟暮引诱者的埋伏,他那仰卧在宴会长桌上的如搁浅鲱鱼般的身体正在我们没有了他之后的第一缕曙光中,在遍布月球火山口的地平线上那抹黯淡的锦葵色的映衬下显现出来,在雪白的百子莲间,他为万物所庇护,并且终于从他的绝对权力中解脱出来,多年的相互囚禁令人不可能分清在那座活总统们的墓地中,谁是谁的受害者,他们把它的内外墙都涂成了坟墓的白色,也不来问问我的意见,他们都没认出他来,还命令他别从这儿过先生,您会把石灰弄脏的,于是他便不从那儿过了,您留在楼上吧先生小心脚手架从上边掉下来砸到您,于是他便留在了楼上,在木工制造的嘈杂声和泥瓦匠的怒气中不知所措,那些泥瓦匠还会冲他大嚷滚开老笨蛋,你会把混合涂料都毁掉的,于是他便走开了,在那艰难的几个月里未与他商量就进行的装修中,他们新开了几扇迎着海风的窗户,而他则比士兵更顺从,比任何时候都更孤独,有卫队严密地警戒,但仿佛不是在保护他而是在监视他，他们会吃下他一半的食物，以免有人投毒，会转移藏起来的蜂蜜，为他戴上金质马刺，就像给斗鸡戴上那样，免得走路时叮当作响，他妈的，一连串牛仔的伎俩，都能让我的兄弟萨图尔诺·桑托斯笑死，他任凭十一个穿夹克系领带的野蛮人摆布，他们会整日演练日本杂技，移动一台有红绿灯的机器，当五十米内有人携带武器时，灯便会闪烁，而我们像逃犯一样坐着七辆一模一样的车前行，这些车总在相互赶超换位，因此连我都不太清楚自己坐的是哪一辆，他妈的，那真是无用功，就像拿弹药打兀鹫一样，因为当他把薄帘拨开想看看戒严多年之后的街道时，发现没有人会注意总统加长灵车车队正悄然经过，他看到了部长们那如悬崖般耸立的阳光玻璃楼建得比大教堂的钟楼还高，遮住了港口高岗上彩色的黑人棚屋，他看到了一队巡逻兵涂抹着前不久用粗油漆笔刷上的标语，于是问他们原来写的是什么，他们回答说，崭新祖国的建立者永享荣光，不过他知道那是谎话，当然是，否则他们根本不会抹掉，他妈的，他在原先是泥潭的地方看到了一条宽阔的椰林大道，大约六个车道宽，伴着一排一排延伸至海边的花坛，他看到郊区有一座座竖着相同的罗马柱廊的别墅，还在从前是公共市场垃圾堆的地方看到了带亚马逊花园的酒店，他看到了市区高速路蜿蜒的迷宫中龟速爬行的汽车，看到了正午的酷热中向阳的人行道上挤挤挨挨的粗俗人群，而另一侧人行道上只有擅自收取在阴凉下行走税却没有生意的税收员，但这一次，没有人因总统加长轿车中冰棺内隐秘权力所预示的东西而震惊，没有人认出那失落的双眼、焦渴的双唇和那只在喧嚷的叫卖中无依无靠、茫茫然缓缓挥别的手，沿街有卖报纸和护身符的，有冰激凌小车、三数彩彩票的旗帜，有街巷世界的日常喧嚣，它离那个孤独军人内心的悲剧很远，他怀着乡愁一边叹息一边想，我的母亲本蒂希翁·阿尔瓦拉多啊，我的城市怎么了，那条净是没有丈夫的女人的悲惨街道在哪儿，她们会在傍晚时裸着身子出去买蓝色的北美乌鱼和粉色的鲷鱼，还会一边和卖菜的妇女争吵骂娘一边把衣服晾在阳台上，那些会在小铺门口大便的印度男人在哪儿，他们那面色苍白、会唱令死亡都动容的哀歌的妻子在哪儿，那个因违抗父母之命而变成南蝎的女人在哪儿，那些雇佣兵的酒馆、他们发酵了的尿液溪流以及街角日复一日不变姿态的白鹈鹕在哪儿，突然间，啊，港口，如果它原来在这儿那它现在在哪儿，那些走私贩的轻便船只去哪儿了，那些载着步兵登陆的破铁船去哪儿了，我的大便味道去哪儿了，母亲啊，这世界发生了什么，怎么不再有人认得这只被遗忘的情人一晃而过的手了，它透过一列首次运行的火车飞速掠过的玻璃窗，沿路留下一串无谓的告别的痕迹，那列车呼啸着穿过一畦畦播撒了香菜种子的土地，那里曾是一片栖居着声音尖厉、患有疟疾的群鸟的水稻田，穿过了令人难以置信的蓝色牧场，惊动了有总统烙印的牛群，在挂着教会天鹅绒、驶向我无可挽回的命运的安魂车厢内,他一直问着自己,我的四只脚的老车在哪儿,他妈的,我的被森蚺缠绕的树枝和毒凤仙、我的喧闹的长尾猴、我的极乐鸟、整个国家与它的蛟龙都在哪儿啊,母亲,如果那些沉默寡言的印第安女人从前在这里,那她们现在在哪儿呢,当年她们会戴着英国帽子,从车窗口往里面贩卖糖做的小动物,贩卖土豆,母亲啊,贩卖半生不熟的黄油烧鸡,就在那鲜花拼就的功勋卓著者永享荣光的拱形标牌之下,尽管没有人知道这个人在哪儿,只要他一抱怨这逃犯的生活还不如死,他们就会回答他不,将军阁下,这是有序的和平,他们这样对他说,他终究会接受,同意,并再一次头晕目眩地折服在让我远离母亲的何塞·伊格纳西奥·萨恩斯·德拉巴拉的人格魅力之下,他曾那么多次在失眠的怒火中辱骂他、唾弃他,然而一旦面对他披着阳光走进办公室时洋溢的魔力,他又会屈从退让,他会牵着那只有着人类眼神的狗,甚至在小便时都不会撇下它,而且它还有个人类的名字,科赫尔勋爵,于是他又一次背叛了自己,顺从地接受了他的方案,没关系,纳乔,他批准了,尽您的责任去吧,于是何塞·伊格纳西奥·萨恩斯·德拉巴拉重新全权执掌了刑讯工厂,它设于距离总统府不足五百米的一栋殖民时期的无辜的石砌建筑内,那里此前是一个荷兰人的精神病院,那建筑和您的这栋一样大,将军阁下,它隐藏在一片杏树林中,被野生紫罗兰花地围绕,大楼一层用于认证和登记公民身份,其他层则安装了能想象到的最精巧最凶残的骇人刑具,他甚至都不想见识它们，只是建议萨恩斯·德拉巴拉，请您继续尽您的职责，怎样对祖国更有利就怎样做，但有一个条件，我什么都不知道什么都没看见也从来没有去过那个地方，萨恩斯·德拉巴拉向他许诺，很荣幸为您效劳，将军，他兑现了承诺，也执行了他的命令：别再折磨五岁以下的孩子别再用电线去电他们的睾丸迫使他们的父母招供，因为他怕那丑行让彩票时期那么多个夜晚的失眠卷土重来，尽管他不可能忘记那个距他卧室如此之近的恐怖作坊，因为在月色安详的夜晚，他会被布鲁克纳的如惊雷轰鸣的黎明中呼啸而过的列车一般的乐声吵醒，那旋律中夹带着暴雨洪荒的巨响，在荷兰疯子的老楼周围的杏树枝叶间留下身着破烂长衫的死去新娘的哀伤，于是街上听不到那些垂死之人痛苦的哀号了，但即便这样他都存不下一分钱，将军阁下，因为何塞·伊格纳西奥·萨恩斯·德拉巴拉把薪水都用来购买他王子的衣装、胸口有花押字的真丝衬衫、小羊皮皮鞋、一盒盒装饰领口的栀子花以及标签上印着家族徽章的法国原装润肤露，但他没有为人所知的女人也没人听说他是同性恋，他没有一个朋友也没有自己的居所，什么都没有，将军阁下，他过着圣徒般的生活，在刑讯工厂像个奴隶似的一直干活到累倒在办公室的沙发上，他睡觉的方法很多，但从来不在夜间睡，也绝对不会睡上超过三个小时，门口不设警卫，手边没有武器，只有科赫尔勋爵跃跃欲试的保护，勋爵据传只吃一样东西，那就是被斩首者的热乎乎的肠子，因而它内心的焦渴就要冲破皮囊了，只要它那人类的目光隔着墙感觉到有人接近办公室，它便会发出高压锅那样咕噜咕噜的声响把他叫醒，无论是谁，将军阁下，那男人连镜子都不信，他在听完探员的报告后就会做出决定，不向任何人征询意见，凭借着覆盖全球的无形的检举与贿赂网络，这个国家发生的事没有一件能瞒得住何塞·伊格纳西奥·萨恩斯·德拉巴拉哪怕一小会儿，甚至连流亡者在世界上任意角落发出一声哀叹他都会知晓，他的钱就花在这些地方，将军阁下，因为那些刑讯官并不像传言中的那样领着部长级的薪水，恰恰相反，他们都是分文不取自愿而来，以证明他们可以将自己的母亲大卸八块，把碎尸扔去喂猪并且不动声色，为了获得受命于法国施刑者的职位，需要出示的不是推荐信和品行良好的证明，而是凶残的履历，那些法国人都是唯理主义者，将军阁下，因而实施酷刑时有条不紊、惨无人道，是他们让有序进步成为可能，是他们早早预见到了民众尚未开始酝酿的阴谋，他们在冷饮店的吊扇扇叶下心不在焉地喝着饮料，他们在中国人的小旅馆中看着报纸，在影院睡觉，在公共汽车上给孕妇让座，他们在做了半辈子的夜间强盗和拦路劫匪后通过学习成了电工和铅匠，他们是女仆的露水情人，是远洋轮船上和国际酒吧里的妓女，是迈阿密旅行社里推广加勒比天堂景区游的业务员，是比利时外交部部长的私人秘书、莫斯科国际酒店四层昏暗走廊中的终身清洁女工，是形形色色遍布在地球最偏僻角落的默默无闻的人，但是您可以安心睡觉,将军阁下,因为祖国优秀的爱国者们说您完全不知情,这些都没经过您的批准,要是将军阁下知道的话,就会把萨恩斯·德拉巴拉送进港口碉堡的叛徒墓地了,于是当人们一听说又发生了残暴事件,便会默默哀叹,要是将军知道就好了,要是我们能去告诉他就好了,要是有办法见到他就好了,而他则会命令前来报告的人永远不要忘记,我真的什么都不知道,什么都没看到,也从没和别人说起过这件事,就这样,他恢复了平静,然而装着脑袋的口袋还是陆续被送来,数量之多,令他不禁觉得何塞·伊格纳西奥·萨恩斯·德拉巴拉手上沾满了鲜血却没有从中获利这一点简直不可思议,因为人虽然傻,但不至于傻到这个地步,他还觉得,这么多年过去,三军司令们从不抗议自己听命于人这一点也没道理可言,他们甚至连加薪的要求都没提,什么都没提,于是他派出去一些探子,试图找出军队忍让的原因,查出为什么他们不图谋造反,为什么他们承认了一个平民的权威,于是他问了其中最贪婪的那几个,问他们不觉得现在就该把那个玷污了武装部队美德的嗜血的外人的鸡冠斩下来吗,但他们回答道,当然不,将军阁下,不至于这样,于是从那时起我便不知道在这有序进步下的机器里谁是谁、谁联合了谁而谁又与谁为敌,这秩序在我眼里已经开始有陷阱的味道,就仿佛那些我都不愿想起的可怜的彩票儿童的陷阱,但何塞·伊格纳西奥·萨恩斯·德拉巴拉用他野狗训练师的温柔掌控力抚平他的冲动,安心睡吧将军,他对他说,世界是您的，他让他相信一切就是如此简单明了，他又把他留在了那栋不属于任何人的宅子的黑暗中，他会在里面从这头跑向那头，大声问自己我他妈是谁，我怎么感觉镜子里的影像颠倒了，我他妈在哪儿，都快上午十一点了可这沙漠里连一只母鸡，一只碰巧路过的母鸡都没有，想想从前是什么样子吧，他哀号着，想想那些乱哄哄和狗打架抢吃食的麻风病人和瘫痪患者吧，想想楼梯上把人滑倒的动物粪便，还有那些不让我过去的吵吵嚷嚷的爱国者，他们都求我，往我身上撒点儿治病的盐吧，将军阁下，帮我给孩子施洗看看他的腹泻能不能治好，因为他们都说我的按手礼比青香蕉疗效更好，请把手放在这里吧，看看能不能平复我的心悸，我都没有力气忍受这永远不停的地震了，请您把目光凝聚在海面上，将军阁下，令风暴退却，再抬头望向天空，让日食和月食悔悟，再低头看着地面，教瘟疫散去，因为他们说我是那功勋卓著者，我赋予自然谦卑、矫正宇宙秩序、打压上帝神圣意志的傲气，我给予他们向我讨要的一切，买下所有他们向我兜售的东西，这么做并不是因为他像他的母亲本蒂希翁·阿尔瓦拉多说的那样心太软，而是因为拒绝帮助颂赞他的人实在需要一副铁石心肠，而现在，却没有任何人向他讨要任何东西，甚至没有任何人问他早上好，将军阁下，您昨晚睡得好吗，他甚至得不到那几声夜间爆炸的安慰，它们曾震得窗玻璃碎成冰雹把他吵醒，震得门框歪歪扭扭，在军队里撒下恐慌，但至少，那让他感觉自己还活着，并且不是活在这于我脑中嗡鸣、用轰响将我叫醒的静寂中，我现在只是这栋可怕房子里画在墙上的涂鸦，在这里他不可能下达一道没被事先执行的命令，他仍会于午休时间在吊床上看官方报纸，从第一张到最后一张，连广告都不放过，他会发现自己最隐秘的愿望都已在那上面被满足，他的每一口气息、每一种想法都被用硕大的字体印出来并配上了照片，有他忘了下令修建的桥梁，有教授清洁的学校的奠基仪式，有奶牛和结面包的树，旁边还有一张他在荣光年代里为别的开幕式剪彩的照片，但他却没能找到安宁，他拖着那双老年人的巨大象脚去寻找孤独之屋中他尚未失去的东西，他发现已经有人赶在他之前用破旧的丧葬布罩上了鸟笼，已经有人赶在他之前在窗口望过了海也数过了牛，一切都完满、有序，他提着油灯回卧房，却听到从总统护卫队的值班室传出他那被扩散开的声音，他从半掩的窗户探进头去，看到了烟雾缭绕的房间中有一群半梦半醒的军官，他们面前是闪着悲哀光亮的电视机屏幕，他就在那屏幕上，更瘦更紧张，但那就是我，母亲，坐在他会死于其中的办公室里，身后挂着国徽，桌上放着那三副金边眼镜，正用自己往后永远不敢重复的充满智慧的词句背诵着国家的财务分析报告，他妈的，那画面比他在花簇间的尸体更令人不安，因为现在他看到自己活着，听到他在用自己的声音说话，我自己，母亲，我从来都承受不了现身阳台的窘迫，也始终没有克服当众讲话的羞怯，但他在那儿，那样真实平凡，他站在窗口困惑不已，我的母亲本蒂希翁·阿尔瓦拉多，怎么可能有这样费解的事啊，然而面对他在无数年的统治中鲜少爆发的怒火，何塞·伊格纳西奥·萨恩斯·德拉巴拉仍旧无动于衷，不至于这样，将军，他无比温柔地强调说，咱们得用这种不正当手段来保证这有序进步的航船免于遭殃，这可是个绝妙的想法，将军，多亏了它，我们才在这有血有肉的权力中打消了民众的疑虑，每个月的最后一个礼拜三，您都会通过国家广播和电视台来发布您的安抚性的政府工作报告，这是由我来负责的，将军，我把这个花盆放在了这里，盆里有六只摆成向日葵样的话筒，它们记录下您说出来的想法，在礼拜五的接见中，由我提问他来回答，他没有察觉他幼稚的答话就是每月向全国演讲的内容的片段，我从来没有用过一幅冒充是他的画面，也从来没有用过一个他没有说过的词，您自己都可以用这张萨恩斯·德拉巴拉放在桌上的唱盘进行验证，还有这卷电影胶片，以及我的这封亲笔信，它是当着您的面写的，将军，为的是让您能依您的意思来决定我的命运，他茫然地看了看他，因为猛然发觉萨恩斯·德拉巴拉头一次没有带狗，手无寸铁，苍白无力，于是他叹了口气，好吧，纳乔，尽您的责任去吧，他一脸疲倦地说着，身子向后仰倒在弹簧椅中，目光直直落在了旧时显贵的肖像里那一双双告密者般的眼睛上，他愈发苍老、阴郁和悲伤了，脸上仍旧挂着一副让人猜不透的表情，两个礼拜后萨恩斯·德拉巴拉临时造访办公室见到的依然是这样一副面孔，这一回他几乎是拽着皮带把狗拖进来的，他带来了一则紧急消息，发生了一场武装暴乱，只有您的介入才能平息，将军，于是他终于在那面迷人的黑曜岩墙上发现了自己苦寻多年却微不可见的裂缝，我的复仇我的母亲本蒂希翁·阿尔瓦拉多，他自言自语道，这个可怜的娘娘腔现在吓得要拉裤子了，但他不露声色，只是用一种母性的光辉把萨恩斯·德拉巴拉笼罩起来，别着急纳乔，他叹了口气，没有人会来打扰，咱们有的是时间去想在那个真相自相矛盾并且看起来比假象还假的池沼里真相到底他妈的在哪儿，与此同时，萨恩斯·德拉巴拉看着短链怀表，确认快到晚上七点了，将军，三军司令就要在各自家中与妻儿吃完晚饭了，这样连家人都不会怀疑他们的企图，他们会打扮成平民，从仆役的侧门出去，坐上等在那里的通过电话预约的出租车，想骗过我们的眼线，这些眼线他们自然一个也看不见，虽然他们就在那里，将军，就是那些司机，他只说了声啊哈，微微一笑，不用这么急，纳乔，不如给我讲讲，既然根据您所统计的砍下来的人头数目，咱们的敌人已经比士兵都多了，那咱们现在怎么还能毫发无损地待在这里呢，但萨恩斯·德拉巴拉仅靠短链怀表微弱的跳动支撑着自己，只有不到三小时了，将军，陆军司令正朝公爵领区赶去，海军司令和空军司令正分别奔往港口碉堡和圣赫洛尼莫基地，现在仍有可能逮住他们，因为一辆装满蔬菜的保卫国家安全的载重汽车正紧跟着他们，然而他仍不为所动，只觉得萨恩斯·德拉巴拉愈渐强烈的焦虑将他从一种被奴役的惩罚中释放出来，那奴役比他对权力的渴望更难以纾解，冷静些，纳乔，他说，不如给我讲讲为什么您不买栋和轮船一样大的豪宅，为什么您并不在乎银子工作起来却像头驴一样，为什么连那些最矜持的女人都放松下来想钻进您的卧房而您却活得像个修士，您比神父还像神父啊，纳乔，但萨恩斯·德拉巴拉已浸在冰冷的汗水里喘不过气来了，在焚尸炉般的办公室里，他再也无法端着那副完好的高贵姿态，十一点了，已经太晚了，他说，那时一个关键信号开始沿着电报线路传送给全国的驻军，起义军司令们正在往阅兵式制服上别勋章，准备拍摄作为新政府委员会成员的肖像照，他们的副官则趁这工夫传达了一场没有敌人的战争的最后指令，这场战事唯一的目标仅在于获得对中央媒体与政府机关的控制，这个时候他看见科赫尔勋爵挂着一串无尽泪水般的口水立了起来，蠢蠢欲动，但他连眼都没眨，别害怕，纳乔，不如给我讲讲为什么您这么怕死，何塞·伊格纳西奥·萨恩斯·德拉巴拉一把扯下被汗水浸软的赛璐珞领子，那男中音歌唱家般的仪容顿时丢魂落魄了，这很正常，他回答道，对死亡的敬畏是给幸福添加的炭火，所以您才感觉不到，将军，他纯粹习惯性地站在那里数着教堂的钟声，十二点了，他说，这世上已经不剩您的人了，将军，我是最后一个，但他坐在椅子上没动，也没有察觉到从武器广场地下传来坦克的轰鸣，于是他笑了，您别弄错了，纳乔，我还有人民，他说，如往日一样可怜的人民在受到了那揣测不透的老人的煽动后,于日出前冲上了街道,他以无比蓬勃的历史性的热情通过国家广播和电视台一视同仁地向各方爱国者宣布,三军司令在我个人的领导下,始终代表着至高无上的人民的意愿,他们受体制不容更改的理想所鼓舞,在这个光辉胜利的午夜,终结了一个嗜血平民的恐怖机器,这个人已经接受了群众盲目公正的惩罚,何塞·伊格纳西奥·萨恩斯·德拉巴拉已经被砸烂了,被拴着脚踝倒挂在武器广场的一只灯笼下,嘴里还塞着他自己的生殖器,正如将军阁下您命令我们封锁使馆区街道阻止他寻求政治避难时所预料的那样,民众已经用乱石制住了他,但首先我们得把那只嗜肉恶狗打成筛子,因为它吞下了四个平民的内脏,还让我们的七位战士受了重伤,当时人们已经突袭了他当作居所的办公室,从窗口扔下了两百多件还带着标签的花缎马甲,扔下了大约三千双从未穿过的意大利皮靴,三千双啊,将军阁下,他就这样花政府的钱啊,还有不知多少盒要别在领口的栀子花,以及布鲁克纳的全部唱片和相应的指挥乐谱,上面还有他的亲笔注解,他们把地牢中的囚犯释放了出来,又点了一把火将从前是荷兰精神病院的刑讯室烧掉,他们大喊着将军万岁,伟人万岁,他终于知道真相了,因为人人都说您什么都不知道,将军阁下,说他们滥用您的善心把您排挤到了一边,到现在他们都还像逮老鼠一样四处猎捕国家安全刑讯官,遵照您的命令那些刑讯官已经不再受军队保护,这样一来,民众终于能从郁积的愤怒和恐惧中解脱出来了，于是他批准了，同意，他被喜乐的钟声、自由的音乐和武器广场上聚集的人群感恩的呼喊声所感动，他们举着巨大的牌匾，上面写着上帝保佑将我们从恐怖黑暗中解救出来的伟大领袖，在那对荣光年代的倏然即逝的复制中，他召集了协助他摘下权力的苦役枷锁的学校官员来到庭院，随手指点我们去填补他朽迈统治的最后一任最高司令部中由杀害莱蒂西娅·纳萨雷诺和孩子的凶手空出来的位置，那些人是穿着睡衣逃往使馆寻求避难时被捕的，但他几乎认不出他们了，也忘记了他们的名字，他在心中搜寻着本想存留至死的仇恨，却只找到了不值得再留存的受了伤的自尊的残灰，叫他们都滚蛋，他命令道，他们被塞上了首班航船，去往一个不会有人记起他们的地方，可怜的浑蛋，他主持了新政府的第一次委员大会，它给他留下了一个清晰的印象：从新世纪的新一代中挑选的模范还和从前一样出身平民，这些部长的长袍上满是尘土，内心脆弱不堪，只不过他们爱权力更贪恋荣誉，面对他已卸下防备的沉重王国那无比高昂的外债，他们比以往所有人都更胆小怕事、奴颜媚骨并且一无是处，没有什么可做的，将军阁下，高地荒漠上的最后一列火车坠下开满兰花的深崖了，豹子在天鹅绒面的安乐椅上睡着了，轮船在水稻田里搁浅了，消息在邮政袋中腐烂了，有一对受骗的海牛幻想在总统寝舱镜子里那些阴郁的百合丛中产下美人鱼，而唯有他漠视这些，当然，他已经相信了有序进步的存在，因为他与现实生活的接触仅限于阅读只为您一人印制的官方报纸,将军阁下,那是独一份的完整版本,里面都是您喜闻乐见的消息,有您希望看到的照片,有宣传广告,会让他幻想出一个世界,不同于他们在午休时段向他提供的那个,甚至连我的绝不轻信的眼睛都能证实,部长们的阳光玻璃楼后那些港口高岗上的黑人的彩色棚屋从未改变,他们修建直通大海的棕榈树大道,就为了不让我看见那些门廊相同的罗马风格的别墅后面被我们的某次飓风摧毁的街区悲惨如故,他们在道路两侧播撒香料的种子,就为了让他能在总统车厢内看到,因为正在出售的我的心肝他的母亲本蒂希翁·阿尔瓦拉多画黄鹂的水彩颜料,世界仿佛变得更加美好,他们骗他并不是为了取悦他,像荣光年代里罗德里戈·德阿吉拉尔将军做的那样,也不是为了给他省却无谓的烦恼,如莱蒂西娅·纳萨雷诺更多地出于怜悯而非发乎爱情所做的那般,他们骗他,是为了让他继续被自己的权力抓牢,留在院中木棉下的吊床上他那老年的倦怠中,在那院子里,到他终老时,连隔壁学校的染了色的鸟儿停在青柠檬树枝上的合唱都将是假的,这算怎么回事,然而那愚弄并没有影响到他,他甚至试着去与现实和解,试着立法恢复对金鸡纳和其他重要药材的垄断来换取国泰民安,但现实却再次给了他警告,令他始料不及,世界变了,世事继续游走在他的权力之外,因为已经没有金鸡纳了,将军,没有可可没有靛青了,将军,什么都没有了,只有他的个人财产例外,它无法计量却不能增值,受着好逸恶劳的威胁,然而在新的不幸面前他仍旧没有做出改变，只是派人给老大使洛克斯博瑞捎去了口头上的挑战，问他是否有可能在多米诺骨牌桌上找到解决办法，但大使借用他的风格回答说门儿都没有阁下，这个国家已经分文不值了，当然了，除了海洋，它明净丰饶，在底下燃一支蜡烛就足够在它自己的火山口熬一锅宇宙海鲜汤了，所以您考虑考虑吧，阁下，我们可以把它作为那笔即使有百代如阁下您一样勤勉的英才都无法偿清的拖欠款项的利息，然而第一次他甚至没有严肃对待，只是一面陪他走向楼梯，一面想着我的母亲本蒂希翁·阿尔瓦拉多，看看这些外国佬多野蛮啊，说到海他们怎么能就只知道吃呢，告别时他仍在他肩膀上习惯性地一拍，而后又回到孤身一人的状态，感觉自己正处在权力的荒漠里一团团虚幻之雾中，当武器广场上军队在欢呼间隙分发食物饮料的激励消耗殆尽时，群众马上纷纷离去，他们带走了内容重复的标语牌，并把租来的口号板放在一旁以待将来在相同的庆典中使用，他们再次留下了荒芜而悲伤的厅堂，尽管他与从前，与这里还不是一栋死人的宅院而是一座比邻的宫殿时一样，下令任何时候都不要关门，让想进来的人都进来，但只剩下那些麻风病人了，将军阁下，只有那些经年累月待在府前的盲人和瘫痪患者了，这些人与当年德梅特里奥·阿尔窦斯在耶路撒冷的一个个门口看到的他们一样，沐浴在金色阳光中，被摧毁却不可战胜，他们确信自己早晚会再进去，从他手中接过治病的盐，因为他熬过了所有的逆境、经受住了最无情的热情和最可怕的被遗忘的圈套，他是永恒的，他的确是，他会在从牛棚回去的路上再次遇见他们，看到他们正在院中临时搭起的砖灶上热着厨房里剩下的罐头，看到他们躺在凉席上伸展四肢呈十字状，而那凉席在玫瑰芬芳的影子中已被溃疡处的汗液泡软，他让他们建公用炉灶，为他们买新的凉席，并在院子尽头搭起一个棕榈叶凉棚，让他们不必栖身在楼内，然而没出四天，他不是发现一对在宴会厅的阿拉伯地毯上睡觉的麻风病人，就是撞见一个在办公室中迷了路的盲人，或者一名在楼梯上骨折了的瘫痪患者，他于是将楼门紧闭，以免墙壁上留下鲜活的糜烂印迹，也防止他们身上散发的医疗部门用来消毒的苯酚的气味熏染了空气，然而，他刚把他们从一处清走，他们就在另一处出现，在别人已对那个无用的老头不再抱有任何指望时，他们坚韧不摧地固守着自己的古老渴盼，那个老头会把写下的回忆塞入墙缝里，像梦游者一般摸索着穿过记忆的迷蒙池沼中的风，躺在吊床上度过失眠的时光，自问我他妈的该怎么做才能摆脱新大使费舍尔的诡计呢，他建议我宣布现在黄热病成灾，以便根据互助协定为海军陆战队的登陆提供正当理由，为垂死的祖国注入新的气息需要多少年，这个协定就会有多少年的效力，他马上答道，门儿都没有，他再次经历了自己统治之初的情形，并且陶醉其中，当年面对平民起义的严重威胁，他便是依靠这种手段得到了游走在军事法律之外的权力，他颁布法令宣告国家进入瘟疫时期，他在灯塔上升起黄色的旗帜，并关闭港口、取缔弥撒、禁止在公开场合哭丧或弹奏会唤起人们对死者的追忆的歌曲，他命令军队不眠不休地监察法令执行的情况并授权他们随意处置瘟疫病患，于是戴着医疗机构袖标的军人当众处死了健康状况各异的民众，他们如果怀疑哪些民宅不符合他的规定，便会在其门前画上红圈，还会在普通罪犯、娘娘腔与男人婆的额头上烙印，与此同时，一支由米歇尔大使向其政府紧急申请的医疗队伍正致力于防止总统府内的居民受到感染，他们从地上捡起七个月早产儿的粪便拿到放大镜下分析，在大水瓮中撒入消毒药丸，还给他们科学实验室里的动物吃蛆虫，他却笑得要背过气去，并通过翻译对他们说，别犯傻了，先生们，这里除了你们，没有别的瘟疫了，但他们坚持说有，他们有最高命令，上面的人说有，他们准备了一种有预防功效的黏稠的绿色蜜露，并一视同仁地把它涂在所有访客的全身，无论是最普通的平民还是最有声望的显贵，他们要求人们前来谒见时与他保持距离，要站在门槛上，而他则坐在能闻其声而远离其气息的房间深处，和出身高贵却赤身裸体的人喊叫着交谈，这些人用一只手比画着，阁下，另一只手则遮盖着那只被胡乱涂抹的颓萎的鸽子，这么做都是为了防止那个人受到感染，他已在失眠的虚弱中想到了这场虚假灾难的细枝末节，编造了扎根于土地的谣传，散播了末世的预言，因为他认为，人们越不明就里就越会恐惧，所以当他的一位吓得脸色惨白的副官在他面前立正站好报告消息时，他几乎连眼都没眨，瘟疫造成大规模的死亡，于是透过总统四轮马车愁云密布的玻璃窗，他看到了废弃的街道上应他的命令而被打断的时间，看到了黄色旗帜上的惊惧氛围，看到了一扇扇紧锁的大门，甚至连那些画了红圈的被遗弃的房屋也大门紧闭，他看到了阳台上饱食后的兀鹫，看到了那些死人、死人、死人，到处都有那么多的死人，在泥坑中他们已经难以计数，他们被堆放在露台上的阳光下，摊开在市场里的蔬菜上，都是有血有肉的死人，将军阁下，没人知道有多少，比他希望在敌军中看到的死人还要多，都像死狗一样被扔在垃圾箱中、抛在腐烂的尸体上，他闻到街上熟悉的恶臭，那就是瘟疫的疥疮味道，但他不为所动，不在任何哀求前让步，直到他不再感觉自己是他全部权力的绝对主宰，直到好像已经没有任何凡人之力或神力可以终结这场大规模的死亡，我们才看到一辆没有标识的四轮马车出现在街上，没有人一眼便从中察觉到王权的冰冷气息，但在包裹着森然天鹅绒的车厢内部，我们看到了那致命的双眼、颤抖的双唇和那只往门口一把把撒着盐粒的新娘手套，看到了攀缘而上的涂成那面旗帜色彩的火车，它从栀子花和惊恐万分的豹子间穿过，直至被迷雾笼罩的地势最陡峭的省份，我们透过孤独车厢的薄帘看到了那浑浊的双眼、那受尽折磨的面容，以及那只并不优雅的少女般的手，它在他童年的阴郁荒漠上渐次留下一串盐粒，我们看到了一艘木轮汽船，它载着播放玛祖卡舞曲纸卷的奇异的自动钢琴，在暗礁、沙石浅滩和春日里巨龙在雨林中漫步时所引发的灾难留下的废墟间跌跌撞撞地航行，我们看到那苍白的双唇，看到那不知所属的手，它正向酷暑中倦怠的村庄抛撒一把把盐粒，那些吃下盐粒还舔了方才撒落之地的人马上恢复了健康，并且在很长一段时间内都能对肆虐的恶兆和幻觉免疫，因而在他秋日的暮色中，当他们又向他提出一套同样建立在政治性的黄热病的谎言之上的登陆措施时，他不会感到意外，当乏力的部长们呼喊着把海军陆战队召回来吧，将军，让他们带着消毒灭菌的机器回来吧，拿他们想要的和他们换，让他们带着他们的白色医院，带着他们的蓝色草坪和旋转喷水器回来吧，因为这些东西让人们健康地度过了很多个闰年，他却一捶桌子，决绝地说不行，他担负最高责任，直到粗鲁的麦昆大使回答他说现在咱们已经不是在商量了，阁下，支撑这制度的不是希望、顺从，甚至不是恐惧，而是无从挽回的古老幻灭中的纯粹惯性，请您上街去面对真相吧，阁下，咱们已经到最后关头了，要么让海军登陆，要么把大海给我们，没别的路了，阁下，已经没别的路了，母亲啊，于是他们带走了四月的加勒比海，那些厄尔温大使的航海工程师把它分成小块标上号码带走，播散在了远离飓风的亚利桑那的血色曙光里，连同它里面的一切，将军阁下，连同我们城市的倒影、我们胆怯的溺水者和我们癫狂的蛟龙，虽然老谋深算的他已经做出了最大胆的努力，试图在全国范围内发起一次抗议掠夺的暴动，但是没有人响应，将军阁下，无论好言相劝还是武力相迫，他们都拒绝上街，因为我们认为这是他在耍新花招，和从前的那么多回没什么两样，不过是为了满足他那压抑不住的甚至超越了极限的永久掌权的热情，我们觉得，即便他们带走了大海，他妈的，即便他们连同蛟龙一起带走了，整个国家都无所谓，只要发生些什么就行，我们这样想着，对军人的各种利诱无动于衷，他们化装成平民出现在我们的家中，以祖国的名义央求我们冲上街去喊外国佬滚蛋，以阻止掠夺行动，他们鼓动我们去抢劫外国人的商店和别墅甚至纵火，他们给我们现金让我们出去，与人民并肩抗议侵略，说有军队这坚强后盾做保护，但是没有人出去，将军阁下，因为没有人忘记，有一次他们也是以军人的名义这样信誓旦旦地对我们说的，但他们开火屠杀了他们，理由是人群中混入了冲军队开枪的挑衅者，所以这一次，我们连人民都没有了，将军阁下，于是我不得不独自扛起这惩罚的重担，不得不一面独自签字，一面想着我的母亲本蒂希翁·阿尔瓦拉多啊，没有人比你更了解，失去海总比让海军陆战队登陆要好些，你想想，就是他们想出那些命令让我签署的，他们把艺术家变成娘娘腔，他们带来了圣经和梅毒，他们让民众以为生活很容易，母亲啊，他们让人觉得什么都可以用钱买到，让人觉得黑人有传染病，他们试图说服我们的士兵去相信祖国只不过是笔买卖，而荣誉感则是政府为了让军队免费打仗而发明出来的破玩意儿，我授权他们享有我们的领海，是为了避免这些祸事重演，因为他们认为这种方式对人类的利益和民族间的和平非常有益,他知道,所谓的转让,不光包括他能在卧房窗口看到的那延伸至天际的物理的水,同时也涵盖最宽泛意义上的与海相关的一切,或者说,涵盖了那海中独特的动植物群、它的风向规律、它变幻莫测的气压,它的一切,但我怎么也没有想到,他们竟然能做到他们所做的事,将我古老的象棋海洋以标号水闸隔断,然后用庞大的吸扬式挖泥船带走,而在大海被撕裂的火山口,我们看到了瞬息间的光亮,它来自于桑塔玛丽亚德尔达里恩这座极其古老的因蚁害而毁灭的城市那埋于水下的废墟,我们看到了海洋上海军司令上将的旗舰,与我当年从窗口看到的一模一样,母亲啊,它周身布满了丛生的龟足,他还没来得及向那场海难足以载入史册的规模致以崇高的敬意,挖泥机的齿爪便已经将它连根拔起,他们带走了我投身战争的所有动机和他权力的全部动力,只留下那片他走过一扇扇窗时看到的覆满了粗糙月球尘埃的荒凉的平原,他怀着被压抑的心呼喊着,我的母亲本蒂希翁·阿尔瓦拉多,请用你最智慧的光芒照亮我吧,因为在暮年的一个个夜晚,他会惊醒,会感觉到祖国的亡者正从墓穴中爬起来要跟他清算那笔大海的账,他觉得墙壁上布满了抓痕,听到他们未被埋葬的声音,感觉那些死后的目光正往锁眼中窥看,窥看他那如垂死恐龙一般的巨大脚掌在黑暗房屋里、在救赎的最后的沼泽烂泥中留下的印迹,他会在姗姗来迟的信风与鼓风机送出的人造西北风的交汇处一刻不停地走着，这台鼓风机是埃伯哈特大使为了让他别总惦记着那笔丑恶的海洋交易而送给他的，他看着悬崖顶端那栋收容独裁者的房子的孤独光亮，我备受煎熬，他们却在那里如坐着的阉牛一样睡觉，一帮浑蛋，他记起了他的母亲本蒂希翁·阿尔瓦拉多在郊区宅子里的告别的鼾声，记起了在被守夜的牛至草照亮的房间中，她那鸟贩的安眠，如果他是她就好了，他叹了口气，幸福地沉睡着的母亲，不曾被瘟疫惊扰，不曾受爱情恐吓，也不曾因死亡而畏惧，他却恰恰相反，如此茫然失措，甚至以为那座失却了海洋的灯塔断断续续射入窗口的光束都被死人玷污了，他惊惧万分地逃离这星辰般美妙的萤火虫，因为它正在旋转梦魇的轨道上为死人骨髓的发光粉尘散发出的可怖气息熏蒸消毒，把它灭掉，他吼道，于是他们把它灭掉了，他命人填实房屋里里外外的空隙，以免疥疮的哪怕最微弱的气息在死亡的夜晚从门窗的缝隙钻进来，哪怕它们裹藏在什么香气中也不许进屋，他留在了黑暗里，反复摸索着，在密不透气的炎热中费力地呼吸着，感觉自己正经过晦暗的镜子，他惊恐地走着，直到听到海洋火山口传来一阵混乱的蹄声，那时令人毛骨悚然的月亮正带着它朽迈的白雪升起，把它摘了，他吼道，把星星都灭掉，他妈的，这是上帝的旨意，但是没有人理睬他的呼喊，没有人听见，除了古老的办公室中被吓醒的瘫痪患者、楼梯上的盲人以及身上沾着晨露的麻风病人，他们在他经过最早绽放的玫瑰时纷纷站起身来，向他乞求手中治病的盐，事情就在那时发生了，全世界不信他的人，狗屎偶像崇拜者们，他边走边摸我们的头，一个挨一个地，用那只光滑智慧的手，用那真理之手摸了我们每个人有缺陷的地方，就在他碰触到我们的那一瞬间，我们都恢复了身体的健康和内心的宁静，重获了活下去的力量和信念，我们看到盲人因玫瑰的光辉而目瞪口呆，看到瘫痪患者在楼梯上磕磕绊绊地走起来，我们看到我自己这新生儿般的皮肤，我要在全世界的市集上展示它，让所有人都知道这神迹，我们闻到我溃疡的疤痕上这早熟百合般的芬芳，我要在整个地球表面撒播它，将它作为对不忠者的侮辱、对不信他的人的惩戒，他们在城市在乡村在方丹戈舞会和游行上大声疾呼，试图往人群中注入因奇迹引发的恐慌，但是没有人相信那是真的，我们觉得那只不过是又一则他们和赤脚医生一起带到村镇上的宫廷消息，为了让我们相信最不需要相信的事：他令麻风病人重生皮肤，使盲人重见光明，让瘫痪患者重获行走能力，我们都觉得那充其量是他的政权使出的最后一招，为的是唤起民众去关注一位不太可能存在的总统，这位总统的私人护卫系统仅剩下一队新兵，而这与政府委员会众口一词的建议相悖，他们曾坚持说，不，将军阁下，一套严密的护卫系统是必不可少的，然而他却固执地认为没有人需要也没有人渴望杀掉我，想这么做的只有诸位，我没用的部长们，我懒散的司令们，只是诸位不敢并且永远不会敢杀我，因为你们清楚，这之后你们会互相残杀，于是只剩下新兵来守护这栋已被毁灭的房子,在那里,母牛会肆无忌惮地徜徉于第一门厅和会客厅间,它们已经把哥白林毯上开着花的草原啃掉了,将军阁下,他们把资料吃掉了,但是他听不到,在十月的一个下午,他头一回看到一头母牛爬上来,因为它受不了外面躁怒的暴雨了,他试着挥手轰它,母牛,母牛,却突然想起拼写母牛 vaca 的时候要用 vaca 的 v[①],另一次他看到了它在吃灯罩,那时他已经走到了生命的某个阶段,开始明白不值得为了轰一头牛特地走到楼梯口去,还有一次,他在宴会厅看到了两头被母鸡激怒的母牛,因为母鸡跳到了它们背上想去捉虱子,于是在这些个切近的夜晚中,我们之所以看到航海灯一般的光亮,听到围墙后大型动物灾难般的踩踏声,是因为他正手持油灯与母牛抢夺睡觉的地方,而墙外尽管没有他,他的公共生活却在继续,我们每天都在当局的报纸上看到伪造的他接见平民和军人的照片,照片上的他总是穿戴合宜,这么多年来,每到祖国最重要的纪念日,我们都会从广播中听到他一再重复的演说,他就在我们的生活中,不论我们出了家门、进入教堂还是吃饭睡觉的时候,他都在,而人人都知道他拖着乡下人的旅行靴在那栋朽迈的屋中都走不动路了,服侍他的也仅剩三四个勤务兵,他们负责他的饮食,保障储藏地的蜂蜜供应充足,还得赶走那些曾在封禁的办公室里闯祸、打碎了一套总参谋部元

[①] 此处与上文的"baca"区分,"baca"为汽车顶上的行李架,"vaca"为母牛,但二者发音相同。

帅的陶瓷像的母牛，就是那间某个女巫预卜他将死在其中的办公室，只是他自己已将这预言忘记了，他们随时听候他偶尔发出的命令，直到他将灯挂在门楣上，直到他们听见那间因为没有海洋而变得诡异的卧室里传出三道门闩、三个插销、三把门环的轰响，才相信他已经把自己交给了孤独憋闷的梦境并且会一觉睡到天明，这时他们才会撤回到位于底层的宿舍中，但他会意外地惊醒，会牧养着失眠，拖着他巨大的幽灵的脚行走在黑暗中辽阔的房屋里，他几乎注意不到母牛缓慢的消化和睡在总督衣架上的母鸡的愚钝呼吸，他在漆黑中听到了月球的风声，在漆黑中感到了时间的脚步，他看到了他的母亲本蒂希翁·阿尔瓦拉多正摸黑打扫，握在手中的绿色枝权的笤帚也曾被她用来清扫先哲们被烧焦的智慧枯叶，其中有康涅利乌斯·尼波斯的原版文字以及塞西利奥·艾斯塔多和利维奥·安德罗尼可的古老辞令，它们都在他第一次踏入这权力的无主之屋的那个血腥夜晚化作了办公室的垃圾，当时，那位杰出的拉丁语学者劳乌塔罗·慕纽斯将军——愿他已在上帝的天国之中——的最后街垒还在负隅顽抗，而他们已在火光之城的辉映下穿过了庭院、跃过了博学的总统那些私人保镖的尸体堆，他正因间日疟浑身哆嗦着，而他的母亲本蒂希翁·阿尔瓦拉多没有一样武器，只拿着那柄绿色枝权的笤帚，他们沿楼梯摸黑而上，一路被富丽堂皇的总统马厩中的马匹尸体绊倒多次，这些马就躺在从第一门厅到会客厅的地面上，仍旧血流不止，在那门窗紧闭的宅第中，在掺杂着马血味道的酸涩火药味里，呼吸变得艰难，我们在走廊上看到沾了马血的赤脚脚印，在墙上看到染了马血的手掌印，还在会客厅的血泊中看到一个血淋淋的美丽的弗洛伦西亚女人，一身晚礼服，心脏处插着一把战刀，她是总统夫人，在她身旁我们看到了一具小女孩的尸体，看起来像一个发条玩具舞蹈演员，额头上挨了一枪，那是他九岁的女儿，而后我们也看到了加里波第的恺撒，也就是劳乌塔罗·慕纽斯总统的尸体，他是当时的十四位联邦将军之一，他们在血腥敌对的十一年间不断发动政变夺取政权，而他是其中最精干的一位，也只有他敢用母语对英国外交官说不，他就在那里，身体摊开犹如一条鲻鱼，赤着脚，承受着鲁莽行事后的处治，因为他不愿落入英国舰队远征军之手任人惩罚，便先杀了妻子、女儿以及四十二匹安达卢西亚马，然后吞枪自尽，脑袋都开了花，那时基齐纳司令指着尸体对我说，你看到了吧，将军，这就是那些举起手来反对自己父亲的人的下场，你将来在你的王国里可别忘了这一点，他对他说，而他已经在那里了，在经历那么多有所企望的失眠之夜、长久的忍气吞声与一再的忍辱负重之后，我已经在那里了，母亲，被任命为三军最高统帅以及共和国的总统，任期与重建国家秩序、平衡国家经济需要的时间等长，这是经过参议院与众议院全体成员同意，由最后几位联邦考迪罗一致决定的，并且得到了英国舰队的支持，后者是我那么多场与麦克多诺领事的艰苦的多米诺骨牌夜战的成果，只是，无论我还是别人最开始都不相信这个事实，当然，谁又能在那个惊悚之夜的混乱中相信它呢，因为甚至当本蒂希翁·阿尔瓦拉多已经在那张她后来腐烂其上的床上时，都还不能相信这个事实啊，她唤起了他对过去的回忆，在一片混沌之中，他不知道从哪里着手统治，在那栋大宅之中，他们没有找到任何可以退烧的草药，也没有任何家具，那里已经不存在一样有价值的物品，只剩下风光不再的西班牙总督和主教的被蛀蚀的画像，其余一切都被历任总统据为己有，一点一点带走，甚至连墙上描绘英雄场景的壁画都不见了踪影，卧室中堆满军营垃圾，四处都是一场场历史大屠杀被遗忘的残迹以及一道道一夜间陨灭的总统用手指写下的血诏，却没有一张可以让高烧中的他躺下来发汗的席子，于是他的母亲本蒂希翁·阿尔瓦拉多扯下一块窗帘把我裹起来，并让他靠在主楼梯上的一个角落里，而她则开始用绿色枝杈的笤帚打扫刚刚被英国人洗掠一空的总统寝室，她将整整一层都扫了一遍，还得用笤帚击退那帮想在门后奸污她的强盗，破晓之前，她在被风寒击垮的儿子身旁坐下来休息，他裹在长毛绒的窗帘中，在那栋被摧毁了的房子的主楼梯最后一级台阶上汗如雨下，她便试图以自己简单的盘算为他退烧，你别怕这乱摊子，孩子，只要买几个最便宜的皮凳就行了，再在上面画上彩色的花草鸟兽，我自己来画，她说，还需要买些吊床，等有客人的时候用，这个尤其重要，吊床，因为住在这样的房子里，时不时就会有意外上门来的客人，她说，买一张教堂长桌用来吃饭，买些铁餐具和合金盘，好让他们尝尝军旅生活的艰苦滋味，再买一口大瓮来盛饮用水，外加一个炭火炉，这就行了，反正是用政府的钱，她这样安慰着他，但他没有在听，因为当时，最初的几道晨曦将真相被隐匿的那一面有血有肉地照亮了，他因此萎靡沮丧，清楚自己不过是一个坐在楼梯上因发烧而不住哆嗦的可怜老人，心中没有爱的他想着我的母亲本蒂希翁·阿尔瓦拉多啊，所以这就是整副乱摊子，他妈的，所以权力就是这栋遇难者的房子，这种像烧焦马匹的人味儿，这片又一个八月十二日、和其他所有八月十二日一样的权力之日的凄凉朝霞，母亲啊，咱们是钻到什么破烂摊子里了，他承受着最原始的不安和返祖似的恐惧，惧怕一个新的黑暗世纪未经他的允许便在世界上耸立起来了，公鸡在海上啼鸣，英国人唱着英语歌抬起庭院中的死尸，而他的母亲本蒂希翁·阿尔瓦拉多正好结束了愉快的计算，她以结清了债务般的轻松说，那些要买的东西没吓到我，要干的活儿也没吓到我，那些都无关紧要，孩子，吓到我的是这屋里需要洗的床单那么多，于是他倚仗着自己失落中的力量试着安慰她说，您安心睡吧，母亲，这个国家没有做得长的总统，他对她说，您看着吧，不出十五天，他们就会把我扳倒了，他对她说，他不仅在那个时候确信这一点，在之后漫长而稳固的暴君生涯中的每时每刻也如此确信，并且越来越深信不疑，因为生活告诉他，权力的漫长时光中没有哪两个日子是完全相同的，当一名总理在每个礼拜三的例行报告中突然引爆令人目眩的真相时，他的提议里永远另有图谋，所以他只会微微一笑，别告诉我真相，顾问，这很冒险，万一大家都信了，仅凭这么一句，他就毁了政府委员会为了让他问都不问就签下字而精心布置的一整套战略，当他在官方会面上不知不觉尿了裤子的谣言越传越逼真时，我觉得他比任何时候都更为清醒，当他穿着无可救药的拖鞋、戴着用线拴住腿的眼镜沉入衰老的缓流中时，我觉得他比以往更为严肃，并且凭借日益暴烈的性情和更为准确的直觉将不合适的撇开，将合适的拿来连读都不读就签署，他妈的，反正说到底，没人理我，他笑道，看看吧，我命人在第一门厅放一排栅栏防止母牛爬上楼梯来，但它又出现在那儿了，母牛，母牛，它把头伸进了办公室的窗户，正在吃国家祭坛上的纸花，但他只是笑着，您看看，我和您说过的，顾问，这国家变得一塌糊涂，原因就在于从来都没人理我，他说，以一种在他的年纪不可能存在的清醒神志说着，然而，凯普陵大使在他被查禁的回忆录中写到，他在那时看到的他已经陷入了令人痛心的老年无意识中了，甚至连幼儿的基本活动都不能自己完成，他还说看到了他周身都浸泡在皮肤不断渗出的一种含盐物质中，并且拥有溺死之人的庞大身躯和溺死之人随波逐流的和缓安详，他解开衬衫向我展示他那在旱地上溺死的人紧实而明亮的身体，它的缝隙间已长满了深海礁石上的寄生物，背上吸附着鲫鱼，腋下长着珊瑚虫和极小的虾蟹，但他确信这些海岸新生命只是最初的征兆，预示着那片被你们带走的海会自愿回来，我亲爱的约翰逊，因为海就像猫一样，他说，总会回来的，他也确信他腹股沟处的那片龟足秘密地宣告着一个幸福的清晨会来临，到那个时候他打开卧室的窗户，将再一次看到远航舰队司令的那三艘三桅船，他疲惫地在全世界寻找它们，只为了看看他是否像大家说的那般，与他也与很多历史上的大人物一样有着光滑无纹的手掌，他命人把他带来，必要时可以用武力相逼，却听见其他航海者告诉他，他们见过他绘制邻海无数岛屿的地图，看到他用国王和圣人的名字取代岛屿原先的军人的名字，同时还从土著科学中寻找他唯一真正感兴趣的东西：能治疗他刚刚开始的谢顶的偏方，当我们放弃了再次找到他的希望时，他却坐在总统加长轿车中认出变了装的他，他身着深色苦行衣，腰间系着圣弗朗西斯科的棉绳，在公共市场礼拜日的人群中摇着忏悔木铃，陷落在反省道德缺失的状态中，这令我们很难相信他正是那个穿着胭脂红制服、戴着金框眼镜在陆地上迈着第一桨手的庄重步伐的人，但当他们想遵照他的命令把他带上加长轿车时，我们连个影儿都没找到啊，将军阁下，是大地把他吞下去了，他们说他成了穆斯林，说他在塞内加尔患了蜀黍红斑死了，还说他被埋在三个城市的三座墓中，而事实上他不在其中的任何一处，他因为他征程的扭曲命数，注定在墓与墓之间游荡直至时间的尽头，因为他是个会带来厄运的人，将军阁下，他比金子更晦气，但他始终没有相信，直到他晚年的尽头仍旧在盼望他回来，那个时候卫生部长用镊子为他夹除身上的阉牛虱子，他却坚持说那不是虱子，医生，那是大海要回来了，他说，他如此笃信，以至于卫生部长屡次认为，他并没有像他在公众面前表现的那么聋，也没有像他在场面难堪的接见中表现的那样精神涣散，虽然一次彻底的检查表明，他的动脉已经坚硬仿若玻璃，他的肾脏中有海滩沙粒沉积，他的心脏则因缺乏爱而破裂，于是年迈的医生凭仗着多年兄弟的信任对他说，是该安排一下了，将军阁下，至少决定一下您要把我们交到谁的手上，他对他说，救救我们，别让我们成为孤儿啊，然而他惊讶地问，谁告诉您我想死的，我亲爱的医生，让别人死去吧，他妈的，最后他很精神地开玩笑说，两个晚上之前我还在电视上看到自己了呢，感觉比任何时候都要好，像头斗牛一样，他说着笑得差点背过气去，他确实在恍惚中看到了自己，按照近来的孤独夜晚的习惯，他会脑袋上裹块湿毛巾，在无声的屏幕前打着瞌睡，有时的确比斗牛更果敢，因为看到了法国或者土耳其或者瑞典的大使的迷人夫人，他妈的，这么多长得一样的女人简直令他分辨不清，都过去这么久了，他已经记不起自己曾待在她们中间，身着晚礼服，手持一杯一口未动的香槟，参加八月十二纪念日庆典，或是一月十四胜利日仪式，还是三月十三复兴日庆祝，我怎么会知道，因为置身于他统治之下那晦涩难懂的历史日期中，连他自己都弄不清哪个在何时举办，哪个是为了什么举办，甚至那些他聚精会神、细致严谨地写下后藏于墙缝中的纸卷对他来说也都没用了，因为到头来他忘了自己该记得什么，他会偶然在藏蜂蜜的地方找到那些纸卷，有一次他读到一张，四月七日是马科斯·德莱昂博士的生日，得送他一头老虎作为礼物，他念道，那是他亲笔写下的，但他丝毫记不起那人是谁了，于是觉得再没有什么惩罚比遭受自己的身体的背叛更不光彩、更不应该的了，关于这一点，他早在古老的何塞·伊格纳西奥·萨恩斯·德拉巴拉时期之前就隐约有所感触，那时他的思维还清晰，还能勉强分辨前来谒见的人群中谁是谁，想当年我可是能叫出他过于广袤的沉重王国里最偏远地区的所有民众的姓与名的啊，然而他走向了另一个极端，他在四轮马车里看到了人群中一个眼熟的男孩但记不起是在哪里见过他，于是惶恐至极，甚至命令护卫队将他逮捕，让我好好想想，那是个可怜的山里人，蹲了二十二年监狱，从被审的第一天起，就一直重复着既定事实，他名叫布拉乌里奥·利纳雷斯·莫斯科特，是淡水水手马科斯·利纳雷斯和猎虎犬饲养员德尔菲娜·莫斯科特非婚生但被承认的孩子，这两人在洛萨尔德尔维雷伊都有固定住所，那是他第一次来王国的都城，因为母亲派他到三月诗会上卖两只狗崽儿，他是骑着一头租来的驴赶过来的，也没有带什么衣服，只除了被逮捕的那个礼拜四清晨他穿着的那一身，当时他正在公共市场的一个摊位前一边喝苦咖啡一边询问卖油炸食品的女商贩知不知道有谁想买两只串种狗崽儿来猎

247

老虎，当她们回答说没有时，鼓声、军号声、鞭炮声乱哄哄地响起来，人们纷纷喊道，那个人来了，他过来了，他于是问别人那个人是谁啊，他们回答他说还能是谁，掌权的人呗，于是他便把狗崽儿塞到箱子里，拜托卖油炸食品的小贩，劳驾帮我照看一下吧，我去去就回，他爬到了一扇窗户的窗框上，好越过人头望一望，于是他看到了那支连马匹都穿着金质华服、戴着羽毛头饰的护卫队，看到了印着祖国蛟龙的马车、那只戴着破手套的正挥动致意的手、那苍白的面孔、那沉郁的不带笑意的嘴唇，是那个掌权的人，那双哀伤的眼睛突然看到了他，那神色仿佛是在一座针山上发现了一根针，那手指指着他，那个人，爬在窗框上的那个，把他逮起来，等我想想在哪儿见过他，他命令道，就这样，他们对我拳打脚踢把我揪住，用刀面拍得我遍体鳞伤，将我放在箅子上烤，让我坦白掌权的人曾在哪儿见过我，但在港口碉堡的可怖地牢中，他们始终没能从他身上剥下那唯一真相之外的任何真相，他在一遍遍复述真相时是那样肯定又带着那般胆量，令他最终承认是他弄错了，但现在没有别的办法了，他说，因为他们对他这么凶，就算他以前不是敌人，现在也是了，可怜的人啊，于是他便在地牢中日渐腐烂，而我则在这栋阴影之屋里一边徘徊一边想着，我的好日子母亲本蒂希翁·阿尔瓦拉多，帮帮我吧，看看没有了你的庇护，我都落到了什么地步，他独自呼喊着，如果无法在回忆时找到乐趣、得到滋养并因此在晚年的泥潭中幸存下去，那么便白白度过了这么长的光辉岁月，因为他那些重要日子里的最强烈的痛楚与最幸福的时刻也都无可奈何地从记忆的孔洞中溜走了，虽然他曾天真地企图用小纸卷将那些小洞堵住，他受到惩罚，将永远不会知晓这个九十六岁的弗朗西斯卡·里内洛是谁，根据亲笔写下的记录，他曾下令用皇后之礼厚葬她，他也被判定要戴着书桌抽屉中的十一副无用的眼镜来盲目地指挥，好掩盖他在和幽灵对话的事实，他甚至没法分辨他们的声音，也仅凭直觉来猜测他们的身份，他陷入了无依无靠的境地，在一次与他的战争部长的会面中，这一境况的最大风险被清晰地呈现了出来：他倒霉地打了一个喷嚏，于是战争部长说愿您健康将军阁下，他又打了一个，于是部长又说了一遍愿您健康将军阁下，再一个，愿您健康将军阁下，但连续九声喷嚏过后，我没有再说愿您健康将军阁下，只觉得自己被他那张因惊愕而扭曲的脸庞的威胁推倒在地，我看到了那双溺在泪水中的眼睛正在垂死的颤动的泥沼中冲我无情地唾骂，我看到了这头老迈的野兽的舌头仿佛被绞死时那样伸在外面，他正在我的臂弯中死去，而没有人能证明我的清白，一个人都没有，那时我唯一能想到的便是趁还来得及，赶紧逃离那间办公室，但他随即威严地挥了挥手阻拦我，在两次喷嚏间冲我吼道，不要做懦夫，罗森多·萨克里斯坦准将，不要慌，他妈的，我还没有笨到要死在您跟前，他吼道，而事实就是如此，他不停地打喷嚏直到抵达死亡的边缘，他飘浮在一个生长着正午萤火虫的无意识的空间里，却仍固执地坚信他的母亲本蒂希翁·阿尔瓦拉多不会让他陷于打过一阵喷嚏后死在一名下属面前的耻辱中，门儿都没有，我死都不受侮辱，与一群母牛生活也好过与一帮会让人没有尊严地死掉的人生活在一起，他妈的，他已经不再与教皇使节谈论上帝，以免他察觉自己在用勺子喝热巧克力，也不再玩多米诺骨牌，怕有人敢出于怜悯故意输给他，他不想见到任何人，母亲啊，为的是不让任何人发现这些，虽然他缜密地警惕着自己的行为，虽然他碍于虚荣不去拖曳自己终究拖曳了一辈子的扁平足，虽然他在多年的羞耻中一直感觉自己处在最后的独裁者们那个痛心的深渊边缘，那些身陷不幸的最后的独裁者与其说是在受他保护，不如说是被他囚禁在那栋崖顶之屋，以防他们用自己可耻的瘟疫荼毒世界，当他在一个个不祥的早晨泡药浴时，会在私人庭院的水池中睡着，独自承受种种哀痛，并且梦到你，母亲啊，他会梦到是你在现实中盛开的枝枝杏花间制造了我脑袋里那么多噪音中的蝉鸣爆响，他梦到是你用毛刷画出了黄鹂的彩色鸣啭，于是他被腹部意外地在水底发出的声响惊醒了，母亲啊，他在我的尴尬的腐坏水池中醒来时，让怒火烧红了脸，因为水面上漂浮着牛至和锦葵芬芳的花瓣，漂浮着橙树刚刚绽放的花簇，也漂浮着因将军刚在芳香的水中排出的那串金黄松软的粪便而躁动的乌龟，这都是怎么回事啊，但是他挨过了这一幕，以及其他诸多这个年纪的糗事，也已经把侍从减到了最少，只为独自面对这些不让别人撞见，没有人会看见他头上裹着被油浸透的破布在空宅中整日整夜茫然游荡，倚着墙绝望地呻吟，因蜡烛木而反胃，被无法忍受的头痛逼疯，他甚至都没有对私人医生提起过这疼痛，因为他知道，这只不过是他衰老时期那么多无谓疼痛中的一种罢了，他会在大片暴风雨云出现之前便早早地感觉到那疼痛仿佛石块爆裂一般到来，他刚把止血带缠在太阳穴上就发布了命令，不管发生什么，任何人都不得进入府中，他命令道，在绑第二圈时，他感到头骨在嘎吱作响，连上帝来了都不许进，他命令道，即便我死了也不许进，他妈的，他因那残忍的疼痛而丧失了理智，那痛楚甚至没有留给他一刻思考的余地，直到绝望的数个世纪终结、大雨的祝福倾下，他才呼唤我们，而我们会看到他仿佛刚出生一般坐在备好晚饭的小桌边，面前是喑哑的电视屏幕，我们为他做了烧肉、肥肉配菜豆、椰香米饭和炸香蕉片，那是一顿对他的年纪来说难以负荷的晚餐，他一口都没尝就把菜放凉了，因为他一直在看电视上的同一部关于紧急救援的电影，他知道，如果政府在闭路电视上反复播放同样的节目并且没有察觉到录像带在倒放，那么他们一定有事想瞒着他，真他妈见鬼，他说道，想忘掉他们企图隐瞒他的事，如果是些更糟糕的事，他现在就会知道了，他一边这样说，一边在备好的晚餐前打起盹来，直到教堂八点的钟声响起，他才拿着一口未动的饭菜站起身，把它们倒入马桶，从很久以前开始，他每个晚上的这个时间都会这样做，为的是掩饰他的胃已经拒绝一切食物的耻辱，为的是借助他荣光年代的传说来打消老年疏忽之下的可憎行为所激发的自我怨恨，为的是忘记他还勉强活着，忘记是他而不是别人在厕所的墙壁上写下将军万岁、伟人万岁，忘记他曾经偷偷喝过一种巫医开的汤药，以期在一夜间想来多少次就来多少次，甚至每次都和三个不同的女人来，一夜玩上三轮，他为老年的天真付出了愤怒甚于痛苦的泪水，他紧紧抓住厕所中的挂环哭喊着，我的心母亲本蒂希翁·阿尔瓦拉多，憎恶我吧，用你的火焰之水净化我吧，带着骄傲执行你纯净的惩罚吧，因为他已经再清楚不过那时他所缺少的是什么，他在床上缺少的从来都不是荣耀而是爱情，他需要的不是他的外国部长兄弟为我奉上的那种贫瘠的女人，她们当初被送来是为了让他在隔壁学校关闭之后依然保持良好的习惯，都是些丰满不见骨的女人，是专门来伺候您的，将军阁下，凭借外交豁免权，她们从荷兰的玻璃展窗中、布达佩斯电影节上、意大利的大海里被飞机运来，您看多美啊，于是他看到了全世界最漂亮的女人仿佛歌唱老师一般端坐在他晦暗的办公室中，她们像艺术家一样褪下衣衫，躺在长毛绒的沙发上，温暖的金蜜色肌肤上还印着泳衣条带的印痕，仿佛胶卷底片一样，她们闻起来像薄荷味的牙膏，像玻璃瓶中的花朵，她们在那头不愿脱下军服的庞大的水泥阉牛旁躺下，而我试着用最温存的方式鼓励他，直到他厌倦了承受那死鱼的迷人的美，于是我对她说，这样就行了，姑娘，当修女去吧，他深陷在怠惰中，抑郁至极，于是在那个夜晚，在八点的钟声敲响时，他突袭了其中一个负责清洗士兵衣物的女人，他一把将她推倒在洗衣木槽上，虽然她惊惶地哀求说今天我不可以，将军，相信我吧，是吸血鬼在的日子，并想借机逃跑，他却把她翻过身去让她趴在洗衣板上，使出一种圣经般的动力推撞着她，让那可怜的女人感受到了灵魂中死亡的嘎吱声响，她急促喘息着叫道太野蛮了，将军，您一定学过怎么当驴吧，他在那痛苦的呻吟声中简直要飘飘然了，比听到那些职业谄媚者最狂热的赞歌还受用，于是他送给那洗衣工终身津贴，以方便她教育孩子，时隔多年在牛棚给母牛喂饲料时，他又重新唱起歌来，一月的月光明亮，他唱道，并没有想到死亡，因为即便在生命的最后一晚，他也不会允许自己脆弱地想起不合常理的事，他又数了两遍母牛，边数边唱，你是我黑暗小路上的光明，你是我的北斗星，他查出少了四头，而后回到楼内，一路上数着睡在总督衣架上的母鸡，为鸟笼盖上粗布罩时又点了酣睡的鸟雀，四十八只，他点燃了从第一门厅到会客厅之间被一头头母牛在白日里踢散的牛粪，他记起了遥远的童年，脑海中第一次出现了他自己瘫在荒漠冰原上的画面，还有他的母亲本蒂希翁·阿尔瓦拉多，她从垃圾场的兀鹫口中抢下了一段羊肠当作午餐，十一点时，他又按反方向走遍了整栋房子，提着灯盏为自己照明，同时将屋子里直到门厅的灯一一熄灭，他在一面面昏暗的镜中看到一个个自己，十四位重复的将军正拿着灯行走，他在镜子的尽头看到一头四仰八叉躺在乐室中的母牛，母牛，母牛，他喊着，它死了，这算什么事儿啊，于是他走过卫兵的卧室想对他们说镜子里有一头死牛，他命令他们明天尽早把它拖走，不得有误，要赶在兀鹫挤满大楼之前，他命令道，他举着灯将底层的老办公室又查了一遍，想找到另外那几头走丢的母牛，有三头，他在厕所中找，在桌子底下找，在每一面镜子中找，而后爬上主层依次检查一个个房间，却只在粉红斑点的蚊帐下找到了一只卧着的母鸡，那挂蚊帐属于另外时代的一位见习修女，她的名字他已经忘记了，他在睡前喝了一勺蜂蜜，然后将小瓶放回储藏处，那里还塞着一个小纸卷，上面写着一个日期，是杰出诗人鲁文·达里奥——愿他已坐在上帝天国的最高位——的某个纪念日，他将纸重新卷起来塞回了老地方，同时开始背诵准确无误的祷文，我们神奇的父与导师，那天才的里拉琴演奏者令飞机飘于天空，令船舰浮于海上，他在无可救药的失眠中拖着那双大脚，穿过闪着旋转灯塔绿色朝霞的最后几个一晃而过的黎明，他听着来自那片离开了的海洋的风声，备感惋惜，他听着一支婚礼乐队奏响的灵魂哀乐，因为上帝的一个疏忽，他已在他背后、在那乐声中到了垂死的边缘，他撞见了一头迷路的母牛，于是挡住它的去路但没有去碰它，母牛，母牛，他向卧室走去，在经过的每一扇窗户中都看到了那座没有海的城市亮着光的街区，他感受到了它玄妙的脏腑的热气和它整齐划一的呼吸的秘密，他一连欣赏了它二十三遍，不曾停步，同时也像从前一样永远承受着那片浩瀚而无法参透的海洋、那属于将手放在心上入睡的民众的海洋的飘忽，他知道自己被最爱他的人厌恶，感到自己被圣人的烛光照亮，他听见自己的名字被人召唤，被唤去矫正分娩中的人的运气、改变濒死者的命数，他感觉自己的记忆被那些在看到他时骂他母亲的人拨动，而他们看到了那沉默的双眼、悲伤的双唇，以及那只若有所思、在遥远过去的梦游加长轿车上透明钢化玻璃后的新娘的手，我们亲吻他在泥地上留下的靴印，炎热的夜晚从自家庭院中望见民政大楼窗口那没有灵魂的徘徊的光亮时，我们便给他送去神符避免横死，没有人爱我们，他叹息道，探头去看那死了的鸟贩、黄鹂画家、他的母亲本蒂希翁·阿尔瓦拉多的房间，她的身体横在一片青苔之上，愿你死得安详，母亲，他对她说，愿你死得非常安详，孩子，她在墓穴中答道，十二点整了，他将灯挂在门楣上，这时可怖的疝气发出了细弱的哨声，他的内脏因为这致命的扭动而受了伤，于是世上除了他疼痛的疆域之外再无其他空间，他最后一次锁上了卧室的三道门闩，在可移动式马桶上经受了微不足道的排尿的最终燔祭，而后倒在了光秃秃的地板上，穿着自终止了接见活动后他在府中一直穿着的粗俗的保暖裤，以及没有假领的条纹衬衣和一双残疾人的拖鞋，他面朝下趴在地上，右臂弯在头下当作枕头，片刻之间就睡着了，然而在两点十分，他在搁浅的思绪中醒了过来，衣服已被飓风来临前暗淡而温热的汗液浸透了，谁在那儿，他战栗着问道，同时确信有人在梦中叫他但用的不是他的名字，尼卡诺尔，又一遍，尼卡诺尔，有人能够不开门锁就进入他的房间，可以随心所欲地穿墙进出，就在那时他看到了它，是死亡，将军阁下，您的死亡，它穿着龙舌兰纤维编织的褴褛的忏悔长袍，手中抓着钩杆，头骨上遍布阴森的水藻嫩芽，骨缝中开出陆上的花朵，没了肉的眼窝里眼睛朽迈而惊恐，直到看到它的全身时，他才明白它喊的尼卡诺尔是死亡在我们死的那刻用来认识我们每个人的名字，但他说不，死亡，他的时辰还没到呢，应该是在梦里在办公室的阴影里，就像盆中的预卜之水说的那样，但它回答说不，将军，就是这儿，光着脚，穿着您身上的破衣烂衫，不过找到他的那些人为了顺应女巫的预言，仍旧会说他死在办公室的地板上，穿着没有军衔标志的粗布制服，左脚靴后跟上戴着金质马刺，在他最不想要它降临时，它降临了，在如此多年的贫瘠幻想之后，他开始隐隐明白，人不是在生活，真他妈见鬼，而是在苟活，人开始学习时已经太晚，即便是最博大最了不起的生命也仅能达到学习怎么去活的程度，他从自己喑哑手掌的谜团里，从纸牌隐形的密码中，意识到了自己没有能力去爱，于是企图用权力的孤独罪恶的炽烈祭礼去补偿那无耻的命运，却在无尽燔祭的火焰中沦为自己献祭主张的牺牲品，他以诓骗与罪行养肥了自己，以无情与羞辱培育了自己，他克服狂热的贪婪与天生的怯懦只是为了将那颗玻璃球握在掌中直至时间的尽头，却不曾知晓这种罪恶没有尽头，正是它的赝足滋生着它的胃口，循环往复直至所有时间的尽头，将军阁下，他从一开始就知道，他们骗他是为了博他欢心，奉承他是为了赚他钱财，他们以武力逼迫民众聚集，要大家在他经过时欢呼雀跃，并高举讨好他的、上书伟大领袖万寿无疆的牌板，那位领袖比他更老迈，但他学会了与这些相处，学会了与所有荣耀衍生的悲惨相处，并在无法数算的岁岁年年中发现，谎言比质疑更舒心，比爱更有用，比真理更持久，他已经并不意外地到达了可耻的臆想境地，无权力却在统治，无荣耀却受赞颂，无威信却被遵从，而此刻，在他秋天的那串飘落的黄叶中，他相信了，他从来就不会是他全部权力的主宰，他注定只能颠倒着认识生命，注定无法参透世事，无法在现实中的幻想的哥白林毯上捋直阴谋的线、解开诡计的结，同时丝毫不怀疑，哪怕死到临头也仍不怀疑，唯一可见的生活，就是被展示出来的那一个，我们从这边看到的并不是您的那个，将军阁下，在穷苦人的这边，有我们无尽的不幸岁月的黄叶飘零，还有那些抓不住的幸福时刻，还有被死亡的幼芽污染的爱，但它是真真切切的爱啊，将军阁下，在这边，您本人不过是个模糊的影子，是火车小窗灰蒙蒙的薄帘之后的哀怨眼睛，是那沉默嘴唇的颤抖，是那只戴缎面手套的无主之手一晃而过的挥别，那只手属于那个没有结局的老人，我们从来不知道他是谁，不知道他什么样，甚至不知道他是否只是一个想象中的谎言，一个可笑的独裁者，我们从来不知道另一边在哪里、生命的权利在哪里,而我们仍以贪婪的热忱爱着这您不敢去爱的生命,您甚至不敢想象去爱它,因为您害怕知道我们已经清楚得不能再清楚的事实:生命是艰辛又转瞬即逝的,然而再没有另一个生命了,将军,因为我们知道自己是谁,而他却永远不能知晓,他带着自己年迈死者那疝气的温柔哨声,被死亡一棍击中、连根折断,他在他秋天的最后几片冰冷树叶的阴暗声响中,飞向了被遗忘的真相的黑暗祖国,他惊恐地抓着死亡长袍上的破布烂线,远离了疯狂人群的呼喊,他们冲上街头唱着欢快的颂歌,庆祝他的死亡,他也将永久地远离那自由的音乐、幸福的焰火和荣耀的钟声,它们正向世界宣告一则好消息,宣告那永恒的无尽时光终于结束了。

EL OTOÑO DEL PATRIARCA by GABRIEL GARCÍA MÁRQUEZ
© GABRIEL GARCÍA MÁRQUEZ, 1975
All Rights Reserved.

图书在版编目（CIP）数据

族长的秋天 /（哥伦）加西亚·马尔克斯著；轩乐译. -- 2版. -- 海口：南海出版公司，2021.11
ISBN 978-7-5442-8606-0

Ⅰ.①族… Ⅱ.①加… ②轩… Ⅲ.①长篇小说－哥伦比亚－现代 Ⅳ.①I775.45

中国版本图书馆CIP数据核字(2021)第156829号

著作权合同登记号　图字：30-2011-149

族长的秋天

〔哥伦比亚〕加西亚·马尔克斯 著
轩乐 译

出　　版	南海出版公司　（0898）66568511
	海口市海秀中路51号星华大厦五楼　邮编 570206
发　　行	新经典发行有限公司
	电话(010)68423599　邮箱 editor@readinglife.com
经　　销	新华书店
责任编辑	黄宁群
特邀编辑	唐阅辉　梅　清　吕宗蕾　第五婷婷
营销编辑	李筱竹　王　靖
装帧设计	韩　笑
内文制作	田晓波
印　　刷	北京盛通印刷股份有限公司
开　　本	850毫米×1168毫米　1/32
印　　张	8.5
字　　数	150千
版　　次	2014年6月第1版　2021年11月第2版
印　　次	2024年5月第7次印刷
书　　号	ISBN 978-7-5442-8606-0
定　　价	59.00元

版权所有，侵权必究
如有印装质量问题，请发邮件至 zhiliang@readinglife.com